KB096669

온리 가오슝 타이난
타이중 아리산
Only Kaohsiung Tainan
Taichung Alishan

온리 가오슝 타이난 타이중 아리산

발 행 | 2023년 09월 01일
저 자 | 재미리
펴낸이 | 한건희
펴낸곳 | 주식회사 부크크
출판사등록 | 2014.07.15.(제2014-16호)
주 소 | 서울특별시 금천구 가산디지털1로 119 SK트윈타워 A동 305호
전 화 | 1670-8316
이메일 | info@bookk.co.kr

ISBN | 979-11-4142-7

www.bookk.co.kr

온리 가오슝 타이난
타이중 아리산
Only Kaohsiung Tainan
Taichung Alishan

차례

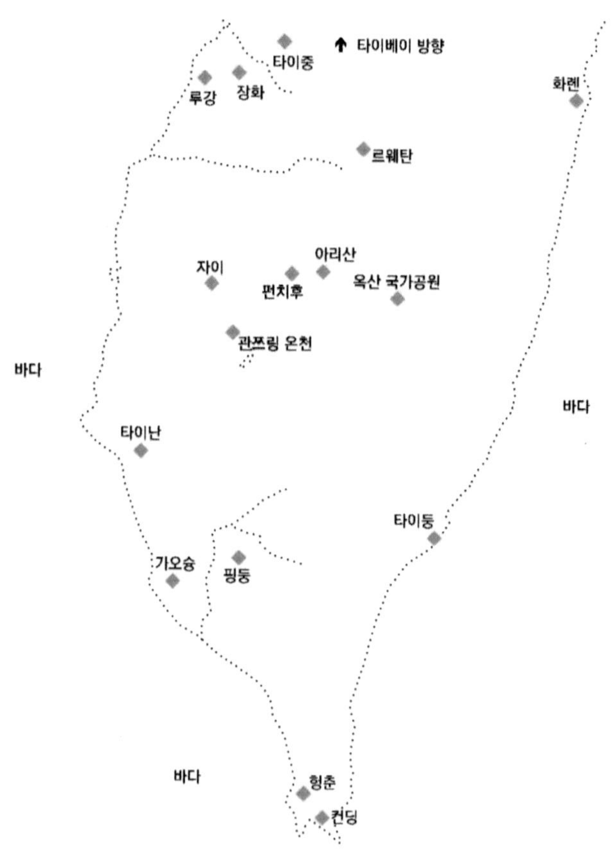

타이중 · 타이난 · 가오슝 지도

1. 가오슝 소개
01 가오슝 개요

〈타이완 개요〉

- **국명&언어**

정식 국호는 중화민국(中華民國 Republic of China)이고 약칭으로 **타이완**(臺灣, Taiwan)이라고 한다. 우리식으로 한자를 읽어 **대만**이라고 하기도 한다. 중화민국은 1912년 중국 대륙에서 쑨원이 세운 아시아 최초의 공화국으로 1949년 장제스가 타이완으로 이주하면서 타이완이 중화민국이 되었다.
언어는 중국어(만다린), 타이완어(주로 중국 푸젠에서 사용되는 민난어에서 파생된 방언), 객가어(타이완과 인접인 중국 광둥, 광시, 푸젠, 장시 지역의 방언) 등을 사용한다. 주로 중국어를 쓴다고 생각하면 되고 관광지와 쇼핑센터 등에서는 간단한 영어소통도 가능하다.

- **역사**

고대부터 타이완에는 말레이-폴리네시아계 원주민이 살고 있었다. 이들 원주민은 현재의 고산족인 고사족(高砂族)이라 불렀으나 해안과 고산에 아미족(阿美族), 파이완족(排灣族), 아타얄족(泰雅族), 브눈족(布農族), 르카이족(魯凱族), 프유마족(卑南族), 츠우족(鄒族), 사이시얏족(賽夏族), 타오족(達悟族), 싸오족(邵族), 카바란족(噶瑪蘭族), 타로코족(太魯閣族) 등에 다양한 원주민이 있었다. 이들 원주민들은 현재의 한족의 후손인 타이완 사람과 달리 동남아의 원주민과 비슷해 보인다.

옛 문헌에 따르면 3세기 중엽 중국 삼국시대에 중국에서 타이완으로 이주한 기록이 나온다. 7세기 수나라 때 타이완을 유구라 칭하며 정찰했고 14세기 원나라 때 타이완 남동부의 펑후섬(澎湖島)에 순검사라는 기관을 설치하기도 했으나 여전히 타이완 본섬은 진출하지 않았다.

1590년 명나라 때 포르투갈 인들이 동방무역을 위해 처음으로 타이완을 방문해 아름다운 섬, 포르모사(Formosa)라 불렀다. 1616년에는 일본 에도 막부가 타이완을 침략하려다 풍랑 때문에 실패했다. 1624년 네덜란드가 동방무역을 위해 타이완 남부 점령하고 타이난 안핑에 지란디아성(안핑구바오)을 쌓았다. 이어 1626년 지룽, 1629년 단수이에도 성을 쌓았다. 1661년에는 반청 세력인 정성공이 타이난에 상륙해 네덜란드인들을 몰아내고 처음으로 타이완을 국가로써 통치했다.

1683년 청나라가 타이완을 공격하여 정성공 후손의 항복을 받았고 1684년 타이완 본섬에 푸젠성 타이완부를 설치하였다. 1884년 청나라와 프랑스 간의 청불전쟁 중 타이완이 성(省)으로 승격되었으나 청나라와 일본제국(일제) 간의 청일전쟁에서 패하면서 1895년 시모노세키조약으로 타이완은 일제의 식민지가 되었다. 이에 반발한 타이완은 그해 5월 타이완 민주국을 설립하고 일제와 전쟁을 벌였으나 10월 일본군에게 진압되었다. 1895년부터 1945년까지 타이완을 지배했던 일제는 제2차 세계대전에서 패배하며 물러났다.

이후 타이완은 중국의 일부가 되어 국민당정부의 영향권 아래 있게 된다. 1947년 2월 28일 오래 전 타이완으로 이주해 타이완 사람으로 살던 본성인과 1945년 무렵 타이완으로 이주해 타이완의 지배층이 된 외성인 간의 갈등이 쌓여, 충돌한 얼얼바(2·28) 사건이 발생한다. 이 사건으로 인해 수많은 사람들이 희생되었고 1949년~1987년 38년간 계엄령이 선포되었다. 1949년 국공내전에 패한 장제스와 중화민국 정부가 타이완으로 이주했고 1999년까지 장제스의 국민당이 정권을 잡았다. 민주화 바람으로 1989년 복수정당제, 1996년 총통 직선제가 도입되었고 2000년에 처음으로 여당인 국민당에서 야당인 민진당으로 정권이 교체되었다. 이후 국민당과 민진당이 번갈아 정권을 운영하고 있다.

*1992년 한국은 중국과 수교하는 동시에 타이완에서 대한민국 대사관을 철수(단교)했으나 1993년 양국 협의 하에 타이완에 대사관 격인 대한민국 대표부를 개설.

- 국토 면적과 인구, 주민

타이완은 타이완 섬과 부속 도서로 이루어져있고 국토 면적은 35,980㎢, 인구는 약 2천3백만(2014년 기준)이다. 인구의 대부분은 도시에 몰려 있고 근교나 지방도시는 한산한 편!

타이완 주민은 고대부터 살았던 말레이-폴리네시아계의 여러 원주민(전인구의 2%), 조기에 중국에서 이주한 내성인

(타이완인, 85%), 1949년 장제스와 국민당 정권과 함께 이주한 외성인(13%)으로 구성된다.

- 기후&시차

타이온 북부는 아열대기후, 남부는 열대기후이고 연평균기온은 북부가 22℃, 남부가 24℃ 정도이다. 여름은 5월~9월로 매우 덥고 습하고 6~9월 중간간히 태풍이 발생하며 평균온도는 27~35℃, 겨울은 12월~2월로 온화하나 때때로 찬바람이 불며 평균온도는 12~16℃. 봄과 가을, 겨울이 여행하기 적당한 시기.

타이완(GMT+8)과 한국(GMT+9) 간 시차는 타이완이 한국에서 비해 한 시간 늦다. 예를 들어, 한국이 10시면 타이완은 9시.

- 정치체계

타이완은 국민대회 및 총통 아래 입법원(국회), 행정원(내각), 사법원, 고시원, 감찰원 등 5권 분립제로 운영된다. 국민대회는 헌법상 국가권력의 최고기관으로 각 지역·단체에서 선출된 국민대표(일종의 국회위원)로 구성되고 입법권과 감찰권, 헌법개정권을 갖는다. 총통은 국가원수로서 국민대표에서 선출하다가 1996년부터 직선제로 선출되며 임기는 4년, 1번 재임(중임)이 가능하다. 1949년에서 1989년까지 계엄령(얼얼바 사건으로 인해)이 실시되었고 1949년 이래 국민당 정부가 집권하다가 2000년 민진당 정부로 처음 정권으로 교체되었다. 초대 총통은 국민당의 장제스, 14~15대 총통은 민진당의 차이잉원이었고 2024년 17대 총통으로 같은 당 라이칭더가 당선되었다.

- 경제규모

타이완의 국민총생산 GDP(Gross Domestic Product)는 7,591억달러로 세계 21위(2022년 기준)의 경제규모를 가진다. 산업별 GDP 분포는 서비스업 73.3%, 광공업 25%, 농업 1.7%로 서비스업과 광공업이 주도적인 산업임을 알 수 있다. 광공업 중 IT 제조업에 강점을 가진 것으로 알려졌고 산지가 많은 국토 특성상 농업의 비중은 작은 편.

한때 한국, 홍콩, 싱가포르 등과 함께 아시아의 4마리 용으로 불렸으나 중국의 제조업 성장과 이에 따른 경기침체로 어려움을 겪고 있다. 최근 타이완 반도체와 IT산업 호황으로 2023년 타이완의 1인당 국민총생산이 3만5510

달러로 한국(3만3590달러)과 일본(3만4360달러)을 제칠 것으로 예상되고 있다.

- 행정구역

타이완 행정구역은 성(省)-직할시(直轄市)-현(縣)/성할시(省轄市)-구(區)/현할시(縣轄市)/진(鎮)/향(鄉)으로 되어 있다.

이들 행정구역은 타이완성(臺灣省) 같은 1개의 성, 타이베이시(台北市), 신베이시(新北市) 타오위안시(桃園市), 타이중시(臺中市), 타이난시(臺南市), 가오슝시(高雄市) 등 6개 직할시, 신주현(新竹縣), 먀오리현(苗栗縣), 장화현(彰化縣), 난터우현(南投縣), 윈린현(雲林縣), 자이현(嘉義縣), 핑둥현(屛東縣), 이란현(宜蘭縣), 화롄현(花蓮縣), 타이둥현(臺東縣), 펑후현(澎湖縣), 롄쟝현(連江縣), 진먼현(金門縣) 등 13개 현, 지룽시(基隆市), 신주시(新竹市), 자이시(嘉義市) 등 3개 성할시, 170개 구, 14개 현할시, 38개 진, 146개 향으로 구성된다.

- 종교

타이완 사람들은 불교, 도교, 유교, 일관도, 천주교, 기독교 등의 종교를 갖고 있으나 보통 불교, 도교, 유교를 함께 믿는 경향이 있다. 타이완의 사원에서 흔히 불교, 도교, 유교의 신을 함께 모신다. 종교 별 신자 수는 불교, 도교, 유교의 혼합 93%, 기독교 4.5%, 기타 2.5%로 볼 수 있다.

- 공휴일

공휴일은 원단(신정, 1월1일), 춘절(설날, 음력 1월1일), 228 기념일(평화기념일, 2월28일), 어린이날&청명절(4얼4일, 음력 3월 경), 단오절(음력 5월5일), 중추절(추석, 음력 8월15일), 쌍십절(신해혁명 기념일·국경일, 10월10일) 등이 있다. 보통 공휴일 전후로 2~3일의 연휴가 있고 음력을 따르는 춘절, 청명절, 단오절, 중추절 등은 매년 날짜가 바뀌니 참고!

- 통화&환율

타이완 통화는 뉴 타이완 달러(흔히 타이완 달러)라고 하고 TWD, NT$, NTD로 혼용, 표기하며 중국어로는 위안(元)이라고 표기한다. 통화는 주화로 0.5 달러, 1달러, 5달러, 10달러, 20달러, 50달러, 지폐로 100달러, 200달러, 500달러, 1000달러, 2000달러가 있다. 1달러는 10쟈오(角), 100펀

(分), 최소 주화 단위인 1/2 달러는 5 쟈오, 50펀. 환율은 2024년 2월 현재 타이완 1달러는 한화 약 43원

- 전기&콘센트

타이완 전기는 110V, 60Hz로 11자 콘센트를 사용하므로 11자 콘센트 → 2구 콘센트 어댑터를 준비하는 것이 좋다. 일부 호텔이나 호스텔의 경우 어댑터를 무료 대여해주기도 한다. 어댑터+2구 멀티 탭 사용하면 스마트폰, 노트북 등을 동시에 이용하기 편리.

- 전화&인터넷

· 공중전화

타이완 공중전화는 NT$(元) 1, 5, 10 주화를 이용하는 동전 공중전화와 일반 전화카드(마그네틱)를 이용하는 일반 전화카드 공중전화, IC 카드를 이용하는 IC 공중전화가 있다.

동전 공중전화 통화방법은 ① 수화기를 들고, ② NT$ 1 주화(3분 통화)를 투입, ③ 발신음을 듣고, ④ 전화번호 누르고 통화, ⑤ 통화 후 잔돈 회수.
일반 전화카드와 IC 카드 공중전화 통화방법은 ① 수화기를 들고, ② 카드 투입 후 통화, ③ 통화 후 카드 회수. 전화카드(NT$ 100)와 IC 카드(NT$ 200, 300)는 편의점에서 구입가능하다.

한국 → 타이완
_KT 001기준 1,056원/분 내외
001/002(한국 국제전화 번호)+886(타이완 국가번호)+0을 뺀 스마트폰번호/지역번호 전화번호

타이완 → 한국
002(타이완 국제전화 번호)+82(한국 국가번호)+0을 뺀 스마트폰번호/지역번호 전화번호

· 타이완 국가번호&지역번호

타이완 국가번호 886, 지역번호_타이베이/지룽 02, 타오위안 03, 타이중/장화 04, 자이 05, 아리산 05, 타이난 06, 가오슝 07, 핑둥 08, 화롄 38

· 콜렉트콜 Collect Call

긴급 상황일 때 주화나 전화카드 없이 전화할 수 있는 콜렉트콜 번호를 알아두면 유용하다.
타이완 콜렉트콜_008-0182-0082
_KT 유선발신 957원/분, 무선발신 1,089원/분

- **국제전화 선불카드**

국제전화 선불카드는 전화 걸때 카드의 번호를 입력해 충전 액만큼 통화할 수 있다. KT 국제전화 선불카드를 이용하면 국내는 물론 타이완에서도 통화, 가능하다. KT 국제전화 선불카드는 5,000원~50,000원권이 있고 통화 시(국내→타이완) 유선발신은 123원/분, 무선발신은 148원/분 지불된다. 타이완의 편의점, 상점 등에서도 국제전화 선불카드를 구입할 수 있고 통화방법은 KT의 경우와 비슷하다(선불카드 뒷면 통화방법 있음).

· **KT 국제전화 선불카드 통화방법**

한국 → 타이완

*구매 시 언어선택하면 바로 해당 언어로 서비스됨.

161+언어선택+카드번호+#+886+0을 뺀 스마트폰번호/지역번호 전화번호+#

타이완 → 한국

82(한국 국가번호)+안내+2번 선택+카드번호+#+0을 뺀 스마트폰 번호/지역번호 전화번호

· **로밍 Roaming**

타이완에서 스마트폰 로밍을 하면 현지에서 편리하게 이용할 수 있다. 로밍의 종류는 통신사와 해당 나라에 따라 음성(통화), 데이터, 문자, 와이파이 등으로 다양하다. 로밍은 따로 신청하지 않더라도 **해외 현지에서 스마트폰을 켜면 자동으로 로밍(또는 로밍 체크)**된다.

자동 로밍 요금(KT)은 현지/해외(한국) 통화 119원/분, 현지/해외(한국) 문자 22원/건, 데이터 1일 1만1천원까지 부과되다가 이후 추가 요금없이 200Kbps 속도로 지속 이용.

*자동 로밍 요금이 예전에 비해 많이 내려가, 한국 내 요금과 거의 같아짐. 자동 로밍을 사용하지 않으려면 스마트폰에서 **비행기 모드**(와이파이 사용가능)로 설정.

통신사에 로밍 상품을 신청해 로밍을 사용할 수도 있다. KT로밍 주요 상품으로는 하루종일ON(데이터) 2만2천원, 하루종일ON(카톡) 6천6백원, 아시아에그(데이터) 1만6천5백원, 로밍ON 음성 하루종일 2만2천원, 데이터로밍 함께ON 아시아/미주(데이터 4G) 3만3천원/15일 등.

타이완 → 한국 전화걸기_‘+’표시는 0을 길게 누름/+82+0빼고 스마트폰 번

호/지역번호 전화번호

타이완 → 타이완
_'+' 표시 없이 지역번호+전호번호

- 유심 USIM

전화번호, 성명 등이 입력된 식별 칩으로 선불 유심과 후불 유심이 있고 한국의 유심전문 업체나 타이완 현지에서 구입가능하다. 타이완 현지에서는 여러 타이완 통신사 중 공항이나 시내에서 가장 쉽게 볼 수 있는 중화통신(中華通信) 대리점, 전화국 내 중화통신을 이용하는 것이 편리하다.
구입한 유심을 스마트폰에 넣으면 **현지 번호**로 음성 또는 데이터를 이용할 수 있다. 데이터 이용 시 스마트폰 내 데이터로밍 체크(켬). *유심 교환 시 기존 유심은 잘 보관해 둠. 현지 구입 시 여권 필요!

(한국) 유심 스토어 상품_

대만유심 중화텔레콤(데이터 매일 3G) 1만5천9백원/1일, 대만유심칩 10일(데이터 6GB) 1만9천8백원, 대만 아시아 통합 15개국 5일(데이터 무제한) 1만2천9백원

· 유심 전화걸기

타이완 → 한국 전화
* '+'표시는 0을 길게 누름.
_+82+0빼고 스마트폰 번호/지역번호 전화번호

타이완 → 타이완 전화
_'+' 표시 없이 지역번호+전호번호

· 인터넷

타이완의 호텔이나 게스트하우스, 스타벅스 등의 무료 와이파이로 인터넷을 사용하거나 시내의 하이 클럽(Hi club) 같은 피시방(PC방=왕카 網咖, 1시간 NT$ 15 내외)나 큐타임(Qtime) 같은 인터넷 카페에서 인터넷을 사용할 수 있다.

- 치안

타이완의 치안은 대체로 안전하나 늦은 밤 뒷골목 같은 한적한 곳에 홀로 다니지 않도록 한다. 관광객이 많이 몰리는 시내나 관광지에서 소매치기, 소지품 분실에 유의한다. 심야의 클럽이나 바에서 모르는 사람이 주는 술을 마시지 않고 취객과 다투지 않는다.

- 유용한 사이트와 전화번호

타이완 경찰 110
타이완 구급대 119
관광안내 0800-011-765

관광통역서비스
02-2717-3737(08:00~19:00 유료),
0800-011-765(24시간 무료)

타이완 관광청
www.taiwantour.or.kr

· 주타이베이 대한민국 대표부

주소 : 台北市 基隆路 一段 333號 1506室 *전철 101역 하차, 1번출구
시간 : 월~금 09:00~12:00, 14:00~16:00
전화 : +886-2-2758-8320~5, 긴급 +886-912-069-230
홈페이지 : https://overseas.mofa.go.kr/tw-ko/index.do

· 가오슝 영사협력원 高雄 領事協力院

소속 : 가오숑시 한인회 / 전화 : 07-521-1933
홈페이지 : http://homepy.korean.net/~kaohsiung/www/

· 영사콜센터

해외 안전 정보, 해외 사건·사고 접수 및 조력, 신속해외송금 지원, 해외 긴급 상황 시 통역서비스(중국어, 일본어 등) 지원, 여권, 영사확인 등 외교부 관련 민원 상담 등 업무 담당 *자세한 내용은 영사콜센터 참고!

무료 전화앱_'영사콜센터'앱 설치 후 이용(와이파이 환경에서 무료 통화)
*카카오톡, 위챗, 라인 상담
전화_국내 02-3210-0404, 해외 +82-2-3210-0404
*통화 연결 후 2번 외국어 통역 서비스
타이완에서 무료 전화_00-800-2100-0404, 00-800-2100-1304
무료 전화(연결 후 5번)_008-0182-0082
콜렉트콜_00801-82-7353
홈페이지_www.0404.go.kr

〈가오슝 개요〉

가오슝(高雄)은 타이완 남부에 있는 도시로 타이완에서는 타이베이, 타이중에 이어 세 번째로 큰 도시이다. 인구는 277만명(2019년). 가오슝 위쪽은 타이난, 아래쪽은 헝춘, 컨팅이 있는 핑둥이다. 가오슝은 북회귀선(자이 부근) 밑에 있어 열대에 속하고 평균 기온은 20°C~30°C, 평균 습도는 60~85%이나 습하다는 느낌은 적다. 맑은 날에는 햇볕이 쨍쨍해 건조한 느낌! 연평균 강수량은 약 1810mm인데 주로 6~8월(약 400mm)에 집중되어 있고 5월과 9월(약 200mm)에도 조금 내리는 편이다. 그 외 달(약 20mm)은 크게 비를 신경쓰지 않아도 된다.
가오슝의 주요 관광지는 가오슝 85 스카이타워, 삼봉궁, 연지담, 루이펑 야시장, MRT 메이리다오역(미디어아트), 보얼 예술특구, 다거우 영국 영사관, 치허우 등대와 해수욕장, 불광산 불타 기념관 등.

〈타이난 개요〉

타이난(臺南)은 타이완에서 가장 오래된 도시이자 가장 먼저 개발된 도시이다. 1624년 네덜란드 동인도 회사가 타이난에 진출해, 1634년까지 10년에 걸쳐 질란디아 요새를 짓고 타이완 서남부를 38년 동안 지배했다. 질란디아 요새가 있던 곳이 타이난의 안핑 지역! 1661년 명나라 장군 정성공이 질란디아 요새를 공격해 이듬해 항복을 받았다. 하지만 곧 정성공이 죽고 타이완은 청나라의 지배를 받기 시작했다. 청나라 지배 시에는 타이완의 중심 역할을 했다.
타이난 주요 관광지는 타이완 시내의 타이난 공자묘, 적감루, 사전 무묘, 안핑의 타이난 대천후궁, 덕기양행, 안핑 수옥, 안핑 고보, 안핑 개태천후궁 등.

〈타이중 개요〉

타이중(臺中)은 타이완에서 타이베이에 이어 두 번째로 큰 도시인데 이는 2010년 타이중 시와 타이중 현이 합쳐졌기 때문이다. 타이중은 청나라 말기부터 발전하기 시작했고 일제 강점기 때 본격적으로 도시가 개발되었다. 한때 타이완이 성(省)이 되고 성도(省都)로 될뻔했으나 타이베이가 성도가 되면서 좌절되었다.
타이완 주요 관광지는 무지개 마을, 타이완 미술관, 자연과학 박물관, 펑지아 야시장 등

02 공항에서 시내 들어가기

가오슝 국제공항 高雄國際航空站 가오슝 궈지항쿵잔

가오슝 시내 남쪽에 위치한 국제공항으로 타이완 국내선은 물론 국제선도 운영한다. 인천발 대한항공(韓航), 아시아나항공(韓亞), 중국항공(華航), 에바항공(長榮), 만다린에어(華信), 부산발 에어부산(釜山), 아시아나 등이 국제선 터미널에 도착한다.

입국장을 나오면 중앙에 여행자센터가 있고 왼쪽에 지하철 MRT역과 시외버스 정류장인 졔롄잔(捷運站)·커윈잔(客運站) 표시판이 보인다. 가오슝 국제공항은 MRT 가오슝 궈지지창(高雄國際機場)역과 연결되어 있으므로 MRT를 이용하는 것이 편리하다.

전화_07-805-7631

홈페이지_www.kia.gov.tw

- MRT(지하철) 捷運 졔롄

가오슝 국제공항과 연결된 MRT 가오슝궈지지창(高雄國際機場)역에서 MRT 훙선(紅線)를 이용해 가오슝 시내로 향할 수 있다. 역에서 가오슝 시내 방향인 난강산(南岡山) 쪽으로 평일 05:56 ~24:02, 약 8분 간격으로 운행하고 요금은 거리에 따라 NT$ 20~55이다. 티켓은 매표소나 티켓 자동판매기에서 1회권인 딴청퍄오(單程票)를 구입할 수 있고 교통카드인 이카퉁(一卡通), 이지카드(Easy Card) 등도 이용 가능하다.

가오슝 MRT_07-793-8888

홈페이지_www.krtc.com.tw

- 택시 Taxi 計程車 지청처

국제선 터미널에서 택시인 지청처(計程車) 표시를 따라 밖으로 나오면 택시 승차장이 있다. 택시를 타고 미터 요금으로 가오슝 시내로 가면 된다.

택시 기본료는 1.5km NT$ 85, 250m 당 NT$ 5씩 추가. 인원이 여럿이거나 짐이 무겁다면 택시를 이용해도 괜찮다.

☆여행 팁_가오슝 국제공항에서 헝춘&컨딩 바로가기

가오슝 국제공항 입국장 나와, 왼쪽 버스 터미널 커윈잔(客運站) 표시를 따라 밖으로 나가면 시외버스 터미널(정류장)이 보인다. 이곳에서 팡랴오(枋寮, 가오슝과 컨딩 중간 도시)로 가는 9117A번 버스, 헝춘(恒春)과 컨딩(墾丁)으로 가는 9117번 버스를 탈 수 있다. 컨딩과 함께 표기된 샤오완(小灣)은 컨딩 옆 해변. 공항에서 컨딩으로 바로 갈 사람은 공항에서 버스 터미널이 있는 가오슝 시내까지 올라갔다 내려오는 시간을 절약할 수 있어 편리하다. 공항에서 컨딩까지 소요 시간은 약 2시간 30분

시간 : 10:10, 11:10, 12:50, 13:50, 16:10, 17:10, 18:50, 19:50

요금 : 헝춘 NT$ 360, 컨딩 NT$ 400 내외

☆여행 팁_택스 리펀드 Tax Refund

타이완에서 택스 리펀드는 첫째, 타이완 여행 시 같은 날 TRS(Tourist Refund Scheme) 표시가 있는 동일 상점에서 NT$ 2,000(약 8만원) 이상 상품을 구입하고 상품 담당자에게 택스 리펀드 신청서(Tax Refund Form)를 받은 후, 90일 이내 해외로 반출하고자한다면 공항 내 세관(海關 Customs)에서 부가가치세(VAT 5%) 환급을 받을 수 있다. 구매 물품을 확인하므로 공항이나 항만에서 체크인 하기 전, '세관신고&텍스 리펀드'(海關申報及退稅 Customs Declare&VAT Refund) 표시를 따라 간 뒤, 구매 물품을 보이고 여권, 영수증 택스 리펀드 신청서를 제출한 뒤 확인 도장을 받으면 타이완 은행에서 부가가치세를 수표/신용카드/현금 등으로 환급받는다.

둘째, 시내 택스 리펀드 특약점에서 TRS 표시가 있는 상점에서 같은 날 동일 상점에서 NT$ 2,000 이상 상품 구입 시 상품 담당자에게 택스 리펀드 신청서를 발급 받는다. 택스 리펀드 코너에서 택스 리펀드 신청서, 여권, 사용한 신용카드를 제출하고 택스 리펀드를 받는다. 택스 리펀드를 받고 20일 이내 환급 상품과 함께 출국해야 한다.

셋째, 소액 즉시 환급으로 TRS 표시가 있는 상점에서 쇼핑 누적액이 NT$ 2,000~24,000이고 상품 담당자에게 소액 즉시 택스 리펀드 신청서를 발급받았다면 매장(택스 리펀드 특약점)에서 바로 부가가치세를 환급받을 수 있다. 소액 즉시 환급 받았다면 상품 구입일로부터 90일 이내 환급 상품과 함께 출국해야 한다. *출국 시 타이완 달러 NTS 100,000 이상 보유하고 있다면 타이완 중앙은행(中央銀行)에 들려 타이완 달러 반출 확인증을 받는다.

전화 0800-880-288, 홈페이지 www.taxrefund.net.tw

03 시내 교통 / 교통 티켓

1) 시내 교통

- MRT(지하철) 捷運 제윈

가오숑 지하철은 샤오강(小港)~난강산(南岡山) 구간의 적색 **훙선(紅線)**, 시쯔완(西子灣)~다랴오(大寮) 구간의 오렌지색 **쥐선(橘線)**, 아오쯔디(凹子底)~카이쉬엔궁위엔(凱旋公園) 구간의 연녹색 **칭구이(輕軌)** 등 3개 노선이 있다. 이 중 훙선과 쥐선은 MRT, 칭구이는 **경전철(트램)인** LRT이다.

티켓은 매표소나 티켓 자동판매기를 이용해 구입가능하다. 티켓의 종류는 1회권인 딴청퍄오(單程票 단정표), 24시간 권(NT$ 180), 48시간 권(NT$ 280)이 있고 가오숑 교통카드인 이카퉁(一卡通)도 이용할 수 있다. 24시간 권과 48시간 권은 이카퉁을 사용하므로 실제 구입요금은 1일권(NT$ 180+이카퉁 보증금 100), 2일권(NT$ 280+이카퉁 보증금 100).

티켓을 구입하고 개찰구로 들어갈 때 1회권 청색 코인 또는 이카퉁을 터치하면 되고 나올 때 개찰구에 1회권 청색 코인을 넣거나 이카퉁을 터치하면 된다. MRT 내에는 일반 좌석과 징청색의 노약자를 위한 박애석(博愛座)이 있고 지하철 내에서 음식물(껌, 물 등 포함) 섭취할 경우 벌금을 있으니 주의한다. *이지카드(Easy Card) 사용가능

가오숑 MRT_07-793-8888

홈페이지_www.krtc.com.tw

▲ 티켓 자동판매기 사용법

① 티켓 자동판매기 위의 노선도에서 목적지와 숫자(요금)를 확인, ②화면에서 목적지를 선택, ③ 장수 선택, ④ 동전 또는 지폐 투입, ⑤ 발행된 코인 회수

- 시내버스 公車 궁처

가오숑 시내버스는 일정 구간을 빠르게 달리는 콰이선궁처(快線公車 급행), 일정 구간을 촘촘히 달리는 간선궁처(幹線公車 완행), MRT 훙선과 연계된 노선인 훙선제보(紅線接駁 홍선 인접), MRT 쥐선과 연계된 노선인 쥐선제보(橘線接駁 쥐선 인접), 가오숑 시내 곳곳을 달리는 이반궁처(一般公車 일반) 등으로 나뉜다.

시내버스 번호는 콰이선궁처가 E~, 훙선제보이 훙(紅)~, 쥐선제보이 쥐(橘),

간선궁처와 이반궁처는 번호만으로 표시된다.
요금은 NT$ 15~39 내외이고 거스름돈을 주지 않으므로 교통카드인 이카퉁이나 이지카드를 이용하면 편리하다.
가오슝 시내는 MRT만으로 다닐 수 있어 시내버스를 탈일 적으나 MRT와 연계된 훙선제보와 취선제보는 관심을 가져도 좋다. MRT 역 나오기 전, 지하철 지도에 목적지 별 연계 버스 표시되어 있으니 원하는 목적지가 있다면 살펴보고 나오자.

가오슝 시내버스_
http://ibus.tbkc.gov.tw/bus

- 택시 計程車 지청처

가오슝 시내는 웬만한 곳은 MRT로 갈 수 있는데 간혹 MRT 역에서 떨어진 곳은 택시를 이용하는 게 편리하다.
가오슝 택시 기본료는 1.5km NT$ 85 내외, 250m 당 NT$ 5씩 추가된다. 심야는 23:00~06:00, 미터요금 외 NT$ 20 추가된다.

2) 교통 티켓

- 이카퉁 一卡通 ipass 아이패스

이카퉁(통)은 주로 가오슝에서 사용되는 교통카드로 현재는 가오슝은 물론 타이베이, 타이중 등 타이완 전역에서 사용 가능하다. 사용처는 타이베이 MRT, 가오슝 MRT, 기차, 타이완 전국 시내&시외버스, 연락선, 공공자전거 대여, 편의점, 주요 관광지 등. 이카퉁으로 MRT 이용 시 15% 할인되고 시내&시외버스 이용 시 일부 할인된다. 2시간 내 MRT 또는 버스에서 버스 또는 MRT 환승 시 NT$ 6 할인.
구입처는 편의점, 타이베이 MRT 매표소, 가오슝 MRT 매표소 등. 구입은 보증금 NT$ 100을 지불하고 이카퉁 구입하고 MRT 매표소, 편의점 등에서 NT$ 100 단위로 원하는 만큼 충전하여 사용한다.

환불 시, 보증금 NT$ 100+수수료 외 잔액 지불. *국제학생증 소지 시 학생용 이카퉁(25% 할인) 발급, 환불된 이카퉁은 재사용 불가. 시티바이크 가오슝(공유 자전거) 30분까지 무료, 구진-치진 섬 페리 50% 할인 혜택!
전화_07-791-2000
홈페이지_www.i-pass.com.tw

- 이지카드 Easy card 悠遊卡 요요카

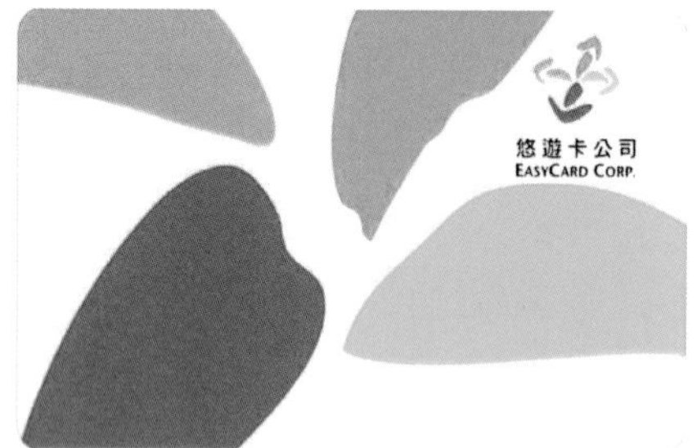

타이완 티머니 카드라고 할 수 있는 이지카드(Easy card)는 지하철 MRT와 시내&시외버스, 기차, 편의점, 공공자전거 대여, 주요 관광지 등에서 사용할 수 있다. 타이완 전역에서 사용 가능. 지하철에서 이지카드(悠遊卡) 사용 시, 20% 요금 할인, 시내&시외버스 이용 시 요금 할인, 1시간 내 MRT 또는 버스에서 버스 또는 지하철 환승 시 NT$ 8 할인된다.
이지카드 종류는 보통(普通卡), 학생(국제학생증 필요), 우대 등이 있다. 또 예전 IC칩 없는 이지카드가 있었으나 현재 IC칩 내장 이지카드만 판매된다. 이지카드는 MRT 매표소나 이지카드 자동판매기, 편의점(패밀리마트, 세븐일레븐, 하이라이프, 오케이마트)에서 **보증금(NT$ 100)**을 지불하고 구입할 수 있다. 이지카드 구입 후, MRT 매표소, 편의점 등에서 충전(NT$ 100~)하여 사용하고 환불 시 보증금 NT$ 100 제외하고 잔액이 지불된다. *2016년 이후 보증금 환불 불가. 환불처가 제한되어 있으므로 쓸 만큼 충전해 쓰고 귀국 시에는 기념품으로 가져오자.
전화_02-2652-9988
홈페이지_www.easycard.com.tw

-아이 캐쉬 icash 愛金卡 아이진카

이지카드, 이카퉁 같은 교통카드로 타이베이 MRT, 버스, 유바이크(You bike) 등을 이용할 수 있다. 타이완 전역에서 사용 가능. 단, 시외버스는 이용불가! 구입처는 MRT 역, 세븐일레븐 등, 구입방법은 보증금(NT$ 100)을 지불하고 구매하면 된다. 구매 시 잔액이 '0' 이므로 추가로 MRT 역, 세븐일레븐에서 충전해 사용. *현재 '아이캐쉬2.0'으로 판매 중
홈페이지_www.icash.com.tw

04 가오슝에서 다른 도시 이동하기

- 고속철도 台灣高鐵 타이완가오톄

가오슝의 고속철도역은 현재 가오슝 시내 북쪽 쭤잉(左營) 역이나 조만간 가오슝 역사 공사가 마무리되면 가오슝 역까지 연결되리라 예상된다. 쭤잉 역은 고속철도역 겸 타이완철도역(신쭤잉역), MRT 역이어서 가오슝의 다른 지역으로 이동하기 쉽다.

고속철도는 쭤잉 역에서 북쪽으로 타이난(台南), 자이(嘉義 NT$ 410), 윈린(雲林), 장화(彰化), 타이중(台中 NT$ 790), 먀오리(苗栗), 신주(新竹), 타오위안(桃園), 반챠오(板橋), 타이베이(台北 NT$ 1,490), 난강(南港)로 빠르게 연결된다. 단, 가오슝 역과 타이베이 역 외 다른 지역의 고속철도 역은 시내와 떨어져 있어 역에서 시내까지의 이동 시간을 고려해야 한다. *가오슝에서 타오위안 국제공항으로 갈 사람은 쭤잉 역에서 고속철도로 타오위안 역까지 간 뒤, 타오위안 역에서 타오위안 국제공항행 버스나 택시 이용한다.

시간_06:15~22:10, 10~25분 간격

전화_07-4066-3000,

홈페이지_www.thsrc.com.tw

- 기차 台灣鐵路 타이완톄루

가오슝 기차역에서 타이완철도를 이용해 서쪽종단노선인 타이난(台南 약34분, NT$ 106), 자이(嘉義 약 1시간15분, NT$ 245), 장화(彰化 약 2시간 15분, NT$ 429), 타이중(台中 약 2시간30분, NT$ 469), 타이베이(台北 약 5시간 소요, NT$ 843), 동쪽종단노선

인 타이둥(台東 약 2시가20분, NT$ 362), 화롄(花蓮 약 5시간 30분, NT$ 705)등으로 이동할 수 있다.

기차의 종류는 새마을호 격의 쾌속 기차 푸리마(普悠瑪)·타이루거(太魯閣)·쯔창(自強), 무궁화격의 특급기차 쥐광(莒光), 비둘기호격의 취젠처(區間車) 등이 있다. 장거리 이동 시, 푸리마·타이루거·쯔창, 중거리 이동 시, 쯔창·쥐광, 단거리 이동 시, 취젠처(區間車)를 이용한다. *소요시간, 요금, 쯔창 기준

시간_가오슝-타이베이_06:14~19:13/

가오슝-화롄_07:15~18:15

홈페이지_www.railway.gov.tw

• 시외버스 客運 커윈

가오슝 기차역 남쪽 궈광커윈 터미널(國光客運 高雄站, 高雄市 三民區 中山一路 316號)에서 타이중(台中), 타오위안(桃園), 타이베이좐윈잔(臺北轉運站, 타이베이 버스 터미널), 타이둥(台東), 가오슝커윈(高雄客運) 터미널 또는 가오톄쭤잉 역에서 헝춘(恒春), 컨딩(墾丁), 어롼비(鵝鑾鼻) 등으로 가는 시외버스를 이용할 수 있다. 헝춘과 컨딩행 **9117, 9188, 9189번 버스는 궈광커윈(國光客運)·가오슝커윈(高雄客運)·핑둥커윈(屏東客運)에서 공동운영** *가오톄쭤잉(高鐵左營站)역에서는 9189번 버스 이용!

궈광커윈 터미널_07-235-2616,

www.kingbus.com.tw

가오슝커윈_07-746-2141,

www.ksbus.com.tw

궈광커윈 터미널_주요 노선

노선	목적지	운행시간/운행간격	소요시간	요금 (NT$)
1872번	타이중(台中)	05:40~21:40 /약 40분	3시간10분	345

1862번	타오위안(桃園) _經 朝馬	09:30·14:00·18:00·19:00	4시간50분	495
1862A번	타오위안(桃園) _經 西螺	06:30·11:30·16:00	4시간50분	405
1838번	타이베이(台北)역 _經 林口	06:00~22:00 /약 2시간	5시간	475
1838A번	타이베이(台北)역 _經 西螺	08:00~19:00 /약 2~3시간	5시간	475

궈광커원·가오숑커원·핑둥커원_공동 노선

노선	목적지	운행시간/운행간격	소요시간	요금 (NT$)
9188번	가오숑(궈광커원)→헝춘(恒春) _台88線(고속도로)	06:05~22:10 /30분~1시간 간격	2시간	306
	가오숑(궈광커원)→컨딩(墾丁) _台88線(고속도로)	06:05~22:10 /30분~1시간 간격	3시간	362
9117번	가오숑(궈광커원)→헝춘(恒春) _台17線(국도)	04:00~23:30 /40분~3시간 간격	2시간	319
	가오숑(궈광커원)→컨딩(墾丁) _台18線(국도)	04:00~23:30 /40분~3시간 간격	3시간	352
9189번	가오톄쭤잉 역(高鐵左營站)→헝춘(恒春) _台88線(고속도로)	08:00~19:30 /30분 간격	2시간	361
	가오톄쭤잉 역(高鐵左營站)→컨딩(墾丁派 出所) _台88線(고속도로)	08:00~19:30 /30분 간격	3시간	401

05 타이완 하오싱과 타이완 관광버스, 택시 투어

-타이완 하오싱 台灣好行 Taiwan Tourist Shuttle

타이완 하오싱은 기차역이나 고속철도 역에서 타이완 하오싱 버스를 이용해 주요 관광지를 돌아볼 수 있게 한 것이다. 타이완 하오싱 버스는 코스에 따라 관광버스인 경우도 있고 그냥 노선버스인 경우도 있어 역에서 관광지 가는 버스라고 생각하면 될 듯.

코스는 타이완 전역에서 50여개의 코스가 운영되고 있는데 주요 코스는 타이루거(太魯閣), 르웨탄(日月潭), 아리산 삼림유락구(阿里山森林遊樂區), 관쯔링 온천關子嶺溫泉), 이자이진청(億載金城), 컨딩(墾丁) 등이 있다.

주로 역에서 출발해 중간 중간의 관광지에서 내려 구경하고 다시 출발지로 돌아오는 식으로 운영된다. 중간에 관광지에서 내렸다 탔다 를 반복하면 실제로는 시간이 많이 걸리고 버스 시간을 맞추기 어려운 점이 있다. 타이완 하오싱은 보통 30분~1시간 간격으로 운행된다. 티켓은 운전기사에게 구입할 수 있는데 요금은 거리에 따라 낸다. 거리 요금 외 편도 요금은 보통 거리에 따른 요금이고 1일권 또는 2일권은 1~2일 동안 자유롭게 타고 내릴 수 있는 티켓이다.

구입처_전국 퉁리안커윈(統聯客運 U Bus) 매표소, 페미리마트, 7-11 ibon, KLOOK, KKday 홈페이지

홈페이지_www.taiwantrip.com.tw

타이완 하오싱 주요 노선_

지역	코스(목적지)	노선(_출발지)	운행시간	요금 (NT$)
화롄 花蓮	타이루거 太魯閣	타이루거선(太魯閣線) _화롄역/여행자센터	평 06:30~13:40 (주 ~16:10)	편도_140 1일권_250
난터우 南投	르웨탄 日月潭	르웨탄선(日月潭線) _타이중 간청/타이중역	평_07:20~17:45 (주 ~19:45)	편도_193 왕복_360
자이 嘉義	아리산 삼림유락구 阿里山森林遊樂區	아리산 A선 (阿里山 A線) _가오톄자이 역	09:30, 10:10, 11:00, 13:10	편도_278
자이	아리산 삼림유락구	아리산 B선	06:05~14:10	1회_251

嘉義	阿里山森林遊樂區	(阿里山 B線)_자이 역		
타이난 台南	관쯔링 온천 關子嶺溫泉	관쯔링선 (關子嶺線)	주 08:30~14:00 (약 1시간 간격)	115
타이난 台南	이자이진청 億載金城	99안핑타이선 (99安平台江線) _타이난 역	주 08:20~16:20 (약 1시간 간격)	매회_18
컨딩 墾丁	컨딩 墾丁	컨딩콰이선(墾丁快線) _가오테쭤잉(左營) 역	08:30~19:10	편도_401 왕복_600

*평 : 평일, 주 : 주말, 가오테 : 고속철도, 편도 요금 : 출발-종착지 요금

*현지 상황에 따라 노선, 시간, 요금 등 바뀔 수 있음

- 타이완관빠 台灣觀巴 Taiwan Tour Bus

타이완 여행 중 대중교통편이 불편한 관광지나 여러 관광지를 한 번에 둘러보고 싶을 때 타이완 광광버스인 타이완관빠를 이용하면 편리하다. 특히 쉽게 가기 어려운 국립공원이나 체험농장, 온천, 원주민 부락, 바다 여행, 야경 투어 등은 타이완 관빠로 가는 것이 나을 수 있다.

코스는 지우펀·양밍산·쑤아오 등 북부 노선, 르웨탄·루강·난터우 등 중부 노선, 아리산·불광산·컨딩 등 남부 노선, 타이루거·타이둥 등 동부 노선, 타이완 일주노선 등 90여개가 있다. 여행 코스는 보통 가이드가 중국어로 진행하나 외국인인 경우 간단한 영어 소통이 가능하니 여행을 못할 정도는 아니다. 영어, 일어 등에 능통하다면 외국어 코스를 이용해도 좋은데 기본 코스와 같이 관광지 데려다 주고 다른 관광지 옮겨 가고 하는 등 다를 게 없다.

타이베이 출발뿐만 아니라 지방 도시 출발 코스도 있으니 참고. 요금은 코스별로 다르나 보통 1일 일정의 경우 NT$ 1,200~1,700 정도이고 입장료, 식사별도. 신청은 홈페이지를 통해 할 수 있고 인기 코스의 경우 주말이나 성수기에 조기 마감된다. 코스 중 식사 추가 있다면 가성비가 높으므로 신청하

는 게 좋다. *타이완 하오싱, 타이완관 빠의 버스는 관광버스 또는 지역 노선 버스가 혼재되어 운영됨.
홈페이지_www.taiwantourbus.com.tw

타이완 관빠 주요 코스_

지역	코스(목적지)	노선	소요 시간 (hr)	요금 (NT$)
북부	동북해안, 핑시, 진과스, 지우펀 1일(東北角之迷~黑金的故事)	타이베이 역➜신핑시탄광박물관(新平溪煤礦博物)➜황금박물관(黃金博物館)➜지우펀(九份老街)➜수이난둥 13층 유적(水湳洞十三層遺址)➜타이베이 역	11	1,900
	북해안, 시터우산공원, 진산, 양명산 1일 (台北山海戀一日遊)	타이베이 역➜시터우산공원(獅頭山公園)➜찐산(金山老街)➜양밍산(陽明山)➜타이베이 역	10	1,800
	이란, 칭수이지열, 공묘, 둥산허, 좡웨이사구 2일 (宜蘭舊城探祕二日遊)	1일_타이베이 역➜칭수이지열(清水地熱)➜공묘(四結金身土地公廟)➜쭝신원창(中興文創園區)➜루오둥야시장(羅東夜市) 2일_둥산허(冬山河生態綠洲)➜둥산(冬山老街)➜좡웨이사구(壯圍沙丘旅遊服務園區)➜타이베이 역	2일	3,200 (4인 1실)
중부	르웨탄 1일 (海陸空體驗日月潭之美一日)	타이중역➜(르웨탄)자전거도로➜르웨탄 선상유람(船遊日月潭)➜르웨탄 케이블카(日月潭纜車)➜문무묘(日月潭文武廟)➜타이중역	8~9	1,600
	칭징농장, 허환산 1일 (絕美高山景觀公路-清境農場, 合歡山)	타이중역➜칭징농장&칭칭초원(清境農場&青青草原)➜우링(武嶺)➜칭징상권(清境商圈巡禮)➜타이중역	8~9	1,600
	루강, 티엔후궁, 모루샹, 루강룽산사, 베이강 차오티엔궁 2일 (走入鹿港雲林歷史長廊	1일_타이중역➜루강(鹿港小鎮)➜천티엔후궁·모루샹(天后宮·摸乳巷)➜루강룽산사(鹿港龍山寺) 2일_베이강차오티엔궁(北港朝天宮)➜베	2일	4,700

	時光之旅)	이강춘셩훠박물관(北港春生活博物館)➜마오진공장(毛巾工廠)➜타이중역		
남부	남 고궁 박물관, 아오구습지, 커우후 1일 (鰲向南故宮一日遊)	타이난가오톄역➜아오구습지(鰲鼓濕地森林園區)➜커우후(口湖遊客中心)➜고궁 박물관 남원(故宮南院)➜타이난 가오톄역	7~8	2,200
	아리산 2일 (阿里山四季風情 新中橫鹿林神木尋幽之旅)	1일_타이중역➜신중횡경공로(新中橫景觀公路~塔塔加遊客中心)➜타이완공식제2대신무(台灣官方排名第二大神木~鹿林神木)➜탐방기밀풍경(探訪私房景點~水山線) 2일_아리산산림철로~주산선(阿里山森林鐵路(單程)~祝山線火車)➜주산 일출➜아리산산림공원(阿里山森林遊樂區)➜펀치후(奮起湖老街)➜타이중역	2일	5,580
	헝춘반도(컨딩) 1일 (恆春半島全島旅遊線一日遊)	集合地點➜지아야오수이(佳樂水)➜港口吊橋➜龍磐公園➜어롼비(鵝鑾鼻)➜貝殼砂島➜선반석(船帆石)➜A.海生館/B.紅柴坑半潛艇+白沙/C.古城鐵馬/D.後壁湖三合一水上活動➜➜貓鼻頭➜關山➜回程	8.5	2,000
동부	타이루거 도보 1일 (太魯閣景觀步道探訪一日遊)	화롄 버스 터미널➜사카당보도(砂卡礑步道)➜옌즈커우보도(燕子口步道)➜지우쿠둥보도(九曲洞步道)➜창춘사(長春祠)➜➜치싱탄(七星潭遊憩區)	8	1,180

*현지 상황에 따라 노선, 시간, 요금 등 바뀔 수 있음

- 타이완 택시 투어 Taiwan Taxi Tours

타이완 여행 시 대중교통편이 불편하거나 여러 관광지를 한 번에 여행하려면 택시를 대절하는 것이 좋다. 택시 투어는 주로 타이베이(台北) 북쪽의 예류(野柳), 진과스(金瓜石), 지우펀(九份), 스펀(十分), 하우통(猴硐) 등 일대, 화롄에서는 타이루거 계곡을 둘러볼 때 유용하다. 중국어에 능통하다면 현지 택시 업체를 섭외해도 되고 중국어에 익숙하지 않다면 한국에서 인터넷 카페

에서 예약할 수 있고 약간의 한국어가 통하는 JJ투어 등을 이용하면 된다.

타이베이 근교 코스는 진과스-지우펀-스펀, 예류-진과스-지우펀-스펀, 하우통-스펀-진과스-지우펀 등이고 여기에 순서를 바꾸거나 관광지를 추가, 삭제할 수 있다. JJ투어는 타이베이 북부 코스 외 타이베이 시내, 이란&자오시 온천, 타이루거, 컨딩, 타이중 코스 등도 진행한다. 타이베이 북부 코스 요금은 보통 택시 1대(정원 4명), 1일 10시간 기준 NT$ 4,500 정도이다. 입장료, 식대 등 제외된다. 약속된 시간을 초과하면 시간당 추가 요금이 부과된다. 참고로 운전기사 팁은 주지 않아도 되고 점심 식사 때에도 따로 식사!

· JJ투어

코스 : ① 예류-스펀-진과스-지우펀/예류-진산라오지에-석문동-단수이(10시간)_NT$ 4,500 내외

② 타이베이-타이루거 협곡 코스_타이베이(12시간)/화롄역(8/5시간) 출발 NT$ 6,500/3,600/3,000 내외

③ 가오슝_월세계, 불광산, 용호탑, 치진, 보얼, 아이허(9시간)_NT$ 5,500 내외

전화_한국에서 +886-978-949-590, 타이완에서 +886 빼고.

신청_

http://cafe.naver.com/jjtaiwantaxitour

· 고 택시 Go Taxi

택시나 밴을 대절해 원하는 관광지를 둘러볼 수 있다. 단, 택시 전문업체이므로 한국어 지원이 미흡할 수 있음. 간단한 영어 소통 가능할 듯! *타이베이, 타이중 한정

종류 : ① 택시(4인, 8시간 기준), NT$ 4,000(시간 초과 시 NT$ 200/30분)

② 밴(8인, 8시간 기준), NT$ 6,000(시간 초과 시 NT$ 300/30분)

③ 공항 샌딩(호텔→공항), NT$ 1,800

전화_한국에서 +886-918-656-033, 타이완에서 886빼고.

신청_www.gotaiwan.cc

2. 가오슝 高雄 Kaohsiung

01 쭤잉~가오슝 시내 左營~高雄市內

가오슝 북쪽 쭤잉에서 가오슝 남쪽 시내까지는 가오슝의 주요 볼거리가 모여 있고 MRT 홍선(紅線)으로 연결되어 있어 한번 둘러보기 편하다. 제일 위쪽에 연지담 호수가 있고 호수 주위에 용호탑, 춘추어각, 가오슝 공묘 같은 사원이 있어 반나절 여행에 적합하다.

아래로 내려오면 가오슝 역 동쪽에 과학공예 박물관, 서쪽에 도교 사원 삼봉궁이 있고 남쪽으로 내려가면 타이완 남부 최고층 빌딩인 가오슝 85 스카이타워가 나온다. 74층 전망대에서 가오슝 시내가 한눈에 들어오고 전망을 본 뒤에는 85스카이타워 특급 호텔의 레스토랑에서 뷔페를 즐겨도 좋다. *2024년 현재 가오슝 85 스카이타워 전망대와 특급 호텔 영업 중지 중!

저녁에는 사람들로 붐비는 루이펑 야시장이나 류허 야시장에 들려 루웨이, 바비큐, 꼬치 같은 길거리 먹거리를 맛보아도 즐겁다.

▲ 교통

① **연지담**_MRT 셩타이위안취(生態園區) 역 2번 출구, 훙(紅)35번 버스, 우찬관 롄탄뎬(物產館蓮潭店) 하차/셩타이위안취 역 2번 출구, 가오슝 퍼블릭 바이크(공용자전거) 이용, 멍즈루(孟子路) 직진 후 좌회전, 사거리에서 우회전, 철길 건너, 6분/셩타이위안취 역 2번 출구, 도보 18분/가오슝 역(高雄車站)에서 취젠처(區間車) 기차 이용, 쭤잉 역(左營車站) 하차, 역에서 롄츠탄 방향, 도보 9분

② **루이펑 야시장**_MRT 쥐단(巨蛋) 역 3번 출구 나와, 사거리에서 좌회전, 직진. 도보 6분

③ **가오슝 85 스카이타워**_MRT 싼둬샹취안(三多商圈) 역 1번 출구 나와, 가오슝 85다러우(高雄 85大樓) 방향, 도보 11분

▲ 여행 포인트

① 연지담 호수에서 자전거타고 용호탑, 춘추어각, 북극당 등 순례하기
② 루이펑 야시장에서 패션소품 쇼핑하고 먹거리 맛보기
③ 과학공예 박물관에서 재미있는 체험을 통해 과학원리 익히기
④ 삼봉궁의 화려한 장식 살펴보고 영험한 신에게 소원도 빌어보기
⑤ 루이펑/류허 야시장에서 새우 잡기 게임해보고 먹거리도 맛보기
⑥ 가오슝 85 스카이타워 전망대에 올라 가오슝 시내 조망하기

▲ 추천 코스

연지담→과학공예 박물관→삼봉궁→청스광랑/신큐쟝 상권→메이리다오 역→루이펑/류허 야시장→가오슝 85 스카이타워 *2024년 현재 가오슝 85 스카이 타워 전망대 영업 중지 중이므로 아쉬운대로 스카이타워 남쪽 가오슝시립도서관 8층 루프톱 화원에서 전망 감상!

〈쭤잉~MRT 허우이 역〉

연지담 蓮池潭 롄츠탄

가오슝 북쪽 쭤잉취(左營區) 지역에 있는 타원형 호수로 42헥타르(ha)의 방대한 면적을 자랑한다. 롄츠탄(蓮池潭)이란 명칭은 한여름 호수의 연꽃 향기가 멀리 퍼져나간다고 하여 붙여진 것. 호숫가에는 룽후타(龍虎塔), 춘치우거(春秋閣), 치밍탕(啟明堂), 가오슝 쿵즈먀오(高雄市 孔子廟) 등 크고 작은 20여개 사원이 자리해 볼거리를 제공하고 수상스키 같은 수상스포츠도 즐길 수 있다. 호수 가를 따라 호수를 한 바퀴

도는 산책로가 조성되어 있어 호수를 감상하며 산책을 즐기기 좋다. *호수가 매우 넓으므로 MRT 셩타이위안취 역 2번 출구의 공용 자전거인 가오슝 공용 자전거를 대여해 둘러보면 편리.

교통 : MRT 셩타이위안취(生態園區) 역 2번 출구 나와, 훙35(紅35) 버스/**가오슝 퍼블릭 바이크**/도보(18분) 또는 가오슝 역(高雄車站)에서 취젠처(區間車) 기차 이용, 쭤잉 역(左營車站) 하차, 역에서 롄츠탄 방향, 도보 9분
주소 : 高雄市 左營區 翠華路 1435號
전화 : 07-588-2497

≫로투스 웨이크 파크 Lotus Wake Park 蓮潭滑水主題樂園

롄츠탄 입구에 위치한 웨이크보드 체험장으로 호수에 5개의 탑이 세워져 있고 탑 사이에 로프가 연결되어 있어 자동으로 탑과 탑 사이를 이동할 수 있게 되어 있다. 선착장에서 웨이크보드를 타고 로프만 잡으면 탑과 탑 사이를 신나게 질주할 수 있는 뜻! 안전모와 구명조끼를 착용하고 웨이크보드를 이용하므로 신나게 즐기기만 하면 된다.

교통 : 가오슝시 우찬관(高雄市物產館) 부근 롄츠탄 입구에서 바로
주소 : 高雄市 左營區 蓮池潭水主題樂園
전화 : 07-581-1556
시간 : 10:00~18:00
요금 : 웨이크보드 1/2/4시간 NT$ 600/1200/1500
홈페이지 : www.facebook.com/LotusWakePark

≫용호탑 龍虎塔 룽후타

1976년 완공된 높이 11m, 7층 쌍 탑으로 쌍 탑 입구에 용과 호랑이 조형물이 있다. 보통 **용 아가리**로 들어가 쌍탑을 구경하고 **호랑이 아가리**로 나온

다. 이는 악운을 막고 행운을 기원하는 의미라고 하니 호랑이 아가리로 먼저 들어가지 않도록 한다. 용탑 내에 중국 전통의 24효자도, 호랑이탑 내에 12현사와 옥황상제 36궁장도(지옥도)가 걸려 있으니 관심 있는 사람은 살펴보자. 쌍 탑에 오르면 가깝게는 롄츠탄 일대, 멀리 북동쪽으로 반핑산(半屏山), 동쪽으로 바다, 남서쪽으로 서우산(壽山), 남쪽으로 쭤잉 지역 등이 한눈에 보여 롄츠탄 최고의 전망대 역할을 한다. * 롄츠탄 입구와 룽후타 중간의 성벽 쭤잉주청(左營舊城)은 쭤잉이 옛 요새(성벽) 마을임을 보여주는 유적.

교통 : 가오슝시 우찬관(高雄市物產館) 부근 롄츠탄 입구에서 산책로 따라 도보 9분/자전거 3분

주소 : 高雄市 左營區 蓮潭路 9號

전화 : 07-581-0146

시간 : 05:00~21:30, 요금 : 무료

≫자제궁 慈濟宮 츠지궁

1719년 청나라 강희 58년 세워진 사원으로 주신으로 바오셩다줜(保生大帝)을 모신다. 바오셩다줜은 중국 남부 민난, 타이완 등에서 믿는 의학의 신이다. 본전 중앙에 용 장식을 배경으로 바오셩다줜, 좌우에 타이완의 영웅 정청궁(鄭成功), 청나라 말기 관리 차오진(曹謹)이 자리한다. 의학의 신을 모시고 있으므로 건강과 가족의 평안을 기원 드리기 좋다.

교통 : 용호탑 길 건너, 바로

주소 : 高雄市 左營區 蓮潭路 9號

전화 : 07-581-9286

시간 : 05:00~22:00

≫춘추어각 春秋御閣 춘치우위거

1953년 완공된 중국 궁전식 누각으로 4층 8각 쌍 탑이다. 춘치우위거(春秋御閣)라는 명칭은 춘거(春閣)와 치우거(秋閣) 등 쌍 탑의 명칭을 합친 것이라고 하기도 하고 공자가 춘추를 지은 것을 기념하기 위한 것이라고 하기도 한다. 간단히 춘추각이라고도 부른다. 또한 춘추는 삼국지의 관우가 즐겨 읽었던 책이다. 춘거와 치우거 사이에 커다란 용을 타고 있는 관음보살상이 세

워져 있고 춘거와 치우거 뒤, 호수 안쪽으로는 2층 정자인 우리팅(五里亭)이 보인다.

교통 : 가오숑시 우찬관(高雄市物產館) 부근 롄츠탄 입구에서 산책로 따라 도보 12분/자전거 4분/훙35(紅35)번 버스 이용, 롄츠탄(蓮池潭) 버스정류장(룽후타와 춘치우거 사이) 하차

주소 : 高雄市 左營區 蓮池潭 春秋閣

전화 : 07-581-6216

시간 : 05:00~21:30, 요금 : 무료

≫계명당 啟明堂 치밍탕

1899년 청나라 광서 25년 밍더탕(明德堂)으로 창건됐고 1903년 현재 명칭인 치밍탕(啟明堂)으로 개칭되었다. 유불선 등 3교를 모시는 종합(?) 사원으로 3교의 성인을 모시고 관우인 관셩디쥔(關聖帝君)과 공자인 쿵푸즈(孔夫子) 같은 문무성인에게 제를 올린다. 정전인 정뎬(正殿)에 붉은 얼굴을 한 관성디쥰, 관성디쥔 뒤, 흰 수염 노인 모습을 한 공자 쿵푸즈, 싼관뎬(三官殿)에 싼관다디(三官大帝)·난더우싱쥔(南斗星君)·원창다디(文昌大君) 등 층별로 여러 신상을 모신다. 관성디쥔이 영험이 있는지 향을 피우고 참배하는 사람들이 많다. 정뎬 앞에 서면 춘거와 치우거 사이 커다란 용을 타고 있는 관음보살 모습이 한눈에 들어온다.

교통 : 가오숑시 우찬관(高雄市物產館) 부근 롄츠탄 입구에서 산책로 따라 도보 12분/자전거 4분/훙35(紅35)번 버스 이용, 롄츠탄(蓮池潭) 버스정류장(룽후타와 춘치우거 사이) 하차

주소 : 高雄市 左營區 蓮潭路 36號

전화 : 07-581-7136

시간 : 04:00~22:00

홈페이지 : www.zycmt.org.tw

≫북극정 北極亭 베이지팅

베이지수안톈샹디(北極玄天上帝)를 모시는 사원으로 호수 안쪽으로 이어진 곳에 동남아 최고의 수상신상이라는 베이지수안톈샹디가 세워져 있다. 베이지수안톈샹디가 들고 있는 칼은 세계 제일 검이라는 칠성보검(七星寶劍)이다. 베이지수안톈샹디는 도교에서 북극성의

화신이자 요괴퇴치의 신으로 여겨진다. 베이지팅 앞에 있는 사찰은 1957년 창건한 후안스(護安寺)로 수안톈샹디(玄天上帝)와 둥위에다디(東嶽大帝), 천수관음인 치엔서우관인(千手觀音)을 모신다.

교통 : 가오슝시 우찬관(高雄市物產館) 부근 롄츠탄 입구에서 춘치우거(春秋閣) 지나. 도보 17분/자전거 6분

주소 : 高雄市 左營區 尾北里 北極亭

시간 : 05:00~21:30

≫가오슝시 공자묘 高雄市孔子廟 가오슝스 쿵즈먀오

롄츠탄 북서쪽 끝에 위치한 쿵즈먀오는 공자를 기리는 사당으로 1976년 대지 6,000여 평에 건평 1,800여 평 규모로 건축되었다. 전체적으로 북경의 자금성을 닮은 중국북방 궁전식 양식을 띄고 있어 웅장한 느낌을 준다. 쿵즈먀오 제일 앞에 공자의 학문과 인격을 기리기 위해 세운 완런궁챵(萬仞宮牆), 반원 모양의 연못인 반츠(泮池), 공자를 뜻하는 문운의 별이 내려온 것을 알리는 링싱먼(櫺星門)이 있고 다청문(大成門)을 지나면 광장, 광장을 지나면 공자의 위패가 모셔진 다청뎬(大成殿)이 보인다. 다청뎬 좌우로는 공자의 제자들 위패를 모신 둥우(東廡)와 시우(西廡)가 있고 다처뎬 뒤에 충셩츠(崇聖祠)가 자리한다. 상설 전시장에서는 중국 곡부에서 태어난 성인이 되기까지의 공자의 삶에 대해 알 수 있고 타이완 전역에 있는 쿵즈먀오에 대한 정보도 얻을 수 있다.

교통 : 가오슝시 우찬관(高雄市物產館) 부근 롄츠탄 입구에서 오른쪽 산책로 따라 도보 18분/자전거 7분/MRT 신쮜잉 역에서 쿵즈먀오(孔子廟) 방향, 도보 16분/택시 이용

주소 : 高雄市 左營區 蓮潭路 400號

전화 : 07-588-0023

시간 : 09:00~17:00, 휴무 : 월요일

≫주자 청수궁 洲仔清水宮 저우즈 칭수이궁

1938년경 처음 건립된 사원으로 청수대사인 칭수이즈스(清水祖師)와 바다의

수호신 톈상셩무(天上聖母)를 모신다. 사원 지붕에 칭수이즈스의 조형물이 있어 멀리서도 눈에 띈다.

교통 : 가오슝시 우찬관(高雄市物產館) 부근 롄츠탄 입구에서 오른쪽 산책로 따라 도보 8분/자전거 2분

주소 : 高雄市 左營區 洲仔巷 25號

전화 : 07-583-5031

시간 : 09:00~20:00

서풍 야시장 瑞豐夜市 루이펑 예스

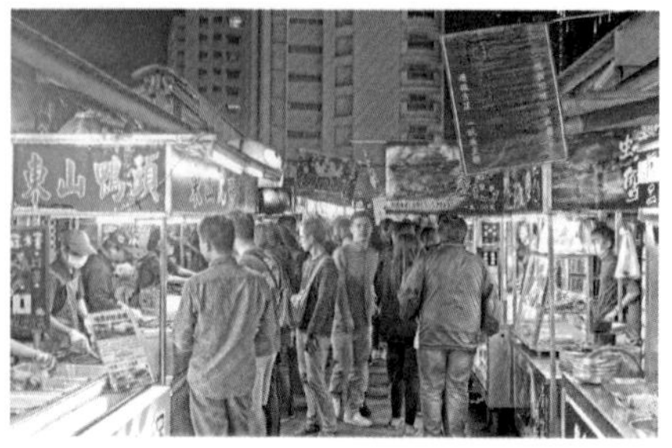

위청루(裕誠路)와 난핑루(南屏路) 사거리에 위치한 20년 전통의 야시장으로 가오슝에서 가장 북적이는 곳이다. 루강(鹿港)의 모루항(摸乳巷)이 가슴이 닿을 듯 한 골목이라면 이곳 시장 통은 등짝 밀착 골목이라고 해도 무방할 만큼 찾는 사람들이 많다. 사거리 한쪽, 정방형 부지에 여러 개의 골목이 병렬로 배치되어 있고 수많은 노점이 영업을 한다. 육수에 데쳐 먹는 루웨이(滷味), 꼬치, 바비큐, 꽃게, 통닭, 소시지, 음료 등 길거리 먹거리가 넘쳐나고 모자, 티셔츠, 바지, 액세서리 등 패션 관련 용품도 많이 보인다. 한쪽에 훠궈, 면 요리, 덮밥 등을 파는 식당 골목, 카드, 마작, 풍선 터트리기 등 놀이 골목도 마련되어 있다. 사람이 매우 많으니 일행과 떨어지지 않도록 하고 소지품 보관에도 유의한다.

교통 : MRT 쥐단(巨蛋) 역 3번 출구 나와, 사거리에서 좌회전, 직진. 도보 6분

주소 : 高雄市 左營區 裕誠路 瑞豐 夜市

시간 : 18:00~01:00

휴무 : 월, 수요일

가오슝시립미술관 高雄市立美術館 가오슝 시리 메이슈관

1994년 개관한 미술관으로 지하 1층~지상 4층 규모의 미술관과 아동미술관, 41헥타르(hr)에 달하는 광대한 미술공원으로 이루어져 있다. 미술관에는 16개의 전시실이 있어 유명 작품을 모은 상설전과 수시로 기획전이 열린다. MRT 아오쯔디(凹子底) 역에서 다소 떨어져 있으므로 버스를 타거나 택시를 이용하자.

교통 : MRT 아오쯔디(凹子底) 역 1번

출구 나와, 훙(紅)32, 훙33번 버스 메이슈 공원(美術公園) 하차/택시 이용
주소 : 高雄市 鼓山區 美術館路 80號
전화 : 07-555-0331
시간 : 09:30~17:30, 휴무 : 월요일
요금 : 무료
홈페이지 : www.kmfa.gov.tw

〈가오슝 시내〉

국립과학공예박물관 國立科學工藝博物館 궈리 커쉐궁이 보우관

가오슝 역 동쪽에 위치한 과학공예 박물관으로 1997년 개관했다. 박물관은 19헥타르(ha)의 방대한 부지에 전시 중심의 북관과 연구 중심의 남관으로 나누어 건축됐다. 북관은 층별로 지하 1층 아동 과학원과 우주와 동물의 세계에 관한 입체영화를 번갈아 상영하는 영화관(大螢幕電影院), 지상 1층 매표소, 2층 동력기계와 전신, 4층 교통 몽상관과 의류직물, 5층 과학교실, 6층 항공천문과 수자원 전시장 등으로 구성된다. 전시장 곳곳에 과학체험장이 있어 재미있는 과학 원리를 몸으로 체득해 볼 수도 있다.

교통 : 가오슝 역(高雄車站) 앞 버스 터미널에서 60번 버스, 커궁관(科工館) 하차/택시 이용
주소 : 高雄市 三民區 九如一路 720號
전화 : 07-380-0089
시간 : 09:00~17:00, 영화_09:00~16:00(1시간 간격, 40분 상영), 휴무 : 월요일
요금 : 일반 NT$ 100, 학생 NT$ 70, 3D영화관_일반 NT$ 150, 과학체험 NT$ 30
홈페이지 : www.nstm.gov.tw

삼봉궁 三鳳宮 싼펑궁

1672년 청나라 강희원년 창건된 사원으로 타이완 남부에서 이름난 도교 성지 중 하나이자 타이완 3대 싼타이즈먀오(三太子廟) 중 하나이다. 주신으로 중탄위안수아이나자 싼타이즈(中壇元帥

哪吒 三太子)를 모신다. 중탄위안수아이는 도교에서 요괴를 물리치는 하늘의 장군으로 여겨진다. 실제로는 은나라 때 장군으로 무왕을 도와 주나라를 건국하는데 공헌했다. 그가 전쟁에 날 때에는 옥황상제가 요괴를 물리치려 보낸 전쟁의 신 다뤄시엔(大羅仙)으로 변신한다고 전한다. 다뤄시엔은 신장 20m에 3개의 머리, 9개의 눈, 8개의 팔을 가진 무시무시한 모습이어서 요괴들이 보기만 해도 도망칠 정도였다고.

사원으로 들어가면 1층에 중탄위안수아이(싼타이즈), 2층에 석가·관음·보현 등 부처와 보살, 3층에 옥황대제·남두대군·북두대준 등 도교 신 등이 있어 도교와 불교가 혼합된 사원인 셈이다.

교통 : 가오슝 역(高雄車站) 앞 버스터미널 오른쪽 버스정류장에서 88, 218A번 버스, 싼펑중제(三鳳中街) 하차. 싼펑중제에서 길 건너 싼펑궁 방향, 도보 3분

주소 : 高雄市 三民區 河北二路 134號

전화 : 07-287-1851

시간 : 05:00~23:00

홈페이지 : www.sunfong.org.tw

MRT 메이리다오 역 MRT 美麗島站 MRT 메이리다오잔

가오슝 시내를 남북으로 지나는 훙선(紅線) 노선(南鋼山-小港)과 동서로 지나는 쥐선橘線) 노선(四子灣-大寮)이 교차하는 MRT 역이다. 메이리다오(美麗島)는 원형으로 세계에서 가장 큰 원형 역으로 알려져 있다.

원형 역 중앙, 원형 천정은 빛의 돔인 〈광즈츙딩(光之穹頂, The Dome of Light)〉으로 세계적인 예술가 이탈리아의 나르키수르 쿠아글리아타(Narciss-us Quagliata)의 작품이다. 이 작품은 직경 30m, 총면적 660㎡으로 세계에서 가장 큰 단일 유리 공공미술작품으로 꼽힌다. 광즈츙딩은 수(水), 토(土), 광(光), 화(火) 등 4구역으로 구분되고 각기 성장(成長), 창신(創新), 훼멸(毀滅), 중생(重生)의 의미를 갖는다고. 색색의 스테인드글라스는 아름다움과 함께 묘한 느낌이 들게 하여 지나는 사람들의 발걸음을 멈추게 한다.

***평일 3회, 주말 5회, 1분 남짓한 조명쇼 열림**

교통 : MRT 메이리다오(美麗島) 역 하차

주소 : 高雄市 新興區 MRT 美麗島站

조명쇼 : 평일 11:00·15:00·20:00, *금 19:00, 토~일 17:00·19:00 추가

류허 야시장 六合夜市 류허 예스

1950년 다항포 야시장인 다강푸(大港埔) 야시장으로 출발했고 현재, 류허 거리(六合 二路)에 170여개 노점이 영업을 하고 있다. 대부분은 육수에 데쳐 먹는 루웨이(滷味), 꼬치, 해산물 등 길거리 먹거리 노점이고 일부 기념품과 모자, 머플러 같은 패션 소품, 액세서리 등을 취급하는 노점, 풍선 터트리기, 마작, 새우 잡기 같은 놀이 노점이 있다. 야시장을 중심으로 길 양편으로는 식당과 화장품, 생활용품 등을 취급하는 상점이 늘어서 식사하거나 쇼핑하기 괜찮다.

교통 : MRT 메이리다오(美麗島) 역 11번 출구 나와, 류허 얼루(六合 二路)에서 좌회전, 바로

주소 : 高雄市 新興區 六合 二路

전화 : 07-285-6786

시간 : 18:00~24:00

홈페이지 : 07-287-2223

난화 야시장 南華夜市 난화 예스

예전 신싱(新興) 시장으로 부르던 곳으로 지붕이 있는 아케이드 시장처럼 길 양쪽에 반 지붕이 설치되어 있다. 난화제(南華街) 중간에 길거리 먹거리 노점, 기념품과 액세서리 노점이 늘어서 있고 길 양쪽에 식당과 의류점, 패션소품점, 구두점 등이 자리한다. 길거리 먹거리 중에는 해산물죽인 하이찬저우(海産粥), 동항고기 쫑즈인 둥강러우궈(東港肉粿), 육수에 데쳐 먹는 루웨이(滷味), 찰떡인 미탕(米糖) 등이 먹을 만하다.

교통 : MRT 메이리다오(美麗島) 역 5번 출구 나와, 난화제(南華街) 방향, 바로

주소 : 高雄市 新興區 南華街

전화 : 07-261-6731

시간 : 21:00~21:00

매괴 성모당 玫瑰聖母堂 메이구이 셩무탕

1859년 스페인에서 필리핀으로 파견된 페르난도 사인즈(Fernando Sainz) 신부가 동료 신부와 함께 세운 가톨릭교회로 가오숑에서 가장 오랜 역사를 자랑한다. 현재의 정식 명칭은 메이구이 셩무셩뎬 주쟈오쥐탕(玫瑰聖母聖殿主

教座堂). 1928년 현재와 같이 종탑이 있는 고딕 양식에 로마 양식이 더해진 건물로 중건되었다. 현관 위 두 천사가 잡고 있는 펑즈베이(奉旨碑)는 1874년 청나라 동치 13년 황제가 포교 자유를 보장하는 의미로 보내온 것이고 본당의 메이구이 셩무(玫瑰聖母) 상은 1863년부터 모셔진 것이다. 오래된 교회에 살펴보고 잠시 묵상에 잠겨도 좋으리라.

교통 : 청스광랑(城市光廊) 앞 버스정류장에서 50번 버스, 메이구이 셩무탕 하차

주소 : 高雄市 前金區 五福三路 151號

전화 : 07-221-4434

시간 : 미사_매일 06:30, 토 20:00, 일 06:00, 09:00, 11:00(영어), 16:00(청소년)

성시광랑 城市光廊 청스광랑

중양 공원(中央公園) 아래, 여러 야외 조형물이 있는 예술 공간이다. 이는 2001년 7월~10월 가오슝 거주 9명의 예술가들이 빛(光)을 주제로 공동프로젝트를 진행한 것이다. 조형물은 주로 우푸얼루(五福二路) 길가에 집중되어 있다. 조형물이나 입체 그림을 배경으로 기념촬영을 하거나 공원 내 벤치에 앉아 잠시 쉬어 가도 좋다. 아울러 청스광랑에서 사거리 지나 남동쪽은 가오슝의 홍대 앞이라 할 수 있는 쇼핑가 신쿠쟝 상장(新堀江商場)임으로 지나는 길에 들려도 좋다.

교통 : MRT 중양궁위안(中央公園) 역 3번 출구에서 청스광랑(城市光廊) 방향, 바로

주소 : 高雄市 前金區 中華三路 6號

신쿠쟝(신쥐쟝) 상권 新堀江商圈

가오슝 젊은이의 거리이자 쇼핑과 맛집이 모여 있는 중심가이다. 패션, 액세

사리, 잡화 등을 판매하는 가게가 즐비하고 인형뽑기 같은 길거리 오락거리도 보인다. 길거리 먹거리로 달달한 타이완 디저트 흑당분원, 닭튀김인 지파이, 여러 가지 튀긴, 옌수지, 흑탕 수플레 케이크 등.

교통 : MRT 중양궁위안 역에서 남동쪽, 바로

주소 : 高雄市 新興區

시간 : 13:00~24:00

가오숑 85 스카이타워 高雄85大樓 가오슝 85다러우

1997년 완공된 85층 빌딩이다. 높이 348m이고, '凸' 모양을 하고 있어 가오슝 시내 어디서나 눈에 띈다. 현재 스카이 타워 내 가오슝 85 Sam의 집(高雄85 Sam的家), 85 블루스카이(85 BLUESKY), 85 홀리데이[85 holiday(B&B)], 가오슝 85 다러우한관(高雄85大樓涵館), 85 스카이시티 호텔(85空中城) 등 중소 호텔들이 영업 중이다.

***2024년 현재 스카이 타워 내 특급 호텔이 문을 닫아, 특급 호텔에서 운영하던 전망대까지 폐쇄된 상태.** 또한 1~3층의 산호·보석 판매점인 치리산후(綺麗珊瑚)도 영업을 중지해 **스카이타워는 전체적으로 개점휴업 상태!**

고층 중소 호텔 투숙 겸 주변 전망을 목적으로 방문할 수 있으나 시내 호텔을 잡는 것과 어떤 이점이 있는지 따져볼 필요가 있다.

교통 : MRT 싼둬샹취안(三多商圈) 역 1번 출구 나와, 가오슝 85다러우(高雄85大樓) 방향, 도보 11분

주소 : 高雄市 苓雅區 自強三路 1號, 高雄 85大樓

≫74층 전망대 74樓 觀景台 74러우 관징타이

가오슝의 랜드마크인 가오슝 85스카이타워(高雄85大樓) 74층 높이 약 300m 지점에 위치한 전망대이다. 전망대 북쪽으로 가오슝 시내, 북서쪽으로 치진(旗津), 동쪽으로 항구와 바다, 서쪽으로 가오슝 일대, 남쪽으로 가오슝 국제공항이 한눈에 들어온다.

1층에서 전망대로 오르는 고속 엘리베이터는 타이완 101빌딩, 일본 요코하마 랜드마크빌딩과 함께 세계 3대 쾌

속 엘리베이터로 분당 600m로 이동하고 1층에서 75층까지 43초 만에 도착한다. 좋은 전망을 보려면 흐린 날을 피해 맑은 날 가는 것이 좋다. ***24년 현재 휴업 중!** 대안으로 스카이타워 남쪽 **가오슝시립도서관** 8층 루프톱 화원에서 주변 경치를 즐길 수 있다. 또는 **드림몰(統一夢時代, 트램 夢時代 역)의 대관람차**에서 풍경을 감상하자.

교통 : 가오슝 85 스카이타워 1층 입구로 들어가 왼쪽 전망대행 엘리베이터 이용
주소 : 高雄市 苓雅區 高雄 85大樓 74樓
전화 : 07)-566-8000(#2323)
시간 : 10:00~22:00
요금 : 일반 NT$ 180, 경로(65세 이상) NT$ 150 *할인티켓 판매점_일반 NT$ 150 내외

☆여행 팁_할인 티켓 판매점

할인 티켓 판매점에서는 호텔이나 대형 레스토랑의 뷔페권 또는 식사권, 유람선 티켓, 버스 티켓, 여행 티켓, 온천 티켓, 영화관 티켓, 숙박권 등을 10~20% 정도 할인된 가격으로 판매하고 있다. 여러 할인 티켓 중 관광객이 이용할 만 한 것은 뷔페권 또는 식사권, 전망대 티켓, 유람선 티켓, 영화관 티켓 정도. 아이퍄오왕(愛票網) 홈페이지에서 확인하고 선택하면 더욱 편리하다.

▲ **아위니복무 我爲您服務 워웨이닌푸우**
교통 : MRT 싼민샹취안(三多商圈) 역 1번 출구 나와, 가오슝 85스카이빌딩 방향. 도보 3분
주소 : 高雄市 苓雅區 三多 四路 63號
전화 : 0912-108-935
시간 : 09:00~17:00

▲ **애표망 愛票網 아이퍄오왕**
교통 : MRT 중양궁위안(中央公園) 역 2번 출구에서 신쿠쟝(新堀江) 방향. 도보 7분/MRT 싼민샹취안(三多商圈) 역 6번 출구에서 신쿠쟝(新堀江) 방향. 도보 9분
주소 : 高雄市 新興區 青年 一路 464號
전화 : 07-282-0231
시간 : 10:00~19:00
홈페이지 : www.iticket.tw

군도 경관찬주 羣島景觀餐酒 췬다오징관 찬지우

롄츠탄(蓮池潭) 입구, 웨이크보드 클럽인 로투스 웨이크파크(Lotus WakePark) 내에 위치한 레스토랑이다. 노천 좌석에서 드넓은 롄츠탄 일대가 한눈에 들어와 호수 풍경을 즐기며 맥주나 커피를 마시기 좋다. 여기에 롄츠탄 호수에서 펼쳐지는 웨이크보드 쇼(?) 관람은 덤이다.

메뉴는 타이완식과 양식으로 되어 있는데 한자와 영어가 병기되어 있으므로 주문하는데 어려움이 적다.

교통 : 롄츠탄(蓮池潭) 입구, 웨이크보드 클럽인 로투스 웨이크파크(Lotus WakePark) 내, 바로

주소 : 高雄市 左營區 新庄仔路 46號

전화 : 966-525-226

시간 : 18:00~익일 01:00

메뉴 : 야채마늘볶음, 다이스 소불고기 덮밥, 리조또, 스파게티, 커피

타이난 아국아육 台南阿國鵝肉 타이난 아궈 어러우

오리고기인 아러우(鵝肉) 전문점으로 소금물에 오리고기를 삶은 염수오리고기 옌수이아러우(鹽水鵝肉), 훈제오리고기 옌후이아러우(煙燻鵝肉) 등 2가지가 있다. 부드러운 맛을 원하면 옌수이아러우, 쫄깃한 맛을 원하면 옌후이아러우를 선택하면 된다.

옌수이아러우에 생강 채를 올려, 소스에 찍어 먹으면 더욱 맛이 좋다. 아울러 오리고기에 탕, 채소볶음 등을 함께 주문하여 먹어도 좋다.

교통 : 가오슝 역(高雄車站) 앞에서 좌회전 후 역 뒤로 가는 육교 이용, 도보 7분

주소 : 高雄市 三民區 九如二路 341號

전화 : 07-313-9426

시간 : 16:30~23:30, 휴무 : 월요일

메뉴 : 옌수이아러우(鹽水鵝肉 염수오리고기)小盤(소반)/대반(大盤) NT$200

/250, 옌후이아러우(煙燻鵝肉 훈제오리고기) 小盤/대반 NT$ 200/250, 톄판숭반주(鐵板松板豬 철판 돼지고기) NT$ 200, 하이셴훠궈(海鮮火鍋 해물 훠궈) NT$ 400 내외

정충 배골반 正忠排骨飯 中山店 정중 파이구판

1991년 창업한 갈비덮밥 파이구판(排骨飯) 전문점으로 입구에서 파이구판 종류를 선택하면 마파두부, 옥수수 샐러드(?), 감자조림 같은 반찬 3가지를 선택할 수 있다.

파이구판은 타이완 사람이라면 누구나 좋아하는 음식 중 하나로 타이완 여행 중 꼭 먹어보아야할 음식. 정중파이구판, 지파이판은 한 덩어리 고기로 나오고 쾅러우판, 궁바오지딩판, 뉴러우후이판은 고기가 잘려져 먹기 편하다. 참고로 철로 도시락이나 광부 도시락 벤탕(便當)도 파이구판이다.

교통 : 가오슝 역(高雄車站) 앞 길 건너 중산이루(中山一路) 직진. 도보 4분

주소 : 高雄市 新興區 中山一路 300號

전화 : 07-236-8199

시간 : 10:00~20:30

메뉴 : 정중 파이구판(正忠排骨飯 갈비덮밥), 쾅러우판(爌肉飯 삼겹살덮밥), 지파이판(雞排飯 닭갈비덮밥), 궁바오지딩판(宮保雞丁飯 닭고기볶음덮밥), 뉴러우후이판(牛肉燴飯 소고기볶음덮밥) NT$ 65~80 내외

홈페이지 : www.jengjong.tw

정왕마랄과 鼎王麻辣鍋 七賢店 딩왕마라궈

고급(?) 훠궈(火鍋) 전문점이다. 육수는 반반 냄비에 마라 맛과 향이 적은 홍탕(매운)과 신맛이 있는 백탕(담백)을 함께 즐길 수 있다.

다음은 고기와 채소 선택인데 육류 러

우레이(肉類)_소(牛)·돼지(豬)·양(羊)·닭(雞)·매운곱창(麻辣肥腸)·채끝(沙朗)·꽃등심(雪花肉)·삼겹살(豬培根)·소대창(滷牛肚)·소힘줄(滷牛筋), 해물 하이셴(海鮮)_새우(白蝦)·조개(蛤蜊)·방어(白鯰魚片)·오징어(魷魚)·모듬해물(海鮮拼盤), 어묵과 만두 완쟈오(丸餃), 버섯류 구레이(菇類)_팽이(金針菇)·느타리(秀珍菇)·새송이(杏鮑菇)·표고(香菇)·모듬(菇類拼盤), 채소(菜)_양배추(高麗菜)·청경채(青江菜), 주식_라면(泡麵)·당면(細冬粉) 등에서 선택한다.

주문이 끝났으면 소스를 제조하고 밥(米飯)을 퍼 오면 된다. 고기와 채소가 도착하면 육수에 데쳐 소스 찍어 먹는다. 육수 추가는 찌아탕(加湯)!

교통 : 가오슝 역(高雄車站) 앞, 길 건너 중산이루(中山一路) 직진, 치시엔이루(七賢二路)에서 우회전, 도보 14분/가오슝 역에서 택시 이용

주소 : 高雄市 新興區 七賢二路 16號

전화 : 07-286-2558

시간 : 11:30~익일 05:00

메뉴 : 홍·백탕 NT$ 150~180, 고기 NT$ 500~900, 단품 NT$ 100~300

홈페이지 : www.tripodking.com.tw

아트 커피 예랑 Art 咖啡藝廊 아트 카페이 이랑

과학공예 박물관 2층에 위치한 카페 겸 레스토랑이다. 공간이 넓어 편안하게 차를 마시거나 식사를 하기 좋다. 식사를 하려면 요리+음료 세트로 나오는 런치메뉴를 이용하는 것이 낫다. 카레닭고기덮밥인 위안웨이카리지러우판(原味咖哩雞肉飯), 후추소고기덮밥인 헤이후쟈오류판(黑胡椒牛柳飯), 스파게티인 러우쟝이다리멘(肉醬義大利麵) 등이 먹을 만하다.

교통 : 가오슝 역(高雄車站) 앞 버스 터미널에서 60번 버스, 커궁관(科工館) 하차/택시 이용

주소 : 高雄市 三民區 九如一路 720號, 國立科學工藝博物館 2F

전화 : 07-380-0089

시간 : 09:00~17:00, 휴무 : 월요일

메뉴 : 위안웨이카리지러우판(原味咖哩雞肉飯 카레닭고기덮밥) NT$ 135, 헤이후쟈오류판(黑胡椒牛柳飯 후추소고기덮밥) NT$ 135, 러우쟝이다리멘(肉醬義大利麵 스파게티) NT$ 120, 아메리카노(美式咖啡) NT$ 50, 위안웨이셴나이차(原味鮮奶茶 밀크티) NT$ 65 내외

홈페이지 : www.nstm.gov.tw

전계발야 소육 田季發爺燒肉 高雄中山店 톈지파예샤오러우

무한리필 고기구이 체인점으로 2시간 동안 소고기(牛), 돼지고기(豬), 닭고기(雞), 해산물(海鮮), 양고기(羊), 채소(野菜), 떡 등을 구워먹을 수 있다. 입장하면 76품(가지), 86품, 94품 중 하나 선택하는데 비쌀수록 고급식재료를 맛볼 수 있다. 반찬 중에는 김치와 깍두기가 있어 상추에 싸먹는 것만 빼고 한국에서 먹는 느낌이 난다. 종업원들이 고기도 구워준다. 고기를 먹는 뒤에는 아이스크림이나 음료로 마무리를 해도 좋다.

교통 : MRT 중앙궁위안(中央公園) 역 2번 출구에서 바로

주소 : 高雄市 新興區 中山一路 6-20號

전화 : 07-282-0228

시간 : 11:30~익일 02:00

메뉴 : 76품(가지) NT$ 599, 86품 NT$ 769, 94품 NT$ 939

홈페이지 : www.tianji.com.tw

하모니 夏慕尼 新香榭鐵板燒 高雄五福店 샤모니 신샹셰테판샤오

고급 철판구이 체인점으로 차분한 인테리어가 고급 바(Bar)에 있는 듯한 느낌을 준다. 세트메뉴인 신샹셰테판샤오타오찬(新香謝鐵板燒套餐)를 주문하면 빵(麵包)와 스프, 애피타이저(熱前菜), 해산물 꼬치가 있는 탕(湯), 샐러드(沙拉), 망고샤베트(檸檬Sorbet), 스테이크, 볶음밥(炒飯), 디저트(甜點), 음료(飲料) 등이 나온다. 격식 있어 보이는 식사를 원할 때 방문하기 좋은 곳이다.

교통 : MRT 중앙궁위안(中央公園) 역 2번 출구에서 청스광랑(城市光廊)으로 간 뒤, 길 건너 로터리 방향. 도보 5분

주소 : 高雄市 前金區 五福三路 29號

전화 : 07-221-8169

시간 : 11:30~14:30, 17:30~22:00

메뉴 : 신샹셰테판샤오타오찬(新香謝鐵板燒套餐) NT$ 1,190 *10% 봉사료 추가

홈페이지 : www.chamonix.com.tw

포수 包手 新田門市 바오서우

창작 만두 전문점으로 다양한 만두와

찐빵, 두유를 맛볼 수 있는 곳이다. 메뉴 중 바오(包)는 속으로 고기를 넣으면 만두, 속으로 팥을 넣으면 찐빵이고 쥐안(卷)은 속없는 찐빵, 만터우(饅頭)는 속이 없으면 찐빵, 고기 속이 있으면 만두이다. 지나는 길에 들려 따끈한 만두에 시원한 두유 한 잔이면 간식으로 충분하다.

교통 : MRT 중양궁위안(中央公園) 역 2번 출구에서 청스광랑(城市光廊)으로 간 뒤, 길 건너 로터리 방향, 로터리에서 좌회전. 도보 5분

주소 : 高雄市 前金區 中華四路 332號

전화 : 07-221-0300, 시간 : 24시간

메뉴 : 셴러우바오(鮮肉包 고기만두) NT$ 16, 가오리차이바오(高麗菜包 채소만두) NT$ 16, 카리주러우바오(咖哩豬肉包 카레고기만두) NT$ 20, 헤이탕훙더우바오(黑糖紅豆包 흑설탕팥찐빵) NT$ 15, 쟌궈쥐안(堅果卷 앙꼬없는 견과진빵) NT$ 25, 뉴나이만터우(牛奶饅頭) NT$ 12, 더우쟝(豆漿) NT$ 10, 싼밍즈(三明治 샌드위치) NT$ 20 내외

테이스티 TASTY 西堤牛排 高雄中山店 테이스티 시디뉴파이

스테이크 체인점으로 시디뉴파이타오찬(西堤牛排套餐), 징뎬타오찬(經典套餐), 진샹타오찬(金賞套餐) 같은 스테이크 세트메뉴를 낸다. 스테이크 세트를 주문하면 샐러드(沙拉), 애피타이저(煎菜), 스프(湯), 샤베트(沙瓦), 스테이크, 디저트(甜點), 음료(飲料) 등이 나온다. 잘 구워진 두툼한 6온스(170g) 스테이크는 저절로 군침이 고이게 하고 샐러드, 애피타이저, 스프 등도 먹을 만하다.

교통 : MRT 중양궁위안(中央公園) 역 2번 출구 나와, 사거리 건넌 뒤, 중산얼루(中山二路) 직진. 도보 5분

주소 : 高雄市 新興區 中山二路 472號
전화 : 07-282-0712
시간 : 11:30~14:00, 17:30~21:00
메뉴 : 징뎬타오찬(經典套餐) NT$ 668 점심_특선(特選套餐) NT$ 528 * 봉사료 10% 추가
홈페이지 : www.tasty.com.tw

쟁선 爭鮮 迴轉壽司 三多店 Sushi Express 정셴

회전스시(迴轉壽司) 체인점으로 자리에 앉으면 먼저 수도꼭지에서 녹차 한 잔을 따라 놓고 빙글빙글 도는 스시의 종류를 살핀다. 스시는 참치(鮪魚), 청어(黃金鯡魚), 낙지(章魚), 새우(鮮蝦), 연어(鮭魚肚) 등으로 다양하다. 이들 스시는 한 접시에 NT$ 30으로 균일하므로 원하는 스시만 집중 공략한다. 되장국인 미소시루(味噌汁)와 함께 먹으면 더욱 맛이 좋다.

교통 : MRT 싼민샹취안(三多商圈) 역 5번 출구 나와, 싼둬싼루(三多三路) 방향, 도보 2분
주소 : 高雄市 苓雅區 三多三路 226號
전화 : 07-339-4287
시간 : 11:00~21:30
메뉴 : 한 접시 NT$ 30~90
홈페이지 : www.sushiexpress.com.tw

반구적와 斑鳩的窩 반주더워

일본 돈가스(日式 炸豬排) 체인점으로 바삭하게 씹히는 돈가스 살코기의 식감이 좋은 곳이다. 두툼한 돈가스를 맛보려면 허우치에주파이딩스(厚切豬排定食) 돈가스 덮밥을 먹으려면 주파이징판딩스(豬排丼飯定食), 돈가스 라면이 생각난다면 주파이툰구라멘(豬排豚骨拉麵)을 주문해 보자. 바삭한 돈가스에는 시원한 맥주가 어울리므로 한잔 하며 돈가스를 맛보아도 좋다.

교통 : MRT 싼민샹취안(三多商圈) 역 1번 출구에서 가오슝 85스카이 빌딩 방향, 도보 1분
주소 : 高雄市 苓雅區 三多四路 29號
전화 : 07-332-6015
시간 : 월~금 11:00~14:30, 17:30~22:00, 토~일 11:00~22:00
메뉴 : 허우치에주파이딩스(厚切豬排定

食 돈가스정식) NT$ 230, 주파이징판딩스(豬排丼飯定食 돈가스동), 주파이훙카리샤오(豬排紅咖哩燒 돈가스카레), 주파이툰구라멘(豬排豚骨拉麵 돈가스라면), 카리쥐카오주파이(咖哩焗烤豬排 카레군만두돈가스)

홈페이지 : www.banjiouwoo.com

호향자조찬청 豪享自助餐廳 하오주주찬팅

메리엇 호텔 9층에 자리한 뷔페 레스토랑이다. 이곳에서 신선한 해산물, 숙성된 스테이크, 다양한 중식 및 서양식 요리, 정교한 디저트 등 다양한 진미를 맛볼 수 있다. 뷔페는 찬 음식에서 따뜻한 음식, 생선에서 고기 순으로 먹으면 좋고 좋아하는 음식이 있다면 그것만 집중공략해도 좋다. 식사를 하며 가오슝 시내를 조망하는 것은 덤이다. MRT 싼민샹취안 역에서 가오슝 85스카이빌딩 오는 길에 있는 티켓 할인점이나 할인 사이트(www.iticket.tw)에서 할인된 가격으로 뷔페권을 구입할 수 있으니 참고!

교통 : MRT 아오쯔디(凹子底) 역에서 남쪽으로 간 뒤 좌회전, 보도 7분

주소 : 高雄市 鼓山區 龍德新路 222號 9F

전화 : 07-559-6909

시간 : 06:30~10:30, 12:00~14:30, 14:30~16:30, 17:30~21:30

메뉴 : 조식 NT$750, 중식 NT$920, 애프터눈티 NT$750, 석식 NT$ 1,190(주말 NT$ 1,290) *부가세 10% 추가

홈페이지 : https://hq.hero-cloud.com

*쇼핑

가오슝 물산관 高雄物產館 蓮潭旗艦店 가오슝 우찬관

롄츠탄(蓮池潭) 입구에 위치한 가오슝 특산품점으로 시내 상점에서 보기 힘든 상품들을 살펴보고 구입할 수 있어 편리하다. 주요 상품으로는 블루베리잼, 장미잼, 말린 버섯, 포도주, 녹차 등이 있다. MRT 메이리다오(美麗島) 역 5번 출구 인근 가오슝 우체국과 가오톄쭤잉(高鐵左營) 역 내에도 분점이 있다.

교통 : MRT 셩타이위안취(生態園區) 역 2번 출구 나와, 멍즈루(孟子路)-충더루(崇德路) 이용, 롄츠탄(蓮池潭) 방향. 도보 16분 또는 셩타이위안취 역에서 가오슝 퍼블릭 바이크 이용/2번 출구 버스정류장에서 훙(紅)35번 버스, 가오슝스 우찬관 하차

주소 : 高雄市 左營區 翠華路 1435號

전화 : 07-582-5885

시간 : 09:30~21:30

한신거단 쇼핑센터 漢神巨蛋購物廣場 한선쥐단 거우우광창

가오슝 돔구장인 가오슝 쥐단(高雄巨蛋) 옆에 위치한 일본계 백화점으로 2008년 지하 1층~지상 9층 규모로 문을 열었다.

층별로 살펴보면 지하 1층 가전과 가정용품, 딘차이펑(鼎泰豐)·완구이즈멘(丸龜製麵) 등 식당가, 지상 1층 버버리(BURBERRY)·루이비통(LOUIS VUITTON) 같은 명품점과 화장품점, 2층 H&M·자라(ZARA) 등 유명 브랜드점, 3층 이스피리트(ESPRIT)·망고(MANGO)·엠포리오 아르마니(EMPO-RIO ARMANI) 등 유명 브랜드점, 4층 헬로 키티 캐릭터숍 키라라(KI.LA.RA)·유니클로(UNIQLO) 등 유명 브랜드점과 콜드스톤(COLD STO-NE)·오타야(大戶屋) 등 식당가, 5층 G2000·룩(LOOK) 등 유명 브랜드점, 6층 스포츠웨어점과 장난감점. 7층 라

코스테(LACOSTE)·구(GU) 등 유명 브랜드점 등으로 운영된다.
여느 가오슝 백화점보다 명품 브랜드가 많으니 명품에 관심 있다면 방문해볼 만하다. 전체적으로 젊은 감각의 인테리어에 명품과 유명 브랜드가 많은 편!
교통 : MRT 쥐단(巨蛋) 역 5번 출구에서 한신쥐단(漢神巨蛋) 방향, 도보 4분
주소 : 高雄市 左營區 博愛 二路 777號
전화 : 07-555-9688
시간 : 11:00~22:00
홈페이지 : www.hanshin.com.tw

제8가 第八街 生活百貨 裕誠店 디바제

루이펑(瑞豐) 야시장 건너편에 있는 생활용품 할인점이다. 판매 품목은 운동용품, 원예용품, 미용용품, 침구, 의류, 세제, 위생용품, 생활가전, 과자, 음료 등으로 매우 다양하다. 이중 관심이 가는 상품은 파인애플 과자인 펑리수(鳳梨酥), 타이완산 과자, 녹차, 커피, 찻주전자인 자사호, 찻잔 등. 이들 상품은 가격도 싸고 품질도 어느 정도 쓸 만하다.

교통 : MRT 쥐단(巨蛋) 역 1번 출구에서 루이펑(瑞豐) 야시장 방향, 도보 5분
주소 : 高雄市 鼓山區 裕誠路 1097號
전화 : 07-555-0777
시간 : 24시간
홈페이지 : www.8st.com.tw

전련복지센터 全聯福祉中心 高雄七賢店 촨롄푸즈중신

슈퍼마켓 체인점으로 망고와 수박 같은 과일, 요구르트와 전지우유 같은 유제품, 과자, 빵, 음료, 주류, 녹차와 커피 같은 차 제품, 위생용품, 세제, 생활용품 등 다양한 상품을 구비해 놓고 있다. 낮 시간 여행을 끝낸 후 숙소에서 마실 맥주나 안주를 구입하거나 지인에게 선물할 녹차나 커피를 골라도 좋다.
교통 : 가오슝 역(高雄車站)에서 중산이루(中山一路) 직진, 치시엔얼루(七賢二路)에서 우회전. 도보 7분
주소 : 高雄市 新興區 七賢二路 10號
전화 : 07-285-0181
시간 : 08:00~23:00
홈페이지 : www.pxmart.com.tw

대립 백화점 大立百貨 다리바이훠

청스광랑(城市光廊) 부근 로터리에 있는 백화점으로 1984년 개업했다.
층별로 지하 1층 여러 레스토랑이 있는 미식가, 지상 1층 루이비통·샤넬·구찌 등 세계 명품이 있는 명품가, 2~5층 안나수이·캘빈클라인·와코르·트라이엄프 등 유명 브랜드가 있는 여성팬션가, 6층 크로커다일·닥스 등 유명 브랜드가 있는 남성패션가, 7층 스포츠용품가, 8층 유아 및 아동용품가, 9층 가구점, 10층 음향가전가, 11층 고급 레스토랑 있는 미식가 등으로 운영된다. 옥상층에는 미니 바이킹, 회전목마 등이 있는 놀이동산으로 이용됨으로 쇼핑을 마친 뒤 둘러보아도 좋다.

교통 : MRT 중앙궁위안(中央公園) 역 2번 출구에서 청스광랑(城市光廊) 지나. 도보 6분

주소 : 高雄市 前金區 五福 三路 59號

전화 : 07-261-3060

시간 : 11:00~21:30

홈페이지 : www.talee.com.tw

구승구 九乘九 高雄中山店 구청구

가오슝 젊은이들의 거리 신쿠쟝(新堀江)에 위치한 3층 규모의 대형 문구체인점이다. 문구점 안으로 들어가면 카드, 볼펜, 색연필, 다이어리, 스케치북, 물감, 액자, 테이프, 클립, 스마트폰 액세서리, 공예용품, 생활 잡화, 파티용품 등 없는 게 없다. 한국에서 보기 힘든 제품과 디자인 위주로 살펴보고 구입하자.

교통 : MRT 중앙궁위안(中央公園) 역 2번 출구에서 사거리 지나 신쿠쟝(新堀江) 방향, 도보 4분

주소 : 高雄市 新興區 中山二路 522號

전화 : 07-201-3099

시간 : 10:00~22:30

홈페이지 : www.9x9.com.tw

포야 POYA寶雅 高雄新田店 포야

뷰티 용품 체인점으로 화장품, 미용용품, 욕실용품, 란제리, 여성패션 제품, 영양제, 초콜릿 등 다양한 상품을 볼 수 있다. 인기 상품으로 일제 진흙 마스크팩이나 시세이도(Shisheido), 코세

(Kose), 카네보(Kanebo) 화장품 등. 비타민 C 대용량이나 복합 비타민 제품도 한국에 비해 저렴해 건강 식품을 찾는 사람이라면 관심을 둘 만하다. 강추!

교통 : MRT 중양궁위안(中央公園) 역 2번 출구에서 사거리 지나 신쿠쟝(新堀江) 방향, 신톈루(新田路)에서 좌회전. 도보 4분

주소 : 高雄市 新興區 新田路 168號

전화 : 07-282-2277

시간 : 10:00~22:30

홈페이지 : www.poya.com.tw

원동소고 백화점 遠東SOGO 高雄店 위엔둥소고 바이훠

지하 2층~지상 15층 규모의 일본계 백화점 체인이다. 상품 구성을 보면 명품보다는 유명 브랜드 위주여서 부담 없이 둘러보기 좋다.

층별로 지하 2층 레스토랑과 차 상점(天仁茗茶)이 있는 미식가, 지하1층 여성 구두와 가방 상가, 지상 1층 샤넬과 랑콤 등 명품 브랜드가 있는 화장품가, 2층 나이스클랍(NICE CLAUP)과 논스톱(NON STOP) 등 유명 브랜드가 있는 영패션가, 3~4층 여성패션가, 5층 여성 패션소품가, 6층 아동패션가 7층 미국 패션가, 8층 남성 패션가, 9층 스포츠용품가, 10층 생활용품&가전가, 11~12층 가구점, 14층 고급 레스토랑이 있는 미식가로 운영된다.

쇼핑 후에는 백화점 내 미식가에서 식사를 하면 좋은데 보통 지하 미식가는 저렴한 음식, 고층의 미식가는 고급 음식을 내는 레스토랑이라고 보면 된다.

교통 : MRT 싼민샹취안(三多商圈) 역 4번 출구에서 바로

주소 : 高雄市 苓雅區 三多三路 217號

전화 : 07-338-1000

시간 : 11:00~22:00

홈페이지 : www.sogo.com.tw

신광삼월 백화점 新光三越 高雄三多店 신광싼웨

1993년 문을 연 일본계 백화점으로 지하 2층~지상 14층 규모이다.

층별로 지하 2층 차 상점과 슈퍼마켓,

지하 1층 리바이스(LEVI'S)·팀버랜드(Timberland) 같은 캐주얼, 지상 1층 화장품, 2층 망고(MANGO)·폴리폴리(FOLLI FOLLIE) 같은 여성 패션, 3층 여성패션과 다즐링 카페(DAZZLING CAFÉ), 4~5층 여성패션, 6층 남성패션, 7층 스포츠용품과 유니클로(UNIQLO), 8층 아동패션, 9층 생활용품, 10층 가전, 12층 식당가로 운영된다. 전체적으로 명품이나 유명 브랜드보다는 로컬 브랜드가 많아 보이고 층별로 구분되어 있어 둘러보기 좋다.

교통 : MRT 싼민샹취안(三多商圈) 역 4번 출구에서 원동소고 지나, 도보 3분
주소 : 高雄市 前鎮區 三多三路 213號
전화 : 07-336-6100
시간 : 11:00~22:00
홈페이지 : www.skm.com.tw

미진향 美珍香 三多店 비첸향

쫄깃한 돼지고기(豬), 닭고기(雞), 소고기(牛) 육포로 유명한 곳! 신선한 재료를 잘 굽고 양념을 발라 육포를 만드는데 방부제, 보색제, 조미제를 넣지 않는다고 한다. 맛은 보통 맛(맵지 않은)과 매운 맛 두 가지가 있으니 입맛에 따라 고르면 된다. ***육포, 소시지 같은 육가공품은 한국으로 가지고 갈 수 없으니** 현지에서 맥주 안주로 구입하면 좋다.

교통 : MRT 싼민샹취안(三多商圈) 역 4번 출구에서 신광싼웨(新光三越) 방향, 신광싼웨 건너편. 도보 3분
주소 : 高雄市 苓雅區 三多三路 222-2號
전화 : 07-339-4795
시간 : 10:30~22:00
홈페이지 : www.beechenghiang.com.tw

가오슝 대원백 高雄大遠百 가오슝 다위안바이

싼민 상권(三多商圈) 사거리에 위치한 젊은 감각의 백화점이다. 지하 1층~지상 12층은 백화점, 13층~16층은 복합 영화관인 웨이시우잉청(威秀影城), 17층 청핀(誠品) 서점이 자리한다.

백화점 층별로 지하 1층 잡화와 식당가, 지상 1층 화장품, 2~3층 여성 패션소품, 4~5층 여성패션, 6층 아동패션, 7층 스포츠용품, 8층 남성패션, 9층 청소년패션, 10층 생활용품, 11~12층 미식가로 운영된다. 이곳 역시 명품이나 유명 브랜드보다는 로컬 브랜드가 많아 보여 부담 없이 둘러보기 좋다.

교통 : MRT 싼민샹취안(三多商圈) 역 1번 출구에서 바로

주소 : 高雄市 苓雅區 三多四路 21號

전화 : 07-972-8888

시간 : 일~목 11:00~22:00, 금~토 11:00~22:30

홈페이지 : www.feds.com.tw

일본본포 日本本鋪 藥妝店 르번번푸

류허(六合) 야시장 입구에 있는 뷰티 전문점으로 세계 각국의 화장품, 일본 화장품과 미용용품을 판매하는 곳이다. 인기 품목은 눅스(NUXE), 바이오더마(BIODERMA), 더마레인(DERMALANE), 비시(VICHY), 아벤느(AVENE) 같은 유명 브랜드 상품, 일본산 마스크팩, 마유 크림 등이다. 이밖에 미용제품, 모발제품, 목욕용품, 영양제 등 다양한 제품이 있어 둘러보는 재미가 있다. 르번번푸 옆에 또다른 뷰티 전문점인 캉스메이(康是美)가 있으므로 함께 둘러보자.

교통 : MRT 메이리다오(美麗島) 역 11번 출구에서 류허(六合) 야시 방향, 바로

주소 : 高雄市 新興區 六合二路 10號

전화 : 07-286-8077

시간 : 10:30~23:00

홈페이지 : www.jpmed.com.tw

통일몽시대(드림몰) 統一夢時代 購物中心 Dream mall 퉁이멍스다이

가오슝 시내 남쪽에 있는 쇼핑센터로 크게 단노쿵젠(蛋の空間), 란징관(藍鯨館), 백화점 통이반지(統一阪急) 등 3부분으로 나눠져 있다. 층수로는 지하 2층~지상 9층 규모.

층별로 살펴보면 지하 2층 생활용품, 지하 1층 여러 레스토랑이 모여 있는 미식가, 지상 1층 H&M·코치(COACH) 등 유명 브랜드점과 화장품, 2층 미아미아(miamia)·보니타(BONITA) 등 여성패션, 3층 여성과 남성패션, 4층 팀버랜드(TIMBERLAND)·지프(JEEP) 등 영패션, 5층 아동패션, 6층 스포츠용품, 7층 모모파라다이스(MoMoParad-ise)·한린차관(翰林茶館) 등 미식가, 8층 영화관, 9층 연회장 등으로 운영된다.

옥상에는 대관람차인 마톈룬(摩天輪), 미니 바이킹, 회전목마 등이 놀이동산이 조성되어 있다. 전체적으로 명품이나 유명 브랜드보다는 로컬 브랜드 상품이 많고 건물이 매우 커 다소 한산한 느낌이 든다.

교통 : MRT 카이수안(凱旋) 역 3번 출구에서 중산싼루(中山三路)로 간 뒤, 스다이다다오(時代大道)에서 좌회전. 도보 13분/택시 이용

주소 : 高雄市 前鎮區 中華五路 789號

전화 : 07-973-3888

시간 : 11:00~22:00(금·토 ~23:00)

홈페이지 : www.dreamall.com.tw

예스 YES國際表演秀餐廳 예스궈지뱌오옌찬팅

가오슝 시내라고 할 수 있는 신쿠쟝(新堀江) 건너편에 있는 극장식 펍으로 상호 중 뱌오(表演)는 공연을 뜻한다. 늘씬한 남녀 무용수들의 걸그룹 댄스(?), 섹시 댄스 등 공연을 즐기며 맥주 한잔하기 좋다. 가오슝 85스카이빌딩 부근에도 **극장식 레스토랑인 쥐싱 디스코**(巨星DISCO, 高雄市 苓雅區 自强三路 62-6號, 6F, 07-269-5161)이 있으니 지나는 길에 들려보자.

교통 : MRT 중양궁위안(中央公園) 역 2번 출구에서 사거리 건너 중산얼루(中山二路) 방향, 도보 2분

주소 : 高雄市 前金區 中山 二路 577號, 2F

전화 : 07-216-8599

시간 : 19:00~05:00

요금 : 최저 주문_NT$ 500

브릭야드 Brickyard 紅磚地窖

가오슝 젊음의 거리 신쿠쟝(新堀江 신줴쟝) 길 건너편에 있는 클럽으로 외국인의 비율이 높은 곳이다. 수요일은 레이디스 나이트, 목요일은 레인보우 목요일, 금요일은 스트던트 나이트, 토요일은 스페셜 이벤트 데이로 운영된다. 외국인(서양인)과 영어에 익숙하지 않으면 다소 서먹할 수 있다. *늦은 밤 택시 타고 숙소로 갈 때 한자로 주소 준비해두면 편리하고 심야에는 심야할증이 되니 참고!

교통 : MRT 중양궁위안(中央公園) 역 2번 출구에서 사거리 건너 중산얼루(中山二路) 직진. 도보 5분

주소 : 高雄市 前金區 中山二路 507號, B1

전화 : 07-215-0024

시간 : 수~금 21:00~03:30, 토 ~04:30, 일~월 ~02:00

휴무 : 화요일

요금 : 남성 NT$ 300, 여성 NT$ 150 내외

뮤즈 클럽 MUSE Kaohsiung

가오숑 젊음의 거리 신쿠쟝(新堀江)과 MRT 싼둬샹취안(三多商圈)역 중간에 있는 클럽으로 램프에 비하면 훨씬 작다 지하에 있어 사람들이 몰리면 다소 답답하다는 이야기가 있다. 테이블을 잡기보다는 맥주 한 잔하며 스테이지에서 신나게 놀 사람이 방문하면 좋다.

교통 : MRT 싼둬샹취안(三多商圈) 역 7번 출구에서 신쿠쟝(新堀江) 방향, 쓰웨이쓰루(四維四路)에서 좌회전. 도보 5분

주소 : 高雄市 苓雅區 四維四路 10號, B1

전화 : 07-335-3333

시간 : 화~토 22:30~04:00

휴무 : 일~월

요금 : 남성 NT$ 500 내외, 여성 NT$ 200 내외

램프 디스코 Lamp Disco

가오숑 인기 클럽 중 하나로 가오숑 85스카이빌딩 옆에 있어 찾아가기 쉽다. 클럽은 400여 평에 달하지만 클럽을 찾는 사람이 많아 연일 시끌벅적하다. 대체로 가오숑의 젊은이들이 많이 찾는 것으로 알려져 있다.

교통 : MRT 싼둬샹취안(三多商圈) 역 1번 출구에서 가오숑 85스카이빌딩 방향, 도보 8분

주소 : 高雄市 苓雅區 自強三路 42號, 3樓

전화 : 07-269-6527

시간 : 수 22:00~04:30, 목 ~03:30, 금~토 ~04:30, 일 ~03:30

휴무 : 월~화

요금 : 남성 NT$ 600, 여성 NT$ 200 내외

*마사지

팔호포각 八號泡腳養身會館 바하오파오쟈오 양선후이관

MRT 허우이(後驛) 역 인근에 있는 마사지숍으로 1층에서 발 마사지, 2층에서 전신마사지를 받을 수 있다. 시설은 소소하지만 실력 있는 마사지사가 성심을 다해 서비스를 해준다. 여행 후 간단히 발 마사지만 받아도 다음날 한결 여행하는데 수월해지니 지나는 길에 마사지숍이 보이면 발 마사지를 받자.

교통 : MRT 허우이(後驛) 역 2번 출구에서 보아이이루(博愛一路) 직진, 도보 5분

주소 : 高雄市 三民區 博愛一路 137號

전화 : 07-313-3866

시간 : 13:00~23:00

요금 : 쟈오디안모(脚底按摩 발 안마)+젠징(肩經 어께) 50분 NT$ 400, 반선투이나(半身推拿 반신안마) 30분 NT$ 400, 촨선투이나(全身推拿 전신안마) 60분 NT$ 700 내외

애심 맹인안마 愛心盲人按摩 아이신망런안모

류허 야시((六合 夜市) 입구에 위치한 맹인 마사지숍이다. 맹인 마사지는 대체로 일반인 마사지보다 손가락의 압이 강한 편인데 압이 강하다고 느껴지면 약하게 해달라고 요청하자. 맹인 마시지는 일반인 마사지에 비해 혈을 정확히 잡아 마시지의 효과가 바로 나타나는 느낌이 든다.

교통 : MRT 메이리다오(美麗島) 역 11번 출구에서 류허(六合) 야시장 방향, 도보 3분

주소 : 高雄市 新興區 六合二路 57號

전화 : 07-286-0740

시간 : 10:00~23:00

요금 : 쥐부안모(局部按摩) 20분 NT$ 200, 쟈오디(脚底 발)+(泡脚 족욕) 30분 NT$ 400, 반선안모(半身按摩) 30분 NT$ 300, 촨선안모(全身按摩) 60분 NT$ 600 내외

형왕 亨旺養生館 헝왕 양셩관

류허(六合) 야시장 내에 있는 마사지숍으로 몸의 일정 부위를 잡아 늘리거나 누르는 방법으로 근육의 균형을 맞추는 추나, 투이나(推拿) 요법을 실시한다. 안마, 안모(按摩)는 포괄적으로 손이나 도구를 이용해 근육과 관절을 부드럽게 하는 것. 투이나 안모에 비해 조금 더 전문적(?)이라고 할 수 있다.

교통 : MRT 메이리다오(美麗島) 역 11번 출구에서 류허(六合) 야시장 방향, 도보 3분

주소 : 高雄市 新興區 六合二路 38號

전화 : 07-287-5437

시간 : 10:00~23:00 按摩

요금 : 쥐부투이나(局部推拿 국부안마) 10분 NT$ 100, 반선투이나(半身推拿 반신안마) 30분 NT$ 300, 쟈오디안모(脚底按摩 발안마) 30분 NT$ 300, 촨선투이나(全身推拿 전신안마) 60분 NT$ 600

좌각우각 경전포각회관 左腳右腳經典

泡腳會館 高雄新田會館 쭤쟈오요우쟈오 진뎬파오쟈오후이관

휴식(休閒), 안마(按摩), 스파(SPA)를 모토로 하는 고급 마사지숍이다. 발 마시지는 1층의 안락한 의자에 앉아 서비스를 받을 수 있고 전신 마사지는 2층의 마사지룸에서 안마를 받는다. 안락한 분위기 속에 실력 있는 마사지사의 마사지를 받다보면 스르륵- 잠이 온다. 24시간 영업으로 언제라도 이용할 수 있으나 여성이라면 늦은 밤 홀로 방문하지 않는 것이 좋다.

교통 : MRT 중양궁위안(中央公園) 역 2번 출구에서 사거리 지나 신톈루(新田路)에서 좌회전. 도보 6분

주소 : 高雄市 新興區 新田路 145號

전화 : 07-282-1377

시간 : 10:00~익일 04:00

요금 : 족욕 NT$ 200, 발마사지 40분 NT$ 700, 안마(推拿) 60분 NT$ 900, 아로마 스파 2시간 NT$ 1,200 내외

홈페이지 : www.feet.com.tw

02 아이허~치진 愛河~旗津

가오슝 시내 가로지르는 아이허 강에서 가오슝 시내 서쪽 치진까지의 지역이다. 가오슝 시내를 한가롭게 흐르는 아이허를 둘러보고 영화에 관심이 있다면 가오슝 전영(영화)관에 들려도 좋다. 서쪽으로 이동해 옛 가오슝항 창고를 전시장, 공연장, 레스토랑 등으로 개조한 보얼 예술특구에서 전시를 관람하거나 디자인 상품을 쇼핑하고 식사 때라면 레스토랑에서 근사한 식사도 해보자.

보얼 예술특구에서 공용 자전거를 빌려 다거우 영국 영사관으로 향한 뒤 1800년대 세워진 영사관 건물과 언덕 위 별관 건물을 둘러보자. 이어 구산 선착장에서 연락선을 타고 치진에 도착해 치진 등대에 올라 치진과 가오슝항, 가오슝 일대를 조망한다. 시간이 되면 치진 등대 아래의 천후궁이나 치진 해변을 둘러봐도 괜찮다.

아이허~치진과 가오슝 근교를 함께 둘러볼 사람은 오전에 포광산 불타 기념관과 이다 월드, 오후에 아이허~치진 순으로 돌아보면 적당하다.

▲교통

① **보얼 예술특구**_MRT 옌청푸(鹽埕埔) 역 1번 출구에서 도보 6분
② **다거우 영국 영사관**_MRT 시쯔완(西子灣) 역 2번 출구에서 쥐(橘)1번, 99번 버스 시옹슝전베이먼(雄鎮北門) 하차
③ **치진**_구산 도선장(鼓山輪渡站)에서 연락선, 치진 도선장(旗津輪渡站) 하선
④ **포광산 불타 기념관**_**가오톄쭤잉(高鐵左營) 역**앞에서 E02하포콰이선(哈佛快線) 버스(월~금 08:10~17:40 약 40분 간격, 08:10~18:50 약 30분 간격) 불광산(佛光山) 하차. NT$ 70/**가오슝 역(高雄車站)** 앞 버스 터미널에서 가오슝커윈(高雄客運) 8010번 버스 이용, 불광산 하차. NT$ 70 내외

▲여행 포인트

① 보얼 예술특구에서 디자인 상품 쇼핑하고 레스토랑에서 식사도 하기
② 다거우 영국 영사관 둘러보고 언덕 위에서 시쯔완 경치 조망하기
③ 가오슝 등대에서 치허우와 가오슝 경치 조망하고 해수욕장에서 물놀이하기
④ 포광산 불타 기념관에서 대불을 배경으로 기념촬영하기
⑤ 이다 월드에서 어트랙션 이용하고 이다 아웃렛에서 명품 쇼핑하기

▲추천 코스

포광산 불타 기념관→이다 아웃렛몰→보얼 예술특구→다거우 영국 영사관→가오슝 등대→치진 해수욕장

〈아이허~시쯔완〉

가오숑시립역사박물관 高雄市立歷史博物館 가오숑 시리 리스 보우관

가오숑시의 역사와 문화를 보여주는 도시 박물관으로 중앙에 돌출된 현관이 있는 3층 건물은 1939년 일제강점기 때 테이칸(帝冠) 양식으로 세운 것이다. 해방 후 관광서로 쓰이다가 1998년 가오숑 시립 역사 박물관(高雄市立歷史博物館)으로 개관했다. 전시는 환경, 교통, 지리 등 테마를 가지고 일정 기간 상시 전시를 하거나 특별 전시를 하는데 유물을 전시하는 역사 박물관이 아닌 도시의 역사와 문화를 보여주는 도시 박물관이어서 전시가 풍성하진 않다. 보우관 건너편에는 타이완의 아픈 역사인 얼얼바(二二八) 사건을 기념하는 얼얼바 허핑 공원(二二八和平公園)이 있으니 지나는 길에 들려보자.

교통 : MRT 옌청푸(鹽埕埔) 역 2번 출구 나와, 다융루(大勇路) 직진, 사거리에서 우회전, 보우관 방향. 도보 5분

주소 : 高雄市 鹽埕區 中正四路 272號

전화 : 07-531-2560

시간 : 09:00~17:00, 휴무 : 월요일
요금 : 무료
홈페이지 : http://khm.gov.tw

애하 愛河 아이허

가오슝 시내 북쪽을 북남으로 흐르는 하천으로 전체 길이는 12km이고 그중 가오슝 시내 구간은 10.5km이다. 강변이 공원처럼 잘 정비되어 있어 산책로인 아이허 친수보도(愛河 親水徒步)를 걷거나 유람선인 아이허 아이즈촨(愛河 愛之船) 타고 아이허 일대를 유람해도 좋다. 보통 가오슝 시립 역사 박물관을 본 뒤, 길 건너 가오슝 얼얼바 허핑 공원 북쪽의 아이허 강가를 산책하고 아이허 아이즈촨 선착장에서 유람선도 이용한다.
교통 : MRT 옌청푸(鹽埕埔) 역 2번 출구 나와, 다융루(大勇路) 직진, 사거리에서 우회전, 얼얼바 허핑 공원(二二八和平公園) 방향. 도보 5분
주소 : 高雄市 前金區 河東路
전화 : 07-272-3133

☆여행 팁_가오슝 유람선

가오슝의 강과 바다를 조망할 수 있는 유람선에는 아이허(愛河) 강 일대를 둘러보는 아이허 아이즈촨(愛河 愛之船), 바나나 부두인 샹쟈오 부두(香蕉碼頭)에서 치진위강(旗津漁港) 일대를 유람하는 샹쟈오 부두 관광여우강룬(香蕉碼頭 觀光遊港輪), 바다 유람과 만찬을 함께 들기는 관광여우강룬+하이샹샹옌(觀光遊港輪+海上饗宴), 가오슝 앞바다를 둘러보는 가오슝룬(高雄輪) 등이 있다. 강이나 바다 유람만 하려면 아이허 아이즈촨(愛河 愛之船)이나 샹쟈오 부두 관광여우강룬, 가오슝룬, 유람과 만찬을 함께 즐기려면 관광여우강룬+하이샹샹옌을 이용한다. 신선한 바람이 불어오는 강이나 바다에 나가 한가롭게 시간을 보내다보면 저절로 여행이 여유로워진다. 유람선 외 가오슝과 가오슝 앞바다의 섬까지 운행하는 연락선 관광쟈오퉁뒤룬(觀光交通渡輪)은 구산(鼓山)-치진(旗津)선, 치엔전(前鎮)-중저우(中洲)선이 있다. 관광객은 보통 치진으로 가는 구

산-치진선 이용한다. *현지 사정에 따라 운항 편, 시간, 요금 등 변동될 수 있음. 홈페이지_http://kcs.kcg.gov.tw

▲애허 사랑의 배 愛河 愛之船 아이허 아이즈촨

가오슝 시내 북쪽을 북남으로 흐르는 아이허(愛河)를 둘러볼 수 있는 유람선이다. 출발은 가오슝 궈바오 호텔(高雄國賓大飯店) 부근 아이허 궈바오잔(愛之船國賓站) 선착장에서 한다. 밤 10까지 운항하므로 낮 시간 가오슝 시내를 구경하고 밤 시간 유람선을 타고 아이허 야경을 즐겨도 좋다.

교통 : MRT 옌청푸(鹽埕埔) 역 2번 출구 나와, 다융루(大勇路) 직진, 사거리에서 우회전, 아이허 다리 건너 우회전, 선착장 아이허 궈바오잔(愛之船國賓站) 방향. 도보 12분/MRT 스이후이(市議會)역 2번 출구에서 아이허 방향, 직진 후 강 건너기 전 좌회전. 도보 11분/역에서 택시 이용

주소 : 高雄市 前金區 民生二路 202號, 전화 : 07-746-1888

시간 : 월~금 15:00~22:00, 토~일 09:00~22:00 *약 25분 운항

요금 : 일반 NT$ 120 내외

선착장 : 아이허 궈바오잔(愛之船國賓站)_가오슝 궈바오다판뎬(高雄國賓大飯店) 부근

노선 : 진아이 부두(真愛碼頭)→가오슝강취(高雄港區)→가오슝챠오(高雄橋)→중정챠오(中正橋)

▲바나나 부두 관광유람선 香蕉碼頭 觀光遊港輪 샹쟈오마터우 관광여우강뤈

예전 타이완에서 생산된 바나나가 수출되던 바나나항구 샹쟈오 부두(香蕉碼頭)에서 바다 건너 치진위강(旗津漁港)까지의 가오슝 내항을 둘러보는 유람선이 운항된다. 샹쟈오마터우 주변의 원창(文倉) 단지인 보얼 예술특구(駁二藝術特區)를 둘러본 뒤 유람선을 이용하면 좋다.

교통 : MRT 시쯔완(西子灣) 역에서 린하이신루(臨海新路) 이용, 샹쟈오 부두(香蕉碼頭) 방향, 도보 11분

주소 : 高雄市 鼓山區 蓬萊路 23號, 전화 : 07-226-2888

시간 : 토~일 15:00 *약 50분 운항, 요금 : 일반 NT$ 300 내외

선착장 : 샹쟈오 부두(香蕉碼頭)

노선 : 샹쟈 부두(香蕉碼頭) – 치진위강(旗津漁港)

▲ 관광유람선+해상만찬 觀光遊港輪+海上饗宴 관광여우강륀+하이샹샹옌

바다 유람뿐만 아니라 바다 위에서의 만찬을 즐기려는 사람을 위한 관광유람선+해상만찬 상품도 있다. 가오슝 85다러우(高雄85大樓) 인근의 신광 부두(新光碼頭)에서 출발하는 유람선은 가오슝의 바다를 즐기기 적당하고 중식, 일식, 양식의 뷔페 식사를 만끽하기 좋다.

교통 : MRT 싼둬샹취안(三多商圈) 역 1번 출구 나와, 가오슝 85스카이타워(高雄85大樓) 지나, 신광 부두(新光碼頭) 방향, 도보 18분/MRT 싼둬샹취안 역에서 택시 이용

주소 : 高雄市 前鎮區 鎮北里 新光碼頭

전화 : 예약(월~금 08:30-17:30)_07-226-2888(#606, 603)

시간 : 하계_매일 17:30, 동계_매일 17:00 *약 1시간 40분 운항

요금 : 일반 NT$ 700 내외

선착장 : 신광 부두(新光碼頭)

노선 : 신광 부두(新光碼頭)-이강커우(一港口)-이강커우(二港口)-신광 부두(新光碼頭)

▲ 가오슝 유람선 高雄輪 가오슝륀

바다 유람만을 원한다면 신광 부두(新光碼頭)에서 출발하는 가오슝륀(高雄輪)을 이용해보자. 유람선은 내항을 지나 가오슝 앞바다의 광대한 풍경을 보여주고 찰랑이는 물결은 여행의 설렘을 더해 준다. 바다에서 보는 가오슝 시내의 모습도 색다른데 85층의 가오슝 85스카이타워(高雄85大樓)는 바다에서도 한눈에 알아볼 수 있다.

교통 : MRT 싼둬샹취안(三多商圈) 역 1번 출구 나와, 가오슝 85스카이타워(高雄85大樓) 지나, 신광 부두(新光碼頭) 방향, 도보 18분/MRT 싼둬샹취안 역에서 택시 이용

주소 : 高雄市 前鎮區 鎮北里 新光碼頭, 전화 : 07-226-2888

시간 : 수요일 17:00 *약 1시간 10분 운항, 요금 : 일반 NT$ 550

선착장 : 신광마터우(新光碼頭)

노선 : 신광 부두(新光碼頭), 야저우신완취((亞洲新灣區), 샹쟈오마터우강완(香蕉碼頭港灣), 차이산와이하이(柴山外海) 일대

▲ 관광교통 연락선 觀光交通渡輪 관광쟈오퉁 뒤륀

유람선은 아니지만 가오슝 시내(前鎮)에서 가오슝 앞바다의 섬 중저우(中洲)까지 운항하는 연락선이다. 단출한 운항 노선과 운항시간은 유람선에 비할 바가 아니지만 육지 여행만 하다가 잠시 타는 연락선은 그런대로 색다른 기분이 들게 한다. 치엔전(前鎮)-중저우(中洲)선은 구산(鼓山)-치진(旗津)선에 비해 관광객이 한가한 편.

교통 : MRT 카이쉬안(凱旋) 역에서 치엔전(前鎮) 선착장 방향, 도보 20분/택시 이용
주소 : 高雄市 前鎮區 前鎮, 전화 : 07-226-2888
시간 : 치엔전(前鎮)_06:15~22:00, 중저우(中洲)_06:00~21:00 *약30분~1시간 간격
요금 : 일반 NT$ 25 *교통카드 20
선착장 : 치엔전(前鎮), 노선 : 치엔전(前鎮)-중저우(中洲)

가오슝시 전영관 高雄市電影館 가오슝스 뎬잉관

2002년 아이허(愛河) 인근 지하 1층~지상 3층 규모로 세워진 가오슝 영화관이다. 층별로는 1층에 영화 서적과 DVD를 구입할 수 있는 영화 서점, 커피나 음료를 마실 수 있는 카페, 영화 티켓을 구입할 수 있는 매표소, 2~3층에 영화관과 강연장 등으로 운영된다. 이곳에서 상영되는 영화는 시중에서 보기 힘든 예술영화나 독립영화가 많아 영화마니아라면 관심을 가질 만하다. 홈페이지나 1층 게시판에서 상영 영화를 알 수 있는데 인기 감독이나 배우의 작품은 조기 매진되기도 하니 티켓 판매 사이트(www.ipasskhcc.tw)를 통해 예매 하자.

교통 : MRT 옌청푸(鹽埕埔) 역 4번 출구 나와, 우푸쓰루(五福四路) 이용, 가오슝 뎬잉관(高雄市電影館) 방향, 직진 후 다청제(大成街)에서 좌회전. 도보 8분
주소 : 高雄市 鹽埕區 河西路 10號
전화 : 07-5511211
시간 : 13:30~21:30, 휴무 : 월요일
요금 : 영화관_일반 NT$ 100 내외
홈페이지 : http://kfa.kcg.gov.tw

☆여행 팁_가오슝에서 문화예술 즐기기

가오슝 여행에서 관광지를 둘러보는 여행도 좋지만 한번쯤은 가오슝에서 열리는

문화예술 공연에 참석하는 것도 즐거운 경험이 된다. 원래 문화예술 공연을 즐겼던 사람이라면 티켓 판매 사이트(https://ticket.com.tw)에서 음악, 영화, 연극, 콘서트, 뮤지컬, 전시, 문화행사 등 다양한 문화예술 공연을 찾아볼 수 있다. 가오슝의 대표적인 문화센터로는 콘서트홀과 전시장이 있는 가오슝 문화센터(高雄文化中心, MRT 원화중신 역 3번 출구)와 다둥 문화예술센터(大東文化藝術中心 MRT 다둥역 2번 출구)를 들 수 있다. 문화예술 공연은 보통 저녁 시간 열리므로 낮 시간 가오슝 시내를 구경하고 밤 시간 공연장을 찾아 문화예술 공연을 감상해보자. 때때로 세계 순회공연 중인 유명 클래식 공연이나 유명 스타의 콘서트 또는 경극 같이 평소 접하기 어려운 중국전통 공연을 볼 수 있어 즐겁다. 티켓은 좌석별로 가격이 나눠져 있어 주머니 사정에 따라 원하는 티켓을 구하기 편리하다. 공연장을 찾아 갈 때에는 공연장 인근 MRT 역까지 간 뒤 택시를 이용하는 것이 헤매지 않는 방법.

박이 예술특구 駁二藝術特區 보얼 이수터취

2000년대 들어 가오슝항 2부두가 활력을 잃자 방치된 창고를 개조해 예술가들의 창작, 전시, 공연이 있는 원창단지로 변모시켰다. 영어로는 2부두 아트센터(The Pier-2 Art Center)라고 한다. 예술특구는 다융루(大勇路)를 중심으로 왼쪽에 갤러리, 공연장, 문방구 등이 있는 다이창쿠(大義倉庫), 오른쪽에 공연장, 극장, 서점, 레스토랑, 여행안내소 등이 있는 다융창쿠(大勇倉庫), 다융창쿠 지나 펑라이루(蓬萊路)에 공연장, 레스토랑, 철도 공원(哈瑪星鐵道文化園區)이 있는 펑라이창쿠(蓬萊倉庫) 등 3구역으로 나뉜다.

다융루 끝에 예전 바나나 수출을 하던 바나나 부두(香蕉碼頭)가 있고 펑라이창쿠 옆에는 기차가 운행되지 않는 여러 철로가 보인다. 보통 MRT 옌청푸역에서 출발해 각 구역의 예술 작품과 공연을 보거나 레스토랑에서 식사를 하고 창고 주변의 조형물을 배경을 기념촬영을 하며 시간을 보낸다. 여행의 마무리는 펑라이창쿠를 지나 MRT 시쯔완(西子灣) 역에서 끝나므로 옌청푸역에서 시티바이크(자전거)를 대여해 타고 다니는 것이 편리.

교통 : MRT 옌청푸(鹽埕埔) 역 1번 출구에서 다융로(大勇路) 이용, 보얼예술특구(駁二藝術特區) 방향. 도보 6분/자전거 2분

주소 : 高雄市 鹽埕區 大勇路 1號

전화 : 07-521-4899

시간 : 월~목 10:00~18:00, 금~일 10:00~20:00

홈페이지 : https://pier2.org

≫바나나 부두 香蕉碼頭 샹쟈오 마터우

예전 타이완에서 생산된 바나나가 수출되던 부두로 현재 가오슝 내항 일대를 유람할 수 있는 유람선(香蕉碼頭 觀光遊港輪), 요트가 운영된다. 부두 옆에는 옛 창고 건물을 개조해 기념품과 특산물을 살 수 있는 쇼핑센터 겸 식당가로 이용된다.

교통 : MRT 옌청푸(鹽埕埔) 역 1번 출구에서 다융로(大勇路) 이용, 보얼예술특구(駁二藝術特區) 방향. 도보 6분/자전거 2분

주소 : 高雄市 鹽埕區 大勇路 香蕉碼頭

☆여행 팁_가오슝 시티바이크 Kaochiung City Bike

가오슝 여행 시 대부분의 MRT역에 비치된 공용자전거 가오슝 시티바이크(Kaochiung City Bike 高雄市公共腳踏車)를 이용하면 편리하게 여행을 즐길 수 있다. 시티바이크의 위치는 역 내 지도의 자전거 표시로 알 수 있다. 시티바이크 정차장에는 출고와 입고를 관리하는 단말기와 공용자전거가 주차되어 있다. 자전거

의 출고는 가오슝 교통카드(一卡通)나 신용카드(비자 또는 마스터카드)로 할 수 있고 **30분까지는 무료**이며 1시간 30분까지는 NT$ 10, 1시간 30분 이후 30분마다 NT$ 20씩 추가된다.

공용자전거는 교통신호를 지키며 타고 관광지 관람 시 오토바이나 자전거 주차장에 세워두고 자전거에 부착된 자물쇠를 잠근다. 공용자전거를 탄 뒤에는 아무 시티바이크 정차장에 자전거를 입고시키면 되고 교통카드나 신용카드로 사용요금을 결제한다.

주위에 인기 관광지가 있는 시티바이크 정차장인 경우 주말이나 성수기에 이용자가 많아 공용자전거 없을 수 있으니 서두르자. 이럴 때 잠시 자전거 반납을 기다렸다가 오지 않으면 주위의 일반 자전거 대여점을 찾거나 걸어 다니는 걸로(홈페이지에서 역별 공용자전거 수량 확인가능). MRT 시쯔완(西子灣) 역에서 시티바이크를 대여해 연락선을 타고 치진(旗津) 섬까지 갈 수 있으니 참고(단, 자전거 요금 지불) ***가오슝 시티바이크 앱(Kaosiung citybike App)을 설치하면 자전거 대여소 위치 파악 용이!**

위치 : 대부분의 MRT 역(역내 지도에 자전거 표시), 인기 관광지

전화 : 0800-255-995, 시간 : 24시간

요금 : 가오슝 교통카드, 신용카드_**30분 무료**, 1시간 NT$ 5, 1시간30분 NT$ 20 이후 1시간 30분 당 NT$ 20

홈페이지 : www.c-bike.com.tw

▲ 자전거 출고

① 단말기에서 영문 전환. ② 가오슝 교통카드(一卡通) 또는 신용카드(信用卡) 투입 후 회수 *이지카드 안됨. ③ 교통카드 번호 또는 신용카드 인식번호(카드 뒤 번호 끝 3자리) 입력. ④ 렌트(Rent 대여)·페이(Pay 지불)·인콰이어리(Inquiry 조회) 중 렌트 선택. ⑤ 바이크(자전거) 안내, 엔터. ⑥ 바이크 번호 입력. ⑦ 90초 내 바이크 거치대 적색버튼 누르고 자전거 출고

▲ 자전거 입고

① 아무 자전거 대여소의 거치대에 입고. ② 단말기에서 영문전환. ③ 교통카드 또는 신용카드 투입 후 회수. ④ 교통카드 번호 또는 신용카드 인식번호(카드 뒤 번호 끝 3자리) 입력. ⑤ 렌트(Rent 대여)·페이(Pay 지불)·인콰이어리(Inquiry 조회) 중 페이 선택. ⑥ 사용요금 확인 후 엔터 *사용요금 조회_①~④→인콰이어리

다거우 철도 고사관 打狗鐵道故事館 다거우 톄다오 구스관

가오슝항 기차역사(高雄港車站)에 마련된 기차 박물관으로 예전 역무실 모습과 기차표, 검표기 등 업무용품이 그대로 남아 있다. 가오슝항 기차역은 1900년 설치되었다가 항구로 오가는 화물양이 줄자 2008년 폐쇄되었다. 고사관 뒤 철로에는 증기기관차, 디젤기관차 등이 있어 야외 철도 박물관 역할도 하고 고사관과 펑라이 창고(蓬萊倉庫) 사이 넓은 공간은 이벤트나 시민들의 연날리기, 피크닉 장소로 이용된다.

교통 : MRT 시쯔완(西子灣) 역 2번 출구에서 바로
주소 : 高雄市 鼓山區 鼓山 一路 32號
전화 : 07-531-6209
시간 : 10:00~18:00, 요금 : 무료
홈페이지 : http://takao.railway.tw

고산 도선장 鼓山 輪渡站 구산 룬뒤잔

시쯔완(西子灣)에서 내항 건너 치진(旗津) 섬으로 건너갈 때 이용하게 되는 도선장이다. 구산 도선장(鼓山輪渡站) 정면에 오토바이와 스쿠터 이용자 입구, 오른쪽에 사람들이 이용하는 입구가 있다. 요금은 가오슝 교통카드(一卡通)나 이지카드를 이용하면 편리하고 할인도 된다. 짧은 구간이지만 남동쪽으로 가오슝 내항과 멀리 가오슝 시내, 북서쪽으로 다거우 영국 영사관과 치진 섬 등대, 항구가 한눈에 들어온다. 스쿠터와 자전거 이용자가 매우 많으니 안전 유의!

교통 : MRT 시쯔완(西子灣) 역 1번 출구 나와, 리슝제(麗雄街) 이용, 구산 뤄뒤잔(鼓山輪渡站) 방향. 도보 7분
주소 : 高雄市 鼓山區 鼓山 輪渡站
시간 : 05:15~02:00, 수시로 운항, 운항시간 약 5분
요금 : 현금/교통카드_승객 또는 수쿠터 뒤 자리 사람 NT$ 40/20, 운전자+스쿠터 NT$ 75, 운전자+자전가 NT$ 40/30
홈페이지 : http://kcs.kcg.gov.tw

다거우(다카오) 영국 영사관 打狗英國

領事館 다거우 잉궈 링스관

1864년 시쯔완(西子灣) 지역에 세워진 영국 영사관으로 이는 1858년 청나라가 영국과의 아편전쟁 후 톈진 조약을 맺어 단수이(淡水), 지룽(雞籠), 안핑(安平_타이난), 다거우(打狗_가오슝) 등 4개 항구를 외세에 개방했기 때문이다. 바닷가 회랑이 있는 'ㄴ'자 모양의 단층 흰색 건물이 영국 영사관이고 언덕 위 회랑이 있는 'ㄴ'자 모양의 단층 붉은 건물은 영국 영사관저이다.

영국 영사관 건물 내에 옛날 사진, 자료를 볼 수 있는 전시관과 기념품 상점이 있고 영국영사관저 내에는 옛날 지도, 범선 모형이 있는 전시관과 카페가 자리한다.

영국 영사관저가 있는 언덕은 해발 약 30m로 서쪽으로 시쯔완 앞바다, 남쪽으로 가오슝 항구, 남서쪽으로 가오슝 시내를 조망하기 좋다. 특히 시쯔완 앞바다로 지는 석양은 놓치면 안 되는 풍경 중 하나! 영국 영사관저 뒤에는 베이지수안톈샹디(北極玄天上帝)를 모시는 링싱뎬(靈興殿)가 있으니 잠시 들려도 좋다.

교통 : MRT 시쯔완(西子灣) 역 2번 출구 나와, 쥐(橘)1번, 99번 버스 슝전베이먼(雄鎮北門) 하차 또는 2번 출구 나와, 관광 셔틀버스 하마싱원화궁처(哈瑪星文化公車) 다거우잉궈 링스관 하차

주소 : 高雄市 鼓山區 蓮海路 20號

전화 : 07-525-0100

시간 : 09:00~21:00

휴무 : 매달 셋째 주 월요일

요금 : 일반 NT$ 99

홈페이지 : http://britishconsulate.khcc.gov.tw

☆여행 스토리_마카타오→다거우→다카오→가오슝

가오슝을 여행하다보면 다거우 영국 영사관을 다카오 영국 영사관으로 불러 고개를 갸우뚱하게 한다. 원래 가오슝은 원주민 말로 '대나무 숲'이란 뜻의 **마카타오**라고 했는데 청나라가 가오슝을 지배하며 마카타오가 '개 때리다'라는 뜻의 **다거**

우(打狗)가 된다. 가오슝이 우아한 대나무 숲에서 혐오그러운 개 때리다가 된 것은 중국 특유의 중화사상 때문! 타이완을 남쪽 오랑캐로 보고 가장 나쁜 한자를 골라 작명한 것이다. 일제강점기 때는 일본이 다거우를 일본식으로 **다카오(高雄)**이라 하였고 한자도 상스러운 것이 아닌 젊잖은 것을 썼다. 일제가 물러간 뒤에는 일본이 다카오라 부르던 한자를 살려 **가오슝(高雄)**이라고 하고 있다.

서자만 풍경구 西子灣風景區 시쯔완 펑징취

다거우 영국 영사관 북쪽에 위치한 해변으로 한없이 푸른 시쯔완 바다를 감상하기 좋고 푹신한 모래사장을 맨발로 걸어도 괜찮다. 날이 덥다면 수영복을 준비해 바다로 뛰어 들어가 보자.

교통 : MRT 시쯔완(西子灣) 역 2번 출구 나와, 쥐1(橘1), 99번 버스 하이수이위창(海水浴場) 하차

주소 : 高雄市 鼓山區 蓮海路 70號

전화 : 07-215-5100

수산 동물원 壽山動物園 서우산 둥우위안

해발 355m의 서우산(壽山)은 시쯔완(西子灣) 지역을 남북으로 잇고 정상 부근에 서우산 둥우위안(壽山動物園)이 자리한다. 1978년 설립된 서우산 둥우위안은 원래 서우산 서쪽 기슭에 있다가 1986년 현재의 위치로 이전하였다. 둥우위안에는 호랑이, 말레이 곰, 타이완 검은 곰, 코끼리, 타조, 코뿔소 등 약 80여종의 동물을 보유하고 있다.

교통 : MRT 시쯔완(西子灣) 역 2번 출구 나와, 99번 버스 또는 MRT 옌청푸(鹽埕埔) 역 4번 출구 나와, 58번 버스 서우산 둥우위안(壽山動物園) 하차

주소 : 高雄市 鼓山區

전화 : 07-521-5187

시간 : 09:00~17:00, 휴무 : 월요일

요금 : 일반 NT$ 40, 학생 NT$ 20

홈페이지 : http://zoo.kcg.gov.tw

☆여행 팁_관광 셔틀버스, 원화궁처 文化公車

가오슝의 역사문화유산이 모여 있는 지역에 관광 셔틀버스인 원화궁처(文化公車)가 운행되었다. 원화궁처의 노선은 다거우 잉궈 링스관(打狗英國領事館)에서 리스보우관(歷史博物館)에 이르는 **하마싱선(哈瑪星線)**, 저우즈스디(洲仔濕地)에서 주청난먼(舊城南門)을 거쳐 쿵먀오(孔廟) 이르는 롄츠탄~쮜잉구청 노선인 **주청선(舊城線)**, 다두원화이수중신(大東文化藝術中心)에서 청란파오타이(澄瀾砲台)거쳐 다두원화이수중신에 이르는 **평산선(鳳山線)** 등이 있다. 가오슝의 역사문화를 좀 더 자세히 알고 싶은 사람이라면 한번쯤 이용해볼 만하다. ***2020년 원화궁처 중지 후 하마싱선은 99번 버스, 주청선은 59번 버스, 평산선 8번 버스와 통합, 요금 ~NT$ 24, 2시간 내 환승 무료.**

〈치진(旗津)〉

기진 도선장 旗津輪渡站 치진 륀뒤잔

시쯔완(西子灣)의 구산 륀뒤잔(鼓山輪渡站)에서 연락선을 타면 도착하는 곳이 바로 치진 륀뒤잔(旗津輪渡站)이다. 치진 륀뒤잔에서 치진 천후궁(旗後天后宮), 치허우 등대(旗後燈塔), 치허우 포대(旗後砲台) 등으로 갈 수 있다. 저녁 5시~7시 사이에는 치진에서 구산으로 가려는 사람들이 몰려 길게 줄을 서므로 이 시간에 가려는 사람은 서두르자.

교통 : 구산 륀뒤잔(鼓山輪渡站)에서 연락선 이용, 치진 륀뒤잔(旗津輪渡站) 하선

주소 : 高雄市 旗津區 海岸路 10號

전화 : 07-571-7442

시간 : 05:00~02:00 *수시로 운항, 운항시간 약 5분

요금 : 현금/교통카드_승객 또는 수쿠터 뒤 자리 사람 NT$ 40/20, 운전자+스쿠터 NT$ 75, 운전자+자전가 NT$ 40/30

홈페이지 : http://kcs.kcg.gov.tw

기후 천후궁 旗後天后宮 치허우 톈허우궁

1673년 청나라 강희 12년 세워진 사원으로 가오슝에서 가장 오래된 사원 중 하나이다. 주신으로 바다의 수호신 마주(媽祖)를 모신다. 현재의 사원 건물은 1887년 청나라 광서 13년에 중건한 것이다. 사원 입구에 용이 새겨진

돌기둥이 보이고 안으로 들어가면 오랜 세월을 견디어온 마주(톈샹셩무 天上聖母) 상이 모셔져 있다.

교통 : 치진 연락선 터미널(旗津輪渡站) 나와, 오른쪽으로 간 뒤, 먀오치엔루(廟前路)에서 좌회전, 도보 2분
주소 : 高雄市 旗津區 廟前路 93號
전화 : 07-571-2115
시간 : 05:00~22:30
홈페이지 : www.chijinmazu.org.tw

가오슝 등대 高雄燈塔 가오슝 덩타

해발 약 50m 치허우산(旗後山) 정상에 있는 등대로 1883년 청나라 광서 9년 영국 기술자에 의해 세워졌고 1916년~18년 일제 강점기 때 중건되었다. 등대의 높이는 15.2m, 3개의 전등으로 20.5해리(海里), 약 38km까지 불빛을 보내 근해를 지나는 선박의 안전운항을 도왔다. 등대가 있는 치허우산 정상에서 서쪽으로 가오슝 앞바다, 북서쪽으로 다거우 영국 영사관과 서우산(壽山) 일대, 동쪽으로 가오슝 항구와 가오슝 시내, 남쪽으로 치진 일대가 한눈에 들어온다.

교통 : 치진 뤈뒤잔(旗津輪渡站) 나와, 오른쪽 하이안루(海岸路)-퉁산루(通山路)-치샤항(旗下巷)따라 가오슝덩타(高雄燈塔) 입구 도착, 입구에서 산길 이용, 가오슝덩타 방향. 도보 30분
주소 : 高雄市 旗津區 旗下巷 34號
전화 : 07-222-5136
시간 : 09:00~16:00, 휴무 : 월요일
요금 : 무료

기후 포대 旗後砲台 치허우 파오타이

1875년 청나라 광서원년 치허우산 남서쪽 산기슭에 설치된 서양식 포대이다. 포대는 'ㅁ'자 건물로 지붕에 대포를 설치하고 아래에 포탄을 보관하는 구조였다. 이들 포대는 북구, 중구, 남

구로 나눠 각기 대포를 배치되었다. 현재 대포는 볼 수 없고 포대에서 가오슝 앞바다와 치진 일대를 조망하기 괜찮다.

교통 : 치진 륀뒤잔(旗津輪渡站) 나와, 오른쪽으로 하이안루(海岸路)-퉁산루(通山路)-치샤항(旗下巷)따라 가오슝덩타(高雄燈塔) 입구 도착, 입구에서 산길 이용, 치허우파오타이(旗後砲台) 방향. 도보 30분

주소 : 高雄市 旗津區 旗後山頂

시간 : 24시간, 요금 : 무료

기진 해수욕장 旗津海水浴場 치진 하이수이위창

치진(旗津) 서쪽, 길이 약 1.5km, 폭 약 50m의 해변으로 회색 모래가 깔려 있고 수심이 완만해 물놀이를 즐기기 좋다. 저녁이면 해변에 앉아 바다 너머로 지는 석양을 감상하려는 사람들이 모여 든다.

교통 : 치진 륀뒤잔(旗津輪渡站) 나와, 오른쪽으로 간 뒤, 먀오치엔루(廟前路)에서 좌회전, 직진. 도보 5분

주소 : 高雄市 旗津區 旗津 海水浴場

전화 : 07-571-8920

시간 : 7~8월 월~금 09:30~17:30, 토~일 ~18:30, 4~6&9~10월 월~금 09:30~16:30,토~일 ~17:30, 11~3월 08:30~16:30

〈가오슝 인근〉

불광산 불타 기념관 佛光山佛陀紀念館 포광산 포퉈 지녠관

2011년 완공된 불교기념관으로 100헥타르(ha)의 광대한 부지에 대문, 기념품점과 식당이 있는 리징다팅(禮敬大廳), 숙소와 사무실로 쓰이는 8개의 탑

건물인 바타(八塔), 4개의 탑(四聖塔)이 있고 내부에 진포뎬(金佛殿), 위포뎬(玉佛殿) 같은 불당, 불교와 예술 전시장 등이 있는 번관(本館), 높이 108m의 좌불인 포광다포(佛光大佛) 등이 늘어서 있다.

불광산사(佛光山寺)는 대문 지나 왼쪽 너머에 있는데 부처님의 치아사리를 봉안한 적멸보궁으로 알려져 있다. 불광산 불타 기념관과 불광산사는 임제종(臨濟宗) 제48대 전인이자 불광산 개산 종장 싱윈다스(星雲大師) 스님에 의해 이루어졌다. 싱윈다스는 중국 장쑤성(江蘇省) 출신으로 1949년 타이완으로 넘어와 오랜 수행 끝에 불광산이라는 큰 업적을 이루어냈다. 불광산 불타 기념관여행은 보통 입구에서 포광다포까지 둘러보고 더 볼 사람은 불광산사까지 찾아가도 괜찮다.

교통 : **가오톄쭤잉(高鐵左營) 역**앞에서 E02하포콰이선(哈佛快線) 버스(월~금 08:10~17:40 약 40분 간격, 08:10~18:50 약 30분 간격) 불광산(佛光山) 하차. NT$ 70/**가오슝 역(高雄車站)** 앞 버스 터미널에서 가오슝커윈(高雄客運) 8010번 버스 이용, 불광산 하차. NT$ 70 내외

주소 : 高雄市 大樹區 統嶺路 1號

전화 : 07-656-3033(#4002)

시간 : 09:00~19:00, 요금 : 무료

홈페이지 : www.fgsbmc.org.tw

≫예경대청 禮敬大廳 리징다팅

웅장한 중국풍 건물로 건물 양쪽에 불교를 수호하는 사자와 흰 코끼리 상이 세워져 있다. 내부에는 불교 기념품점과 식당 등이 자리한다.

위치 : 다먼 지나

≫팔탑 八塔 바타

7층 탑 모양을 한 건물로 양쪽에 4개

씩 8개의 건물이 세워져 있고 각 건물은 사무실과 숙소로 쓰인다.
위치 : 리징다팅 지나

≫본관 本館 번관

네 귀퉁이에 탑 모양의 건물이 있고 중앙에 금색의 원형 조형물이 있는 건물로 내부에 여러 불당, 전시장 등이 자리한다.
위치 : 바타 지나

≫불광대불 佛光大佛 포광다포

높이 108m의 좌불로 온화한 미소로 불광산 포퉈 기념관을 내려다본다.
위치 : 번관 지나

≫불광산사 佛光山寺

싱윈다스(星雲大師) 스님이 세운 사찰로 부처님의 치아 사리를 모신 적멸보궁이기도 하다. 불광산 포퉈 지녠관 입구에서 왼쪽으로 올라간 곳에 있다.
위치 : 다먼 지나 왼쪽

이다 월드 E-DA World 義大 遊樂世界 이다 여우러스제

타이완 남부 최대의 테마파크로 입구부터 공연장·기념품점·식당가가 있는 아크로폴리스(大衛城), 어트랙션·기념품점이 있는 산토리니(聖托里尼山城), 어트랙션·기념품점이 있는 트로이 성(特洛伊城) 등 3구역으로 되어 있다. 여러 어트랙션 중 공중에서 360도 회전하는 톈수안디좐(天旋地轉), 물길을 돌진하는 페이위에아이칭하이(飛越愛情海), 롤러

코스터인 지시엔탸오잔(極限挑戰) 등이 인기 어트랙션으로 꼽힌다.

이다 월드에 입장하면 우선, 공연이나 가장행진 시간을 확인한 뒤 인기 어트랙션부터 공략하고 어트랙션을 즐긴 후 공연을 관람하고 식당가에서 식사를 하며 휴식을 한다. 이다 월드 주변으로 이다 아웃렛, 이다 스카이락 호텔 등 부대시설이 있으므로 이다 월드를 시간을 보낸 뒤, 이다 아웃렛에서 쇼핑을 해도 즐겁다.

교통 : 가오톄쭤잉(高鐵左營) 역앞 버스정류장에서 이다커윈(義大客運) 8501번 버스(평일_월~금 08:15~17:00, 30분~1시간 간격, 토~일08:15~17:50, 약20분 간격) 이다 월드 하차

주소 : 高雄市 大樹區 學城路 一段 10號

전화 : 0800-588-887

시간 : 09:00~17:30, 마톈륀(摩天輪 대관람차) 12:00~22:00

요금 : 일반 NT$ 899, 학생 NT$ 799, 우허우퍄오(午後票 13:30~) NT$ 650, 마톈륀_일반 NT$ 200

홈페이지 : www.edathemepark.com.tw

타이완 당업 박물관 台灣糖業博物館 타이완 탕예 보우관

1901년 세워진 차오터우(橋頭糖廢)는 당시 현대적 설비를 갖춘 타이완 최대 설탕공장이었다. 이후 오랜 동안 설탕을 생산하다가 1991년 설탕 공장 유적으로 개방되었다.

현재 이곳에는 타이완 설탕 산업의 역사를 보여주는 타이완 당업 박물관(台灣糖業博物館), 설탕생산 설비, 빙과 판매점, 식당 등이 자리해 예전 왕성했던 설탕 공장을 떠오르게 한다. 타이완 타예 보우관 위쪽에는 역시 설탕 공장을 개조한 원창단지인 스구차오탕 원창 원구(十鼓橋糖文創園區)가 있으니 들려도 괜찮다.

교통 : MRT 차오터우(橋頭糖廠) 역에서 타이완 탕예 보우관(台灣糖業博物館) 방향, 도보 4분

주소 : 高雄市 橋頭區 橋南里 糖廠路 24號

전화 : 07-611-3691

시간 : 박물관_09:00~16:30, 기타_월~금 09:00~18:00, 토~일 09:00~19:00, 요금 : 무료

홈페이지 : www.taisugar.com.tw

〈아이허~치산, 근교〉

노채슬목 어죽 老蔡虱目魚粥 라오차이 스무위저우

1953년 개업한 노포(老鋪)로 닭고기 덮밥인 지러우판(雞肉飯), 고기 볶음 덮밥인 러우자오판(肉燥飯), 어죽인 스무위저우(虱目魚粥)이 대표 메뉴이다. 어떻게 보면 크게 내세울만한 요리는 아니지만 현지인들에게는 간단히 한 끼를 먹을 수 있는 식당이다. 지러우판이나 러우자오판은 다른 식당에서도 맛볼 수 있으므로 어죽인 스무위저우를 맛보길 권한다.

교통 : MRT 옌청푸(鹽埕埔) 역 2번 출구 나와, 다융루(大勇路) 직진 후, 공원 지나 사거리에서 좌회전. 도보 6분

주소 : 高雄市 鹽埕區 瀨南街 201號

전화 : 07-551-9689

시간 : 06:30~14:00, 17:00~20:00

메뉴 : 지러우판(雞肉飯 닭고기 덮밥)·러우자오판(肉燥飯 고기볶음 덮밥) 대/소 NT$ 40/30, 스무위저우(虱目魚粥 어죽)_중허저우(綜合粥 종합)/러우스(肉絲 살코기)/커즈(蚵仔 굴)NT$ 50/50/60 내외

대반탄고 샌드위치 大胖碳烤三明治 다팡탄카오 싼밍치

1965년 개업한 숯불 샌드위치, 탄카오 싼밍치(碳烤三明治) 전문점이다. 숯불 샌드위치는 먼저 식빵 테두리를 자른 뒤, 부드러운 부분만 석쇠에 올려 숯불에 잘 굽고 안에 육포나 계란 부침을 넣은 것이다. 단지, 식빵을 숯불에 구웠을 뿐인데 맛있다는 소문이 나 오늘도 성업 중인 곳!

교통 : MRT 옌청푸(鹽埕埔) 역 2번 출구 나와, 다융루(大勇路) 직진 후, 공원 지나 사거리에서 좌회전. 도보 6분

주소 : 高雄市 鹽埕區 大公路 78號

전화 : 07-561-0262

시간 : 07:00~11:00, 18:00~23:00

메뉴 : 탄카오 싼밍치(碳烤三明治 숯불) NT$ 35, 러우숭 싼밍치(肉鬆三明治 육포), NT$ 40, 훠투이단 투스(火腿蛋土司 계란) NT$ 25, 러우숭단투스(肉鬆蛋土司 육포계한) NT$ 25, 치스(起士 치즈) 추가 NT$ 10, 더우쟝(豆漿 두유) 대 NT$ 25 내외

동분왕 冬粉王 둥펀왕

1970년 개업한 둥펀왕(冬粉王)은 당면요리 식당이다. 둥펀(冬粉)이 당면이란 뜻. 주 메뉴는 크게 탕(湯), 둥펀(冬粉 당면), 치에판(切飯 덮밥)으로 나뉜다. 탕과 둥펀, 치에판은 콩팥인 야오즈(腰子), 심장인 주신(豬心), 돼지고기인 주러우(豬肉), 오리고기인 예러우(鴨肉) 등을 넣은 것이 있다. 종합은 야오즈·주신·주간(豬肝 간)·주러우를 합친 것! 둥펀은 부드러운 당면과 고기가 어우러져 젓가락질 몇 번이면 술술 넘어간다. 둥펀 먹기 전, 테이블 위의 더우반쟝(豆瓣醬 두반장), 쟝요우가오(醬油膏 굴소스) 같은 재로로 찍어 먹을 소스도 제조해보자.

교통 : MRT 옌청푸(鹽埕埔) 역 2번 출구 나와, 다융루(大勇路) 직진 후, 공원 지나 사거리에서 좌회전, 사거리에서 좌회전. 도보 7분

주소 : 高雄市 鹽埕區 七賢 三路 168號

전화 : 07-551-4349

시간 : 09:00~20:00

메뉴 : 중허탕(綜合湯 종합탕)/ 야오즈탕(腰子湯 콩팥)/주신탕(豬心湯 심장) NT$ 110, 주러우탕(豬肉湯 돼지고기탕)/예러우탕(鴨肉湯,오리탕) NT$ 70, 중허둥펀탕(綜合冬粉湯 종합동분탕) NT$ 110, 주러우둥펀탕(豬肉冬粉湯 돼지)/예러우둥펀탕(鴨肉冬粉湯 오리) NT$ 70, 중허치에판(綜合切飯 종합 덮밥) NT$ 110 내외

화달내차 樺達奶茶 화다나이차

1982년 창업한 음료 전문점으로 옌청푸(鹽埕埔)점이 총점이다. 차를 주문하면 정수기 꼭지 같은 것에서 차를 따르고 이어 생우유를 붓는다. 비율은 대략 차와 우유가 5:5. 여기에 쫄깃한 타피오카를 추가하려면 '전주'라고 말하면 된다. 시럽의 양은 각자의 입맛에 따라 많거나 적거나! 홍차 녹차 나이차

를 쉽게 맛볼 수 있으므로 조금 드문 푸얼나이차(普洱奶茶)를 시도해 보자.

교통 : MRT 옌청푸(鹽埕埔) 역 2번 또는 3번 출구에서 신러제(新樂街) 방향, 도보 2분

주소 : 高雄市 鹽埕區 新樂街 101號

전화 : 07-551-2151

시간 : 09:00~22:00

메뉴 : 화다나이차(樺達奶茶 홍차+우유), 푸얼나이차(普洱奶茶 보이차+우유), 뤼나이차(錄奶茶 녹차+우유), 자오(早茶 홍차 多+보이차), 우차(午茶 홍차+보이차 多), 완차(晚茶 보이차) 각 NT$ 45, 전주(珍珠 타피오카) 추가 NT$ 10 내외

두 굿 커피&디저트 Do good coffee &dessert

창의단지인 보얼 예술특구(駁二藝術特區) 내에 있는 커피 전문점으로 커피와 허브티, 케이크 등을 낸다. 보얼 예술특구 북쪽 한적한 곳에 있지만, 커피나 차를 마시며 한숨 돌리기 좋은 곳이다.

교통 : MRT 옌청푸(鹽埕埔) 역 1번 출구에서 다융루(大勇路) 이용, 보얼 예술특구(駁二藝術特區) 방향. 도보 6분/트램 보얼펑라이(駁二蓬萊)역에서 라이난지아(瀨南街)로 간 뒤 우회전, 도보 3분

주소 : 高雄市 鹽埕區 必信街 116-1號

전화 : 07-521-3635

시간 : 10:00~18:00 화요일 휴무

메뉴 : 아메리카노, 카페라테, 허브티, 케이크 NT$ 130 내외

해지빙 海之冰 하이즈빙

연락선 터미널인 구산 연락선 터미널(鼓山 輪渡站) 인근에 잇는 빙수집으로 정식명칭은 뒤촨터우 하이즈빙(渡船頭海之冰)이다. 1990년 창업했고 큰 대접에 빙수를 주는 다완빙(大碗冰) 창시점으로 알려져 있다. 빙수는 크게 망고류, 과일류, 초콜릿류, 팥 류로 나뉘는데 메뉴표에 사진과 함께 한국어 표기가 되어 있어 주문하기 편리하다. 빙수는 각자 먹을 수도 있고 여러 명이 세수대야 크기의 그릇에 함께 먹을 수도 있다.

교통 : MRT 시쯔완(西子灣) 역 1번 출구

에서 리숑루(麗雄路) 직진, 빈하이이루(濱海一路)에서 우회전. 도보 5분
주소 : 高雄市 鼓山區 濱海 一路 76號
전화 : 07-551-3773
시간 : 11:00~23:00, 휴무 : 월요일
메뉴 : 빙치린수이궈뉴나이빙(冰淇淋水果牛奶冰 아이스크림과일우유빙수) NT$ 60, 망궈뉴나이빙(芒果牛奶冰 망고우유빙수) NT$ 60, 샹쟈오챠오커리뉴나이빙(香蕉巧克力牛奶冰 바나나초콜릿우유빙수) NT$ 60 내외

고전 매괴원 古典玫瑰園 구뎬메이구이위안

언덕 위 영사관 관저인 다거우 영국 영사관 관저 한편에 마련된 카페로 고풍스런 분위기 속에 커피를 마시거나 애프터눈 티를 즐기기 좋다. 특히 바다가 보이는 테라스 좌석은 인기가 높아 좌석을 구하기 힘들다. 애프터눈 티는 3단 트레이에 스콘, 샌드위치, 케이크, 홍차 등이 나와 간식으로 충분하다.

교통 : MRT 시쯔완(西子灣) 역 2번 출구에서 쥐(橘)1, 99번 시내버스, 다거우 잉궈링스관(打狗英國領事館) 하차
주소 : 高雄市 鼓山區 蓮海路 20
전화 : 07-956-1069
시간 : 11:00-14:00, 17:30-20:30
메뉴 : 링스푸런 샤우차(領事夫人 下午茶 애프터눈 티) 1인/2인 NT$ 650/750, 우롱차(烏龍茶), 메이구이차(玫瑰茶 장미차), 망궈뤼차(芒果綠茶 망고녹차) 각 NT$ 160 내외
홈페이지 : www.rosehouse.com

기후활해산점 旗后活海產店 치허우훠하이찬디엔

치진(旗津)의 시내인 먀오치엔루(廟前路)에 위치한 해산물 식당이다. 식당 앞에 생선과 해산물이 늘어서 있어 원하는 것을 선택할 수 있다. 메뉴 중 셩위피엔(生魚片)은 생선회인데 우리처럼 양이 많진 않으나 가볍게 생선회의 맛을 즐기기에 적당하다. 보통 생선이나 해산물 요리 1~2개에 면이나 밥으로 마무리한다. *간단한 한국어 메뉴판 있음. 시가는 확인 또 확인!

교통 : 치진 룬뒤잔(旗津輪渡站) 나와, 오른쪽 먀오치엔루(廟前路) 직진, 도보

5분
주소 : 高雄市 旗津區 廟前路 31號
전화 : 07-571-5808
시간 : 10:30~21:00 화요일 휴무
메뉴 : 중허셩위피엔(綜合生魚片 종합 생선회), 위단사라(魚蛋沙拉 어묵샐러드), 카오위샤바(烤魚下巴 생선구이), 자샤쥐안(炸蝦捲 새우말이튀김), 하이셴훠궈탕(海鮮火鍋湯 해물탕), 차오판(炒飯 볶음밥)

합채 合菜 허차이

불광산 불타 기념관(佛光山佛陀紀念館) 내 리징다팅(禮敬大廳) 2층에 채식 뷔페가 있어 들릴 만하다. 메뉴는 5가지 요리(5菜), 1가지 탕(一湯), 1가지 디저트(一甜點)로 간단하다. 요리는 채소볶음, 튀김, 두부, 땅콩, 볶음면 등이 있고 탕은 된장을 푼 인조고기(?)국이다. 맛은 대체로 덤덤한 편! 뜨거운 탕과 팔보죽은 무한리필.

위치 : 불광산 불타 기념관 내, 바로
주소 : 高雄市 大樹區 統嶺路 1號, 禮敬大廳 2F
전화 : 07-656-3033(#4021)
시간 : 월~금 11:00~13:00, 토~일 10:30~14:00, 토 17:00~19:00
메뉴 : 채식_NT$ 150
홈페이지 : www.fgsbmc.org.tw

*쇼핑&마사지

신동양 新東陽 大仁店 신둥양

1972년 창립되었고 육포, 파인애플 과자인 펑리수(鳳梨酥), 타이중의 명물 과자 타이양빙(太陽餅), 땅콩 케이크 화셩수(花生酥), 오징어, 두부, 계란 등 루웨이(滷味) 재료, 중국식 소시지 간창(肝腸), 속 빈 막대 과자인 숭단쥐안(鬆蛋捲), 우유 사탕인 유가인 뉴자탕(牛軋糖), 말린 과일, 건오징어 포(魷魚絲) 등 다양한 식품을 판매한다.

교통 : MRT 옌청푸(鹽埕埔) 역 2번 출구

에서 신동양(新東陽) 방향, 도보 2분
주소 : 高雄市 鹽埕區 大仁路 80號
전화 : 07-561-5811
시간 : 09:00~21:00
홈페이지 : www.hty.com.tw

성품생활 誠品生活 駁二店 청핀셩훠

청핀슈뎬(誠品書店) 계열의 서점 겸 디자인 소품 판매점이다. 외관은 부두가 창고여서 허름해 보여도 내부는 전면 리모델링되어 현대적이고 깔끔한 분위기를 연출한다. 서점 구역에서 타이완 베스트셀러를 살펴보고 디자인 소품 구역에서 인형이나 장식품 등 디자인 소품을 구경해보자. 내부에 카페도 있어 커피를 마시며 잠시 휴식을 취할 수도 있다.

교통 : MRT 옌청푸(鹽埕埔) 역 1번 출구에서 보얼 예술특구(駁二藝術特區) 방향. 도보 4분
주소 : 高雄市 鹽埕區 大勇路 3號, 駁二藝術特區 C4倉庫
전화 : 07-963-1200
시간 : 11:00~21:00
홈페이지 : www.esliteliving.com

이다 아웃렛몰 E-DA Outlet Mall 義大世界購物廣場

이다 월드(E-DA World) 옆에 A, B, C 존으로 나뉘는 대형 아웃렛이 있어 들릴 만하다. 주요 브랜드는 크로커다일(Crocodile), 아르마니(ARMANI), 버버리(BURBERRY), 토드(TOD'S), 이스프리트(ESPRIT), 나인웨스트(NINE WEST), 지오다노(GIORDANO), 디케이엔와이(DKNY), 휴고 보스(HUGO BOSS), 마이클 코어스(Michael Kors) 등. 그 외 RF층 대관람차 마텐륀(摩天輪), 3층 복합영화관(國賓影城), 4층 식당가가 운영된다. 유명 브랜드상점은 주로 LB층에 모여 있고 A존과 B존에 상점이 많다. 아웃렛이 매우 크고 길어서 둘러보는데 시간이 많이 소요될 수 있다.

교통 : MRT 쭤잉(左營) 역 1번 출구 나와, 가오톄쭤잉(高鐵左營) 역앞 버스 정류장에서 이다커윈(義大客運) 8501번 버스(평일_월~금 08:15~17:00,

30분~1시간 간격, 토~일 08:15~17:50, 약20분 간격) 이다 월드 하차/타이테(台鐵)_강산(岡山) 역·난즈(楠梓)역·신쭤잉(新左營)역·펑산(鳳山)역에서 이다커윈(義大客運) 버스, 이다 월드 하차

주소 : 高雄市 大樹區 學城路 一段 12號
전화 : 07-656-8100
시간 : 11:00~22:00
홈페이지 : www.edamall.com.tw

*마사지

선수당 善水堂養生會館 鹽埕館 산수이탕 양셩후이관

MRT 옌청푸(鹽埕埔) 역 인근에 위치한 마사지숍으로 깔끔한 인테리어와 수준 높은 서비스를 자랑한다. 가볍게 발 안마, 주디안모(足底按摩)를 받아도 좋고 여행 피로가 쌓였다면 전신안마인 촨선징뤄즈야(全身經絡指壓)나 오일 마사지인 촨선징유슈예(全身精油舒壓) 받아도 괜찮다. 발 마사지와 전신 마사지, 전신 마사지와 오일 마사지를 섞은 세트 메뉴를 이용해도 즐겁다. 회원 가입 시 할인.

교통 : MRT 옌청푸(鹽埕埔) 역 1번 출구 나와, 우푸쓰루(五福四路) 직진. 도보 2분
주소 : 高雄市 鹽埕區 五福四路 128號
전화 : 07-521-7668
시간 : 12:00~00:00
요금 : 주디안모(足底按摩 발 안마) 50분 NT$ 700, 촨선징뤄즈야(全身經絡指壓 전신 안마) 60분 NT$ 880, 촨선징유슈예(全身精油舒壓 오일 마사지) 60분 NT$ 1,200 내외
홈페이지 : www.shanshuitang.com.tw

3. 가오슝 근교

01 헝춘 恒春 Hengchun

타이완 최남단 도시이자 타이완 유일의 성벽 도시다. 헝춘 성벽은 1875년 청나라 말기 흠차대신 선바오전이 세운 것으로 알려졌다. 동서남북에 4개의 성문이 있었고 성문에는 대포가 설치되어 있었다. 1935년 일제강점기 사적으로 지정되어 보호되기 시작했고 2006년 지진으로 일부 파괴되었으나 복구되었다.

헝춘은 타이완 영화 〈하이쟈오 7번지〉의 촬영지여서 주인공이 살던 아쟈의 집을 찾는 사람도 많다. 헝춘 동쪽에는 땅에서 불길이 솟는 출화가 있어 신비함을 자아내니 자전거를 빌려 찾아가보자.

헝춘은 컨딩과 함께 컨딩 여행의 출발지로 헝춘에서 관광버스나 스쿠터를 이용해 컨딩을 여행하기 좋다. 온천을 좋아한다면 헝춘 북쪽의 쓰충시 온천에서 온천을 즐겨보자.

▲ 교통

• 가오슝↔헝춘

① 궈광커윈 터미널(國光客運 高雄站)에서 어롼비(鵝鑾鼻)행 9188번(06:05~22:10, 30분~1시간 간격, 약 2시간 소요, 88고속도로, NT$ 306) 또는 샤오만(小灣)행 9117번(04:00~23:30, 40분~3시간 간격, 17번 국도, NT$ 306) 버스, 헝춘(恒春) 하차

궈광커윈_www.ksbus.com.tw

② 가오톄쭤잉 역(高鐵左營站) 샤오완(小灣)행 9189번(08:00~19:30, 30분 간격, 2시간 소요, NT$ 361) 버스, 헝춘(恒春) 하차 ***9117, 9188, 9189번 버스 궈광커윈(國光客運)·가오슝커윈(高雄客運)·핑둥커윈(屛東客運) 공동 운영**

• 헝춘 시내교통

헝춘 고성, 석패 공원, 아쟈의 집, 헝춘 라오제 등은 도보로 다니기 적당하고 땅에서 불이 솟는 헝춘 출화는 도보로 갈 수 있지만 자전거로 가면 좀 더 편리하다.

▲ 여행 포인트

① 성벽 길 따라 한 바퀴 도는 헝춘 고성 둘러보기

② 상점과 식당, 게스트하우스 모인 헝춘 라오제 산책하기

③ 타이완 영화 〈하이쟈오 7번지〉 촬영지인 아쟈의 집을 배경, 기념촬영!

④ 대지에서 불이 솟는 헝춘 출화에서 불놀이

▲ 추천 코스

헝춘 추훠→헝춘 고성→석패 공원→아쟈의 집→헝춘 라오제

☆여행 팁_컨딩제처 墾丁街車

컨딩제처는 헝춘(恒春)과 컨딩(墾丁) 일대를 운영하는 버스다. 노선은 샤완리둥(下萬里棟)에서 헝춘을 거쳐 어롼비(鵝鑾鼻)까지 운행하는 쥐선(橘線 101번), 헝춘에서 마오비터우(貓鼻頭)을 거쳐 샤오완(小灣)까지 운행하는 란선(藍線 102번), 헝춘에서 쟈러수이(佳樂水)까지 운행하는 뤼선(綠線 103번), 하이셩관(海生館)에서

하이셩관좐청잔(海生館轉乘站)을 거쳐 쓰충시(四重溪)까지 운행하는 황선(黃線 201번) 등이 있다. 헝춘-컨딩 간을 운행하는 취선은 자주 운행하는 편이고 하이셩관-쓰충시 간을 운행하는 황선은 버스 시간이 벼로 없으니 참고! 쓰충시 갔을 때 하이셩관으로 돌아가는 버스 시간을 확인하고 온천욕을 한다.

전화 : 08-889-1464, 08-888-2900, 요금 : 개별 요금, 1일권 NT$ 150

홈페이지 : http://uukt.com.tw/traffic/taiwantourbus-kenting-travel-map

취선 (橘線)	컨딩→	08:30~16:40 *주말 ~17:35	약 30분 간격
	헝춘→	08:45~18:05	
	하이셩관 →	08:57~15:57·18:17 *주말_08:32~17:17	
란선 (藍線)	헝춘→	08:00~17:20	약 30분 간격
	컨딩→	09:00~18:10	
뤼선 (綠線)	헝춘→	평일 06:20, 수 12:25, 금 14:50, 월·화·목 16:25, *주말 08:30·09:30·12:25·13:30·15:30, 매일 17:35	-
	쟈러수이 →	평일 06:50, 수 12:55, 금 15:20, 월·화·목 17:00, *주말 09:00·10:00·12:55·14:00·16:00, 매일 18:05	-
황선 (黃線)	헝춘→	09:45·12:30·14:00·16:00·17:30	쓰충시 직행
	처청→	09:55·12:40·14:10·16:10·17:40	-
	쓰충시→	10:12·13:03·14:32·16:32·18:02	-

항춘 고성 恆春古城(恆春縣城) 헝춘구청

1875년 청나라 광서 원년~광서 5년 관리 선바오전(沈葆楨)의 주도로 헝춘 둘레에 쌓은 현성(縣城)이다. 성곽의 길이는 약 2,600m, 두께는 약 6.6m, 높이는 약 5m. 마을을 둘러싸고 있던 성곽은 전쟁, 태풍과 지진 같은 자연재해, 도시개발 등으로 상당 부분 사라지고 현재 둥먼(東門), 베이먼(北門), 시먼(西門), 난먼(南門) 등 4대문과 일부 성곽이 남아 있다. 성문과 성곽이 잘 보존된 편이어서 타이완 유일의 성곽 도시(마을)로 불린다. 마을을 크지 않아 걷거나 자전거를 타고 4대문과 성곽을 둘러볼 수 있다.

교통 : 헝춘 버스 터미널에서 바로

주소 : 屏東縣 恆春鎮

전화 : 08-888-1782

≫남문 南門 난먼

1879년 청나라 광서 5년 헝춘 시내 남쪽에 세워진 성문이다. 4대문 중 가장 잘 보존된 대문으로 붉은 벽돌로 쌓은 성곽 위에 '凸' 모양의 누각이 세워져 있다. 누각은 밖에서 볼 때 방어용 구멍만 뚫려 있고 안쪽에서 볼 때 마루가 있는 형태이다. 난먼 좌우로 일부 성곽이 남아 있다.

교통 : 헝춘 버스 터미널에서 헝춘루(恆春路) 따라 난먼(南門) 방향, 도보 4분

주소 : 屏東縣 恆春鎮 恆春古城 南門

≫동문 東門 둥먼

헝춘 시내 동쪽에 세워진 성문으로 누각은 없고 성곽만 남아 있다. 성곽 위에 둥먼(東門)이라 적혀 있고 성곽 옆으로 성문 위로 올라가는 계단이 보인다. 둥먼에서 베이먼(北門)까지는 성곽이 연결되어 있고 성곽 옆으로 산책로가 조성되어 있다.

교통 : 헝춘 버스 터미널에서 원화루(文化路) 따라 둥먼(東門) 방향, 도보 7분

주소 : 屏東縣 恆春鎮 恆春古城 東門

≫북문 北門 베이먼

헝춘 시내 북쪽에 세워진 성문으로 누각이 사라지고 성곽만 남아 있다. 성곽에 대포를 쏘기 위한 포구(砲口)가 뚫

려 있고 성곽 위쪽에는 '凹'자 모양으로 붉은 벽돌을 쌓았다. 성문 좌우에 성곽으로 올라갈 수 있는 사면이 마련되어 있어 성문과 성벽을 걸어볼 수 있다.

교통 : 헝춘 버스 터미널에서 둥먼루(東門路)로 가다가 베이먼루(北門路) 직진. 도보 9분
주소 : 屏東縣 恆春鎮 恆春古城 北門

≫서문 西門 시먼

헝춘 시내 북쪽에 있는 성문으로 누각이 없고 성곽만 남아 있다. 성문은 기초에 화강암으로 쌓고 내부에 흙으로 채운 뒤, 위쪽에는 붉은 벽돌로 마무리했다. 시먼 앞에 중국 광동의 3산신을 모시는 싼산궈왕먀오(三山國王廟)가 보인다.
교통 : 헝춘 버스 터미널에서 중정루(中正路) 따라 가다가 좌회전, 시먼(西門) 방향. 도보 6분
주소 : 屏東縣 恆春鎮 恆春古城 西門

석패 공원 石牌公園 스파이 궁위안

시먼(西門) 인근에 있는 공원으로 원래 허우둥산 공원(猴洞山公園)이라 불렸다. 허우둥산이란 이름은 이곳이 원숭이(猿猴)들의 서식처였기 때문이나 현재는 원숭이들을 볼 수 없다. 공원 중앙에 산호초석(珊瑚礁岩)이라 불리는 기암괴석이 쌓여 작은 산 모양을 이룬다. 이곳은 옛날 원주민들의 제사 터였고 청나라 때에는 문인들이 모임을 갖던 곳이기도 했다. 허우둥산 정상에서 헝춘 일대를 조망하기 좋다.
교통 : 헝춘 버스 터미널에서 중정루(中正路) 따라 가다가 샤오난루(曉南路)에서 좌회전. 도보 5분
주소 : 屏東縣 恆春鎮 石牌公園

항춘 노가 恆春老街 헝춘 라오제

가오슝에서 버스를 타고 내리면 세븐일레븐 편의점이 있고 골목으로 들어가면 헝춘 라오제(恆春 老街)인 중산루(中山路)이다. 이곳에는 식당과 카페, 기념품점, 게스트하우스 등이 몰려 있으나 여느 큰 도시의 라오제처럼 북적이진 않는다. 전형적인 시골 마을의 번화가(?)로 동네 아이들이 뛰어다니는 한적한 거리다.

교통 : 헝춘 버스 터미널에서 길 건너 세븐일레븐과 우체국 사이 골목으로 들어가 우회전. 도보 2분
주소 : 屛東縣 恆春鎮 中山路

아가의 집 阿嘉的家 아쟈더지아

타이완 영화 〈하이쟈오 7번지(海角七號), 2008〉의 무대가 된 집이다. 영화 속에서 주인공 아쟈(阿嘉)가 생활하는 집으로 나오고 연인인 토모코와 사랑을 나누기도 한 곳이다.

영화는 타이베이에서 밴드를 했던 아쟈가 고향 헝춘으로 돌아와 부상당한 집배원 아버지를 대신해 우편물을 돌리고 지역 활성화를 위한 페스티벌에 일본인 행사 스텝 토모코와 얽히며 일어나는 일을 다루고 있다. 아울러 아쟈가 배달할 편지 중에 하이자오 7번지로 보내진 옛날 러브레터의 사연을 찾아가는 이중의 이야기를 담고 있다.

아가의 집은 흰색 칠이 된 건물 외벽에 '하이쟈오 7번지'라고 크게 적혀있고 집 앞에 기념촬영을 하는 사람도 많아 찾기 쉽다. 건물 1층은 영화 장면과 영화 관계자 사진을 장식되어 있고 기념품을 판매한다. 2층은 아쟈의 방으로 입장하려면 소정의 입장료를 지불!

교통 : 헝춘 버스 터미널에서 길 건너 세븐일레븐과 우체국 사이 골목으로 들어가 우회전, 중산루(中山路) 직진 후 광푸루(光復路)에서 좌회전. 도보 4분
주소 : 屛東縣 恆春鎮 光明路 90號
전화 : 08-889-2585
시간 : 09:00~18:00

항춘 남문 우체국 恆春南門郵局 헝춘 난먼 여우쥐

아가의 집에서 조금 내려간 곳에 영화

<하이자오 7번지>에서 아자가 아버지 대신 근무하던 우체국이 있다. 영화를 떠올리며 우체국 안을 둘러보고 그림엽서를 사서 가족이나 지인에게 보내도 좋으리라. 헝춘 버스 터미널 인근의 우체국은 헝춘남문 우체국이다.

교통 : 헝춘 버스 터미널에서 길 건너 세븐일레븐과 우체국 사이 골목으로 들어가 우회전, 중산루(中山路) 직진 후 광푸루(光復路)에서 좌회전, 아자더지아(阿嘉的家) 지나. 도보 5분

주소 : 屏東縣 恆春鎮 恆西路 1巷 32號

전화 : 08-889-8053

시간 : 월~금 08:00~17:30, 토 08:30~17:00

홈페이지 : www.post.gov.tw

항춘 출화 恆春出火 헝춘 추훠

헝춘 시내 동쪽에 땅에서 불이 솟는 신비한 곳이 있다. 이는 헝춘 지하에 매장되어 있던 천연가스가 지각의 균열로 새어 나온 것으로 천연가스가 자연발화하여 불이 붙은 것이다. 우기 때에는 지각의 균열이 빗물로 메어져 불을 볼 수 없다고 하니 참고. 간혹 땅에서 솟는 불에 팝콘을 튀겨 판매하는 노점상이 돌아다니는데 흥밋거리로만 구경하자. 자전거를 빌려 타고 가는 것이 편하고 걸어간다면 도로에 인도가 없으니 차량 주의!

교통 : 헝춘 버스 터미널에서 원화루(文化路) 따라 둥먼(東門) 방향, 둥먼에서 헝둥로(恆東路)따라 가다가 왼쪽 길 직진. 도보 18분/둥먼에서 12분/헝춘에서 자전거 이용

주소 : 屏東縣 恆春鎮 縣道 200線

전화 : 08-886-1321

시간 : 24시간

사중계 온천 四重溪溫泉 쓰충시 원추안

헝춘 북쪽 25km 지점에 위치한 온천으로 베이터우(北投), 양밍산(陽明山), 관쯔링(關子嶺) 온천과 함께 타이완 4대 온천에 꼽힌다. 1874년 청나라 동치 13년 흠차대신 선바오전이 지세와 하천 모양을 보고 쓰충시로 이름 지었다고 한다. 1895년 일제강점기 온천이 발견되어 개발이 시작되었고 이내 온천

명승지로 명성을 얻었다. 온천은 약염기성탄산천(屬鹼性碳酸氫鈉泉)으로 무색무미이고 용출온도는 50℃~60℃, 산도(pH)는 7.62이다. 온천 효능으로 만성소화증, 관절, 신경통 등에 좋다고 한다. 온천가의 온천장에서 독탕을 쓰거나 대중 온천탕에서 수영복을 입고 온천을 즐길 수 있다.

교통 : 헝춘에서 컨딩제처(墾丁街車) 황선(黃線) 버스(09:45·12:30·14:00·16:00·17:30) 이용, 쓰충시 하차. NT$ 40

주소 : 屏東縣 車城鄉 溫泉村

*레스토랑&쇼핑

과계압육동분 夥計鴨肉冬粉 훠지야러우둥펀

오리고기, 닭고기, 돼지껍데기 등을 내는 식당으로 입구 진열장에서 원하는 고기, 두부, 삶은 계단 등 루웨이(滷味) 재료를 고르면 즉석에서 먹기 좋게 잘라 준다. 이때 필요한 용어가 '빤(半)'으로 주방장이 오리 고기나 닭고기를 들고 있을 때 양이 적당하면 통과, 양이 많으면 '빤'을 외치자. 보통 오리 고기나 닭고기를 주문하고 당면국수인 칭둥펀(清冬粉)이나 야러우둥펀(鴨肉冬粉)를 주문하면 적당하다.

교통 : 헝춘 버스 터미널에서 길 건너 세븐일레븐과 우체국 사이 골목 방향. 도보 2분

주소 : 屏東縣 恆春鎮 中山路 35號

전화 : 08-889-1298

시간 : 17:00~23:00, 수요일 휴무

메뉴 : 야자오(鴨脚 오리발)/지자오(雞脚 닭발) 각 NT$ 8, 후이지다투이(燻雞大腿 닭다리) NT$ 시가, 바이궁더우푸(百貢豆腐 두부) NT$ 40, 야러우탕(鴨肉湯 오리탕) NT$ 40, 칭둥펀(清冬粉 당면국수) NT$ 30, 야러우둥펀(鴨肉冬粉 오리당면국수) NT$ 45 내외

옥진춘 병점 玉珍香餅店 위전샹빙뎬

1919년 개업한 전통 과자점으로 롤 과자인 단쥐안(蛋捲), 쿠키인 양충빙(洋蔥餅), 파인애플 과자인 펑리수(鳳梨酥), 중국 과자인 젠빙(煎餅) 등을 판매한다. 롤 과자 단쥐안은 하나하나 수작업으로 만드는 것으로 불판에 반죽을 붓고 파이프로 재빨리 감아 구워낸다. 잘 구워진 단쥐안은 입안에서 바삭이는 것이 한번 맛보면 잊을 수 없다.

교통 : 헝춘 버스 터미널에서 길 건너 세븐일레븐과 우체국 사이 골목으로 들어가 우회전. 도보 2분

주소 : 屛東縣 恆春鎮 中山路 80號

전화 : 08-889-2272

시간 : 08:00~20:00

홈페이지 : www.siang.com.tw

보순호 寶順號 바오쑨하오

헝춘 라오제(恆春老街) 중간에 위치한 식당으로 우육면인 뉴러우몐(牛肉麵), 돈가스 덮밥인 주파이가이판(豬排蓋飯), 소고기 덮밥인 뉴러우가이판(牛肉蓋飯), 소고기 볶음밥인 샤차뉴러우차오판(沙茶牛肉炒飯) 등을 낸다. 자오파이뉴러우몐(招牌牛肉麵)은 소고기 뉴진(牛筋), 소의 위 뉴뒤(牛肚), 소 힘줄 뉴젠(牛腱), 삶은 고기 뉴난(牛腩) 등이 들어간 특 뉴러우몐이라 할 수 있다.

교통 : 헝춘 버스 터미널에서 길 건너 세븐일레븐과 우체국 사이 골목으로 들어가 우회전. 도보 2분

주소 : 屛東縣 恆春鎮 中山路 82號

전화 : 08-889-2497

시간 : 11:00~20:00

메뉴 : 자오파이뉴러우몐(招牌牛肉麵 소패우육면) NT$ 150, 뉴러우몐(牛肉麵) NT$ 100, 주파이가이판(豬排蓋飯 돈가스덮밥) NT$ 80, 뉴러우가이판(牛肉蓋飯 소고기덮밥) NT$ 80, 샤차뉴러우차오판(沙茶牛肉炒飯 소고기볶음밥) NT$ 80 내외

아아저 녹두산 阿娥姐綠豆蒜 아어지에 뤼더우수안

녹두 디저트 뤼더우솬(綠豆蒜)으로 유명한 곳이다. 뤼더우솬은 녹두를 갈아 마늘 빻은 것처럼 된 것을 달달한 시

럽을 넣은 물에 말아 먹는 디저트. 겨울에는 따뜻한 뤼더우솬, 여름에는 찬 뤼더우솬빙(綠豆蒜冰)으로 먹고 여기에 우유를 넣은 것이 셴나이뤼더우솬빙(鮮奶綠豆蒜冰)이다. 많이 걸어 땀 흘렸을 때 달달하고 시원한 뤄더우솬빙 한 그릇이면 갈증이 사라지는 듯하다.

교통 : 헝춘 버스 터미널에서 길 건너 세븐일레븐과 우체국 사이 골목으로 들어가 우회전. 도보 2분
주소 : 屏東縣 恆春鎮 中山路 83號
전화 : 08-889-1003
시간 : 10:00~20:30, 휴무 : 월요일
메뉴 : 뤼더우솬빙(綠豆蒜冰 찬 녹두디저트) NT$ 40, 뤼더우솬(綠豆蒜) NT$ 35, 셴나이뤼더우솬빙(鮮奶綠豆蒜冰 우유녹두디저트) NT$ 60, 둥구아닝멍(冬瓜檸檬 동과레몬) NT$ 35 내외

소두포자 小杜包子 샤오뒤바오즈

만두 속에 여러 가지 재료를 넣어 다양한 맛을 개발한 식당이다. 바오즈(包子) 중 고기가 들어가면 만두, 팥 같은 채소가 들어가면 찐빵이라 부르기로 한다. 만터우(饅頭)는 속이 없는 찐빵이다. 주문할 때 여러 가지 만두나 찐빵 이름을 말하기 어려움으로 메뉴를 보고 스마트폰으로 원하는 만두나 찐빵 사진을 찍어 종업원에게 보여주면 쉽다.

교통 : 헝춘 버스 터미널에서 난먼(南門) 지나 식당 방향, 도보 16분/헝춘 버스 터미널에서 8248, 8249, 9117, 9188번 버스, 헝춘궁샹(恆春工商) 하차/헝춘에서 자전거 이용
주소 : 屏東縣 恆春鎮 恆公路 20號
전화 : 08-889-9608
시간 : 월~목 06:30~18:30, 금 ~19:00, 토~일 ~20:00
메뉴 : 다러우바오(大肉包 고기왕만두), 단황샹구러우바오(蛋黃香菇肉包 노른자버섯만두) 각 NT$ 30, 페이건샹창바오(培根香腸包 베이컨소시지만두) NT$ 38, 수마슈훙더바오(素麻糬紅豆包 팥찐빵) NT$ 25, 산둥만터우(山東饅頭 찐빵) NT$ 20 내외
홈페이지 : www.siaodu.com

02 컨딩 墾丁 Kenting

1984년 지정된 국가공원으로 타이완 최남단에 위치한다. 전 지역이 연중 따뜻한 열대에 속해 울창한 열대우림과 넓은 해변이 있어 타이완 인기 관광지 중 하나로 꼽힌다.

컨딩 반도 끝부터 위쪽으로 타이완 최남단, 타이완 최남단 인근 어롼비 등대, 배 모양을 닮은 선범석, 컨딩 해수욕장과 샤오완 해변이 있는 컨딩다제, 수상스포츠 천국 난완, 고양이 코 바위가 있는 묘비두, 다양한 해양 동물을 볼 수 있는 해양 생물 박물관 등 볼거리가 많아 지루할 틈이 없다.

컨딩 여행은 버스나 관광버스를 이용해 다닐 수도 있지만 제주도마냥 전기 스쿠터를 빌려 타고 다니는 것이 훨씬 편리하고 재미있다.

▲ 교통

• 가오숑↔컨딩

① 궈광커윈 터미널(國光客運 高雄站)에서 어롼비(鵝鑾鼻)행 9188번(06:05~22:10, 30분~1시간 간격, 약 3시간 소요, 88고속도로, NT$ 362) 또는 샤오만(小灣)행 9117번(04:00~23:30, 40분~3시간 간격, 17번 국도, NT$ 352) 버스, 컨딩(墾丁) 하차.
궈광커윈_www.kingbus.com.tw
② 가오톄쭤잉 역(高鐵左營站) 샤오완(小灣)행 9189번(08:00~19:30, 30분 간격, 2시간 소요, NT$ 401) 버스, 컨딩(墾丁派出所) 하차 ***9117, 9188, 9189번 버스는 궈광커윈(國光客運)·가오숑커윈(高雄客運)·핑둥커윈(屛東客運) 공동 운영**
③ 가오숑에서 컨딩까지 택시(NT$ 2,000 내외) 이용, 약 1시간 소요

• 컨딩 시내교통

컨딩의 주요 볼거리가 남북으로 길게 늘어서 있어 스쿠터를 대여해 타는 것이 가장 편리하고 컨딩의 주요 관광지를 순환하는 컨딩 제처 버스 이용하는 것도 괜찮다. 컨딩 투어를 이용하면 하루에 주요 지역을 다 돌아볼 수 있어 유용하다.

▲ 여행 포인트

① 해양생물 박물관에서 신비한 해양생물의 생태 살펴보기
② 난완 해변에서 바나나보트, 스노클링 즐기고 물놀이도 해보기
③ 컨딩의 중심, 컨딩다제에서 식사하거나 차 마시기
④ 선범석 배경으로 기념촬영하기
⑤ 어롼비 공원에서 어롼비 등대, 타이완 최남점 둘러보기

▲ 추천 코스

해양생물 박물관→묘비두→난완 해변→컨딩다제→선범석→어롼비 등대(공원)→타이완 최남점

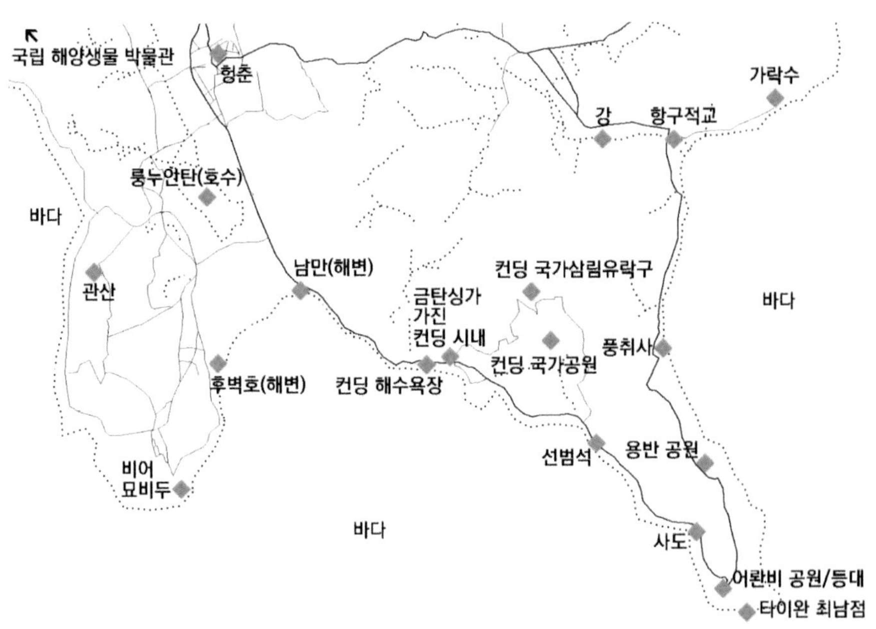

컨딩 국가공원 墾丁國家公園 컨딩 궈지아궁위안

타이완 최남단에 위치한 국가공원으로 1982년 개원하였다. 해변 지역 15,206헥타르(ha), 육지 지역 18,083헥타르(ha)를 합쳐 33,289헥타르의 방대한 넓이를 자랑한다. 이는 동쪽의 난런후(南仁湖) 호수부터 남쪽의 타이완 최남단을 거쳐 서쪽의 헝춘(恆春)과 해양생물 박물관(海洋生物博物館)에 이르는 지역이다.

컨딩 지역은 아주 오래 전 지각운동으로 바다가 융기되어 산 중에서 산호초 흔적을 볼 수 있고 해변에서는 바닷물과 바람에 의한 침식 지형도 살필 수 있다. 또한 타이완에서도 남단에 위치해 사철 해수욕을 즐길 수 있는 천혜의 휴양지이기도 하다.

교통 : 헝춘에서 버스, 컨딩 셔틀버스 또는 헝춘·컨딩에서 스쿠터 이용

주소 : 屏東縣 恆春鎮 墾丁路 596號

전화 : 08-886-1321

홈페이지 : www.ktnp.gov.tw

≫항구 적교(출렁다리) 港口吊橋 강커우 댜오챠오

컨딩 반도 동쪽에 서에서 동으로 흐르는 강커우시(港口溪) 강이 있고 강을 가로지는 다리가 강커우 출렁다리(港口吊橋)이다. 출렁거리는 다리를 걷는 재

미가 있고 출렁다리 중간에서 동쪽으로 보이는 바다가 태평양이다. 다리를 건너가면 코코넛 농장. 제주도 쇠소깍처럼 평온한 하천 강커우시에서는 카약(2인 20분 NT$ 400)을 즐겨도 좋다.

교통 : 헝춘(恆春)에서 8247번 버스, 월~금 06:20·12:25·17:15, 토~일 08:30, 요금 NT$ 40, 차산(茶山) 하차. 강커우 댜오챠오 방향, 도보 4분/헝춘 또는 컨딩에서 스쿠터 이용
주소 : 屏東縣 滿洲鄉 滿州村 中山路 43號
전화 : 08-880-1083
시간 : 07:30~18:00
요금 : 일반 NT$ 20

가락수 佳樂水 자러수이

컨딩 반도 동쪽에 있는 침식 해안으로 원래 명칭은 자뤄수이(佳落水)이나 1975년 이곳을 순시한 장징궈(蔣經國) 총통이 자러수이(佳樂水)로 개명하였다. 해변에는 파도와 바람에 의해 침식된 개구리석(蛙石), 토끼석(兔石), 구석(球石), 격자무늬석(方格石), 벌집암(蜂窩岩) 같은 기암괴석이 즐비해 신비함을 자아낸다.

교통 : 헝춘(恆春)에서 8247번 버스, 월~금 06:20·12:25·17:15, 토~일 08:30, 요금 NT$ 49, 자러수이(佳樂水) 하차. 강커우 댜오챠오 방향, 도보 4분/헝춘에서 컨딩 셔틀버스 컨딩제처(墾丁街車) 이용, 토~일 09:30·12:25·13:30·14:50·15:30, 자러수이 하차/헝춘 또는 컨딩에서 스쿠터 이용
주소 : 屏東縣 滿洲鄉 茶山路
전화 : 08-880-1083
시간 : 07:00~17:00
요금 : 일반 NT$ 80, 학생 NT$ 50

≫풍취사 風吹砂 펑추이사

어롼비(鵝鑾鼻) 북쪽 약 7km 지점에 위치한 모래 언덕(砂丘)으로 길이

1.5km, 폭 200m이다. 모래언덕은 겨울철 북동계절풍으로 인해 만들어진 것으로 바람과 비에 따라 수시로 모양이 변화한다. 단, 교통편이 불편한 것이 흠!

교통 : 헝춘(恆春) 또는 컨딩(墾丁)에서 스쿠터 이용

주소 : 屏東縣 恆春鎮, 시간 : 24시간

≫용반 공원 龍磐公園 룽판 궁위안

어롼비(鵝鑾鼻) 북쪽 2.3km 지점의 해안 언덕으로 시원한 바다 바람을 맞으며 태평양을 조망하기 좋은 곳이다. 이곳은 석회암 지질이어서 비와 바람에 의해 제멋대로 깎여나가거나 구멍 난 바위들이 산재해 있다. 해안에서 바라보는 남과 북으로 이어진 해안선도 웅장하다.

교통 : 헝춘(恆春) 또는 컨딩(墾丁)에서 8249번 버스, 월~금 06:10·17:35·18:30, 토~일 08:00, 요금 NT$ 68, 룽판 궁위안(龍磐公園) 하차/헝춘 또는 컨딩에서 스쿠터 이용

주소 : 屏東縣 恆春鎮, 시간 : 24시간

≫아란비 공원 鵝鑾鼻公園 어롼비 궁위안

컨딩 반도 남쪽에 어롼비 등대인 어롼비 덩타(鵝鑾鼻燈塔), 타이완 최남단인 타이완 주이난뎬(臺灣最南點), 키스석(親吻石) 등이 있는 어롼비 공원이 있다. 전체 면적은 59헥타르(hr)로 상당히 넓은 편. 입구에서 등대 가는 길옆으로 넓은 잔디밭이 시원하고 등대에서 남쪽 바다 방향으로는 해안 정자와 키스석이 자리하고 동대 남서쪽에는 타이완 최남단이 위치한다. 해안 정자나 타이완 최남단에서 광활한 태평양을 바라보고 있노라면 저절로 호연지기가 생기는 듯하다.

교통 : 헝춘(恆春) 또는 컨딩(墾丁)에서 8249번(월~금 06:10·17:35·18:30, 토~일 08:00, 요금 NT$ 53), 9188번 버스, 컨딩제처 쥐선(墾丁街車 橘線 토~일 07:45~16:57), 어롼비 하차/헝춘 또는 컨딩에서 스쿠터 이용

주소 : 屏東縣 恆春鎮 鵝鑾里 鵝鑾路 301號

전화 : 08-885-1101

시간 : 1~3월, 11~12월_07:00~17:30,

4~10월_06:30~18:30
요금 : 일반 NT$ 60

▲어롼비 등대 鵝鑾鼻燈塔 어롼비 덩타

1881년 청나라 광서 7년 건설된 등대로 일제강점기인 1898년과 해방 후인 1961년 중건되었다. 등대는 타이완 최남단에 위치해 타이완과 필리핀 사이의 바시 해협을 지나는 선박을 안전한 항해를 도왔다. 등대의 높이는 21.4m이고 등대에 설치된 대형 전등은 4개로 180만 칸델라(candela)의 광도를 내며 30초마다 1회전하고 20해리(海浬)까지 빛을 밝힌다. 이것은 타이완 최대의 광도여서 '동아시아의 빛(東亞之光)'이라고 불리기도 했다. 등대 옆 전시관에서 등대 모형과 등대 설비, 세계 각국 등대 등을 살펴볼 수 있다.
교통 : 어롼비 공원(鵝鑾鼻公園) 입구에서 어롼비 덩타 방향, 도보 4분
주소 : 屏東縣 恆春鎮 燈塔路 90號
전화 : 08-885-1111
시간 : 06:30~18:30, 등대전시관_09:00~16:00, 휴무 : 월요일
홈페이지 : www.motcmpb.gov.tw

▲타이완 최남점 臺灣最南點 타이완 주이난뎬

어롼비 공원 안 남동쪽 끝에 타이완 최남단인 타이완 주이난뎬(臺灣最南點)이 있다. 좌표는 북위 21° 5″, 동경 120° 51″. 공원에서 숲길을 걸어 타이완 최남단에 이르면 원뿔 모양의 기념비가 세워져 있다. 타이완 최남단에서 끝없이 펼쳐진 태평양이 한눈에 들어온다. *타이완 관광버스(台灣觀巴) 이용 시, 공원을 통하지 않고 최남단 주차장에서 바로 타이완 최남단으로 향한다.
교통 : 어롼비 공원(鵝鑾鼻公園) 입구에서 어롼비 덩타 지나 타이완 주이난

덴 방향, 도보 15분
주소 : 屛東縣 恆春鎮

≫사도 砂島 샤다오

어롼비(鵝鑾鼻) 북쪽 1.5km 지점의 타원형 해변으로 제주도의 홍조단괴해빈 해변처럼 조개껍질이 부서져 백사장을 이룬다. 이 때문에 조개껍데기모래해변인 베이쟈오샤탄(貝殼砂灘)이라고도 한다. 백사장 물질 중 조개 성분인 탄산칼슘이 97.6%에 이른다고. 에메랄드빛 바다와 눈부신 200여 m의 해변이 어울러져 컨딩에서 가장 아름다운 해변을 꼽힌다. 해변 옆에는 조개껍데기 모래해변의 형성과정을 설명해주는 샤다오베이쟈오샤탄 전시관(砂島貝殼砂展示館)이 있다.

교통 : 헝춘(恆春) 또는 컨딩(墾丁)에서 8249번(월~금 06:10·17:35·18:30, 토~일 08:00, 요금 NT$ 51), 9188번 버스, 컨딩제처 쥐선(墾丁街車 橘線 토~일 07:45~16:57) 이용, 샤다오(砂島) 하차/헝춘 또는 컨딩에서 스쿠터 이용

주소 : 屛東縣 恆春鎮 砂島路 221號
전화 : 08-885-1204, 전시관_08-885-1204
시간 : 08:00~17:00, 요금 : 무료

≫선범석 船帆石 촨판스

컨딩 시내인 컨딩다제(墾丁大街) 남쪽 바닷가에 위치한 거대한 정방형 바위이다. 바위 종류는 산호초석인 산후쟈오스(珊瑚礁石). 높이는 약 18m이고 모양이 항해하는 선박을 닮았다고 해서 촨판스(船帆石)라 부른다. 촨판스는 컨딩 서쪽 해안과 어우러져 환상적인 풍경을 만들어낸다.

교통 : 헝춘(恆春) 또는 컨딩(墾丁)에서 8249번(월~금 06:10·17:35·18:30, 토~일 08:00, 요금 NT$ 39), 9188번 버스, 컨딩제처 쥐선(墾丁街車 橘線 토~일 07:45~16:57) 이용, 촨판스(船帆石) 하차/헝춘 또는 컨딩에서 스쿠터 이용

주소 : 屛東縣 恆春鎮

≫컨딩 시내 墾丁大街 컨딩다제

넓은 의미로 컨딩하면 헝춘(恆春)을 포함한 컨딩 반도 일대(컨딩 국가공원)를 말하고 좁은 의미로 컨딩하면 컨딩 시내인 컨딩다제(墾丁大街)를 뜻한다. 컨딩다제에는 식당과 호텔, 민박인 민수(民宿), 주점, 상점, 스쿠터 대여점 등이 모여 있어 헝춘과 함께 컨딩 여행의 출발지이자 종착지가 된다.
컨딩다제 아래쪽으로 컨딩에서 가장 큰 컨딩 해수욕장 또는 다완(大灣) 해수욕장이 있고 컨딩다제에서 어롼비 방향으로 도보 9분 거리에는 컨딩 해수욕장보다 한산한 샤오완(小灣) 해수욕장에 있어 물놀이를 즐기기 좋다. 밤에는 컨딩다제에 야시장이 열려 사람들로 북적이고 길가 바에서 커다란 음악 소리가 흘러 나와 흡사 태국의 해변 도시를 연상(?)케 한다.
교통 : 헝춘(恆春)에서 8249번(월~금 06:10·17:35·18:30, 토~일 08:00, 요금 NT$ 32), 헝춘 또는 가오슝에서 9117번, 9188번 버스, 헝춘에서 컨딩 제처 쥐선(墾丁街車 橘線 월~금 07:30~16:52, 토~일 07:45~16:57) 이용, 컨딩다제(墾丁大街) 하차/헝춘에서 스쿠터 이용
주소 : 屏東縣 恆春鎮 墾丁路

≫컨딩 국가삼림유락구 墾丁國家森林遊樂區 컨딩 궈지아선린여우러취

컨딩 반도 중앙에 위치한 삼림공원으로 원주민 파이완족(排灣族)의 구이야쟈오(龜亞角) 부락인근이다. 일제강점기 이곳에서 열대 식물 약 513종이 조사되어 열대식물공원으로 불렸다. 1968년 컨딩 삼림유락구(墾丁森林遊樂區)로 지정되었는데 해발 200~300m, 면적 435헥타르(ha)로 광대한 면적을 자랑한다. 현재 1,200여종의 열대 식물이 자라고 있는 여러 식물원 외 석회 동굴(石筍寶穴), 보리수 거목(銀葉板根), 전망대, 동굴(仙洞, 銀龍洞) 등을 둘러볼 수 있다.

교통 : 헝춘(恆春) 또는 컨딩에서 8248번 버스, 월~금 06:10·16:15·17:25, 토~일 08:00·10:30, 요금 NT$ 41, 컨딩 궁위안(墾丁 公園) 하차/헝춘 또는 컨딩에서 스쿠터 이용

주소 : 屛東縣 恆春鎮 墾丁里 公園路
전화 : 08-886-1211
시간 : 08:00~17:00
요금 : 일반 NT$ 150, 학생 NT$ 75
홈페이지 :
https://recreation.forest.gov.tw/Forest/RA?typ_id=0600002

≫남만 南灣 난완

헝춘(恆春)에서 버스를 타고 컨딩 쪽으로 내려가면 처음으로 만나는 해변이다. 해변으로 길이는 약 600m이고 수심이 낮고 물이 맑아 해수욕을 즐기기 좋은 곳이다. 아울러 바나나보트(香蕉船), 스노클링(浮潛), 스킨스쿠버 같은 해양 스포츠도 즐길 수 있으니 프로그램을 신청해 난완의 바다를 탐험해보자. 컨딩 일주를 하지 않고 물놀이만 즐긴다면 굳이 컨딩까지 갈 필요가 없다.

교통 : 헝춘(恆春)에서 8248번(월~금 06:10·16:15·17:25, 토~일 08:00·10:30, NT$ 24) , 8249번(월~금 06:10·17:35·18:30, 토~일 08:00, NT$ 24), 헝춘 또는 가오슝에서 9117번, 9188번, 9189번 버스, 헝춘에서 컨딩제처(墾丁街車) 쥐선(橘線 월~금 07:30~16:52, 토~일 07:45~16:57)·란선(藍線 09:00~17:40)이용, 난완(南灣) 하차/헝춘 또는 컨딩에서 스쿠터 이용
주소 : 屛東縣 恒春鎮 南灣里 南灣路 223號
전화 : 08-888-0850
요금 : 스노클링(浮潛) NT$ 350, 바나나보트(二合一_香蕉船+快艇) NT$ 400 내외
시간 : 08:30~21:00
핫 컨딩_www.hotkt.com

☆여행 팁_컨딩에서의 해양 스포츠

컨딩에서 해양스포츠는 마오비터우(貓鼻頭)와 해양동물 박물관(海洋生物博物館) 사이의 완리퉁(萬里桐), 마오비터우 인근 허우비후(後壁湖), 헝춘에서 가까운 난완(南蠻), 컨딩 인근 샤오완(小灣), 컨딩 남쪽 촨판스(船帆石) 등에서 즐길 수 있다. 이중 난완과 샤오완이 대중교통으로 접근성이 좋아 편리하다.
해양스포츠의 종류는 바나나보트(香蕉船 샹쟈오촨), 모터보트(快艇 콰이팅), 땅콩 튜브(大腳鴨 다쟈오야), 도넛 튜브(甜甜圈 톈톈쥐안), 수상보트(水上摩托車 수이샹

마톼처), 나는 튜브(搖滾飛艇 야오군페이팅), 나는 튜브(曼波 만보), 스노클링(浮潛 푸치엔), 스킨스쿠버(潛水 치엔수이), 카트(賽車 사이처) 등.
이들 해양스포츠는 핫컨딩 같은 인터넷 사이트를 이용하면 쉽게 예약할 수 있다. 컨딩 해양스포츠 사이트를 보면 '임의로 2~3개 선택(任選二~三)', '2~7개 세트(二~七合一)' 등 세트메뉴가 있어 한 번에 여러 해양스포츠를 즐기기 좋다. 인터넷에서 예약을 하지 못했다면 컨딩이나 남완 등의 스쿠터 대여점, 여관 등에서도 해양스포츠를 신청해도 된다. 해양스포츠 이용 시 구명조끼 착용, 안전 유의! *핫컨딩 사이트에는 해양스포츠 외 승마, 사격 같은 육상 레포츠, 숙박(住宿), 식사권 등도 할인된 가격에 판매하니 이용해 보자.
핫컨딩_http://hotkt.okk.tw

▲핫컨딩 사이트 해양스포츠 예약_
하이뤼여우러(海陸遊樂)→하이샹훠둥레이(海上活動類)→완리퉁(萬里桐)/허우비후(後壁湖)/난완(南蠻)/샤오완(小灣)/촨판스(船帆石)/의 상품 선택→상품&요금 확인→워야오마이퍄오(我要買票) 아래 뎬즈퍄오(電子票)~NT$ OOO 선택→수량 확인, 샤이부(下一步) 선택→상품, 수량, 요금 확인→아래 구매인 자료(訂購人資料) 입력, 특약상점 리스트(特約商家請點我 클릭)에서 원하는 특약상점(特約商家代號) 선택, 이름(姓名), 이메일(電郵), 전화(電話) 입력→아래, 요금 지불 방법(付款方式) 중 ATM 입금(使用ATM線上付款) 또는 신용카드(線上刷卡付款) 중 선택 후 샤이부(下一步) 선택→신용카드 일 때 지시대로 신용카드 번호, 만기일 등 입력 결제/ATM 일 때 입력 계좌 메모 후 ATM 송금

≫묘비두 貓鼻頭 마오비터우

헝춘 남쪽 마오비터우(貓鼻頭) 반도 끝에 위치한 공원이다. 바닷가 바위 중 마오옌(貓岩)은 웅크린 고양이를 닮았다고 하는데 잘(?) 봐야 보인다. 해변에는 해안침식과 풍화에 따른 다양한 모양의 바위들이 있어 흥미롭다. 컨딩

의 광활한 남쪽 바다를 바라보는 것만 으로도 가슴이 시원해지는 곳이다.

교통 : 헝춘(恒春) 또는 컨딩(墾丁)에서 컨딩제처(墾丁街車) 란선(藍線 09:00~17:40)이용, 마오비터우(貓鼻頭) 하차/헝춘 또는 컨딩에서 스쿠터 이용

주소 : 屏東縣 恆春鎮 水泉里 下泉路 100號

전화 : 08-886-7527

시간 : 4~10월08:00~17:30, 11~3월 08:00~17:00

요금 : 일반 NT$ 30

≫관산 關山 관산

마오비터우(貓鼻頭) 반도 서쪽 해안 쪽에 약 4km 정도 길게 늘어선 산으로 높이는 해발 152m이다. 이곳에서 서쪽, 바다 너머로 지는 석양이 아름다워 저녁 무렵이면 지나는 차량이 길가에 정차하기 바쁘다. 석양이 지는 것은 잠시에 불과하므로 미리 도착하여 여유롭게 석양을 감상하자.

교통 : 헝춘(恒春) 또는 컨딩(墾丁)에서 스쿠터 이용, 관산(關山) 방향

주소 : 屏東縣 恒春鎮

전화 : 08-886-1321

≫국립 해양생물 박물관 國立海洋生物博物館 궈리 하이양셩우 보우관

2000년 개관한 해양 박물관으로 헝춘(恒春) 북서쪽 해변에 있다. 입구로 들어가 왼쪽으로 가면 거대한 고래가 뛰노는 분수대가 있고 그 뒤로 타이완의 강과 바다에 서식하는 생물을 볼 수 있는 타이완 수역관(台灣水域館)과 각양각색의 산호를 살펴볼 수 있는 산호왕국관(珊瑚王國館), 그 옆에 세계 각국의 바다 생물을 관찰할 수 있는 세계 수역관(世界水域館) 등 3개 관이 자리한다.

특히 타이완 수역관의 수족관은 폭 16.5m, 높이 4.85m로 타이완에서 가장 큰 수족관 중 하나로 알려져 있고 수족관 안에는 고래, 상어, 가오리 같은 거대 바다생물이 한가롭게 유영하는 모습을 볼 수 있다. 시간대별로 수족관 해설과 먹이주기 프로그램이 진행되니 관심 있는 사람은 참여해도 좋다.

교통 : 헝춘(恒春) 또는 컨딩(墾丁)에서 컨딩제처(墾丁街車) 쥐선(橘線 월~금 07:30~16:52, 토~일 07:45~16:57), 헝춘에서 황선(黃線 09:45) 버스 이용, 보우관 하차/헝춘(恒春) 또는 컨딩(墾丁)에서 스쿠터 이용

주소 : 屏東縣 車城鄉 後灣路 2號
전화 : 08-882-5678
시간 : 4~10월 09:00~18:00, 11~3월 09:00~17:00
요금 : 일반 NT$ 450
홈페이지 : www.nmmba.gov.tw

☆여행 팁_컨딩 스쿠터 여행

타이완 남단 컨딩 여행의 묘미는 스쿠터를 대여해 신나게 해변도로를 달리는 것! 마치 제주도에서 스쿠터 타고 여행하듯이 컨딩에서도 스쿠터 여행이 가능하다. 헝춘(恒春) 또는 컨딩다제(墾丁大街)가 있는 컨딩(墾丁)에서 스쿠터를 대여할 수 있고 난완(南灣)이나 샤오완(小灣)에서도 가능하다. 전기 스쿠터(電動車)는 그냥 대여 가능하고 기름 넣는 스쿠터는 국제 오토바이 면허가 있어야 하나 전기나 기름 스쿠터나 성능엔 별반 차이가 없다.

전기 스쿠터는 배터리 1개로 보통 40~50km 운행할 수 있고 먼 거리를 가는 경우 추가 배터리를 요구하자. 스쿠터 대여점 중 체인점 인 곳은 다른 지역의 체인점에서 배터리를 교환(NT$ 50 내외)할 수도 있다. 스쿠터 대여는 보통 8~12시간 또는 24시간 단위로 대여하고 보험이 되는지 확인하자. 스쿠터 운행 시 헬멧을 꼭 쓰고 교통신호를 준수하며 과속하지 않는다. 비오는 날이나 흐린 날에는 위험하므로 가급적 스쿠터를 대여하지 않는 것이 좋다.

대여 장소 : 헝춘, 컨딩(컨딩다제), 난완, 샤오완 등
요금 : 전기스쿠터 12시간 NT$ 400 내외, 24시간 NT$ 800 내외

가진 佳珍 生猛海鮮 쟈전 셩멍하이센

컨딩다제(墾丁大街) 중심에 위치한 해산물 식당으로 식당 앞 수족관의 전복, 게, 물고기, 랍스터 등이 먹음직스러워 보인다. 주요 메뉴는 생선회 셩위피엔(生魚片), 새우볶음밥 잉화샤차오판(櫻花蝦炒飯), 해초탕 하이차이탕(海菜湯), 해초무침 하이차이량반(海菜涼拌), 생선찜 등이 있다. 단품으로 생선찜, 새우볶음밥 등을 먹어도 좋지만 여럿이 9개 요리와 1개 탕이 나오는 세트요리 주차이이탕(九菜一湯)을 먹어야 왁자지껄 분위기가 난다.

교통 : 컨딩다제(墾丁大街)에서 바로

주소 : 屏東縣 恆春鎮 墾丁路 203號

전화 : 08-886-1017

시간 : 11:00~14:30, 17:00~20:30

메뉴 : 딩샹산수(丁香山蘇 채소멸치볶음), 하이차이량반(海菜涼拌 해초무침) 각 NT$ 160~250, 하이차이탕(海菜湯 해초탕), 잉화샤차오판(櫻花蝦炒飯 새우볶음밥), 셩위피엔(生魚片 생선회), 주차이이탕(九菜一湯 요리9, 탕1) NTS 3000 내외

르 펠리칸 Le pelican 貝力岡 法式手工冰淇淋

컨딩다제(墾丁大街)에서 만나는 프랑스식 수제 아이스크림(冰淇淋)이다. 아이스크림의 종류는 다크초콜릿, 패션프루트, 딸기, 레몬, 키위바나나, 망고 등 총 23가지로 입맛에 따라 골라먹기 좋다. 아이스크림 푸는 스쿱으로 1볼은 샤오펀(小份), 2볼은 중펀(中份), 3볼은 다펀(大份)이고 콘과 컵 중 선택할 수 있다.

교통 : 컨딩다제(墾丁大街)에서 바로

주소 : 屏東縣 恆春鎮 墾丁路 205號

전화 : 0986-790-970

시간 : 15:00~23:00

메뉴 : 다크초콜릿, 패션프루트, 딸기, 레몬, 키위바나나, 망고 아이스크림

금탄싱가 金灘singa 진탄싱가

멕시칸 요리뿐만 아니라 서양 요리, 태국 요리, 스파게티, 중국 요리 등 세계의 요리를 맛볼 수 있는 종합(?) 레스

토랑 겸 펍이다. 매콤한 멕시칸 요리나 두툼한 스테이크가 생각날 때 들리면 좋고 저녁 시간 시원한 맥주를 마시기 위해 방문해도 괜찮다.

교통 : 컨딩다제(墾丁大街)에서 바로
주소 : 屏東縣 恆春鎮 墾丁路 223號
전화 : 08-886-2666
시간 : 17:00~익일 02:00
휴무 : 화요일
메뉴 : 나초스(香脆玉米片) NT$ 150, 소고기/닭고기 타코샐러드(脆皮牛肉袋沙拉) NT$ 200, 치킨퀘사딜라스(奶油起司雞肉煎餅) NT$ 210, 칠리치킨윙(香辣雞翅) NT$ 210, 소고기/닭고기 엔칠라다스(安吉拉捲) NT$ 320/250, 파지타스(法士達) NT$ 360 내외

스모키 조 冒煙的喬 Smokey Joe's Kenting Dawan 마오옌더챠오

양식 레스토랑 체인점으로 컨딩다제(墾丁大街) 한 블록 남쪽에 위치한다. 메뉴는 한자와 영문이 병기되어 있어 주문하는데 어려움이 없다. 두툼한 스테이크를 맛보려면 립아이 스테이크, 닭고기를 좋아한다면 허브로스트 치킨, 간단히 먹으려면 파스타나 피자, 버거를 주문해도 좋다. 잘 구워진 소갈비(립아이 스테이크)나 허브로스트 치킨을 뜯으며 시원한 맥주를 마셔보자.

교통 : 컨딩다제(墾丁大街)에서 어롼비(鵝鑾鼻) 방향으로 우회전 후 다기 우회전. 도보 6분
주소 : 屏東縣 恆春鎮 墾丁路 237號
전화 : 08-886-1272
시간 : 11:00~14:20, 17:00~22:20
메뉴 : 샐러드 NT$ 180~320, 스프 NT$ 120~200, 파스타 NT$ 250~420, 버거 NT$ 395, 허브로스트치킨 반마리 NT$ 475, 훈제 포크립 반 NT$ 780, 립아이 스테이크NT$ 820, 피자 NT$ 350~420 내외
홈페이지 : www.smokeyjoesgroup.com.tw

비어 飛魚 海鮮炸物店 페이위

마오비터우(貓鼻頭) 내 상점가 중 한 곳으로 컨딩 명물 생선인 페이위(飛魚), 나거위(那個魚) 등을 즉석 튀김으

로 판매한다. 페이위는 날치과 어류로 가슴지느러미가 날개처럼 크고 나거위는 날카로운 이를 가진 합치어과 어류로 튀김으로 먹는 것은 소기겸치어라고 한다. 어느 것이든 기름에 바싹 튀겨, 통으로 씹어 먹는데 바삭한 식감이 일품이고 담백하고 고소한 맛이 난다. 맥주 안주로도 좋다.

교통 : 헝춘(恒春) 또는 컨딩(墾丁)에서 컨딩제처(墾丁街車) 란선(藍線 09:00~17:40)이용, 마오비터우(貓鼻頭) 하차/헝춘 또는 컨딩에서 스쿠터 이용

주소 : 屏東縣 恆春鎮 水泉里 下泉路 100號

시간 : 10:00~17:00

메뉴 : 페이위(飛魚) 대/소 NT$ 100/50, 나거위(那個魚) NT$ 50 내외

화찬인문 華饌人文 飲食店 화좐런원인스뎬

해양동물 박물관(海洋生物博物館) 내에 있는 레스토랑으로 일식 돼지고기 오므라이스인 허펑주파이단바오판(和風豬排蛋包飯)나 소고기 스파게티인 뉴샤오파이(牛小排意大利面) 등이 먹을 만하고 식후라면 커피를 마셔도 좋다. 보우관은 컨딩의 다른 관광지와 떨어져 있으므로 보우관 방문 시 점심시간이라면 식사를 하고 가는 것도 괜찮다. 중식 메뉴를 원한다면 보우관 내 다른 레스토랑인 하이웨이스탕(海味食堂)에 들려보자.

교통 : 해양동물 박물관 내, 바로

주소 : 屏東縣 車城鄉 後灣路 2號

전화 : 08-882-5678

시간 : 09:00~17:30

메뉴 : 허펑주파이단바오판(和風豬排蛋包飯 돼지고기오므라이스) NT$ 239, 뉴샤오파이(牛小排意大利面 소고기스파게티) NT$ 299, 커피(咖啡) NT$ 160 내외

등대 상가

어롼비 공원(鵝鑾鼻公園) 입구에 있는 기념품 상가로 보통 어롼비 공원을 둘러보고 나오는 길에 들리게 된다. 주요 품목으로는 컨딩 앞바다에서 잡은 대형 조개, 소라 등으로 만든 기념품, 산호로 만든 기념품, 진주(?) 목걸이, 팔찌 등이 있다.

교통 : 헝춘 또는 컨딩에서 어롼비 공원 방향, 스쿠터 이용

주소 : 屏東縣 恆春鎮 鵝鑾里 鵝鑾路 301號

전화 : 08-885-1101

시간 : 10:00~18:00

하바이아나스 Havaianas 哈瓦仕墾丁店

눈부신 해변이 있는 컨딩에 왔으면 꽃무늬가 그려진 하와이언 셔츠에 쪼리 정도 신어주어야 어느 정도 옷차림을 잘했다고 할 수 있을 것이다. 미처 꽃무늬 셔츠와 쪼리를 준비하지 못했다면 컨딩다제(墾丁大街)의 하바이아나스에 들려보자.

교통 : 컨딩다제(墾丁大街)에서 바로

주소 : 屏東縣 恆春鎮 墾丁路 192

전화 : 08-885-6788

시간 : 월~금 12:00~23:00, 토~일 : 10:00~

박물관 기념품점

해양 동물 박물관(海洋生物博物館)를 둘러본 뒤, 박물관 상점에 들려 펭귄 머리 모양의 모자가 달린 재킷, 물개 인형, 물고기 열쇠고리, 물총 등을 살펴보는 것도 재미있다. 박물관 상점에서는 간단히 입고 신을 수 있는 티셔츠나 쪼리 등도 판매하고 있어 아이뿐만 아니라 어른들도 관심을 가질 만하다.

교통 : 해양생물 박물관 내, 바로

주소 : 屏東縣 車城鄉 後灣路 2號

전화 : 08-882-5678

시간 : 09:00~17:30

4. 타이난 · 타이중 台南 · 台中

01 타이난 台南 Tainan

타이완 남부에 위치한 도시로 16세기 중국 푸젠성에서 이주한 한족이 마을을 형성했다. 1624년 네덜란드인들이 동방무역을 위해 타이난을 점령하여 젤란디아성과 프로빈시아성을 쌓고 타이난 남부를 지배했다. 1661년 반청세력이던 정성공이 타이난을 수복하고 그의 후손이 다스렸으나 1683년 청나라에게 진압되었다.

타이난은 타이완에서 가장 오래된 도시이자 타이완(臺灣)이란 명칭의 발상지이며 19세기까지 타이완의 정치, 경제, 금융 중심지였다. 산업적으로는 면방직, 파인애플, 제당 등이 발전했고 타이난의 안핑에 개항기에 세워진 서양 무역회사 건물인 양항, 포대인 안핑 고보, 타이난 시내에 타이난 공자묘, 적감루, 사전 무묘 같은 유적이 많다.

하루에 타이난의 안핑과 타이난 시내를 모두 돌아보려면 아침 일찍부터 서두르는 것이 좋고 오전에 타이난 안핑, 오후에 타이난 시내 순으로 둘러보면 된다.

▲ 교통

• 타이베이↔타이난

① 타이베이 역(台灣車站)에서 쯔창(自强)/쥐광(莒光), 06:30~19:20, 약 30분~1시간 간격, 약 4시간 10분 소요, NT$ 738/569, 타이난 역 하차

② 타이베이 역에서 타이완가오톄(台灣高鐵), 06:26~22:16, 10~20분 간격, 2시간 소요, NT$ 1,350, 가오톄타이난 역(高鐵台南站) 하차. *가오톄타이난 역에서 타이난 역(시내)까지 버스(23분 소요) 이용.

③ 타이베이좐윈잔(臺北轉運站 타이베이 버스 터미널)에서 궈광커윈(國光客運) 1837번 버스(07:10~21:10, 약 1~2시간 간격, 4시간 20분 소요, NT$ 500), 타이난 하차

• 타이중↔타이난

① 타이중 역(台中車站)에서 쯔창(自强)/쥐광(莒光), 05:42~21:43, 약 30분~1시간 간격, 약 1시간 55분 소요, NT$ 363/280, 타이난 역 하차

② 가오톄타이중 역(高鐵台中站)에서 타이완가오톄(台灣高鐵) 06:25~23:07, 수시로, 약 50분 소요, NT$ 650, 가오톄타이난 역 하차

③ 타이중 궈광커윈 터미널에서 1871번 버스(06:00~21:20, 약 1시간 간격, 2시간 30분 소요, NT$ 253), 타이난 하차

• 가오슝↔타이난

① 가오슝 역(高雄車站) 쯔창/쥐광(莒光), 06:14~21:49, 약 30분 간격, 34분/41분 소요, NT$ 106/82, 타이난 역 하차.

② 가오톄쭤잉 역(高鐵左營站, 가오슝)에서 타이완가오톄, 06:15~22:55, 10~30분 간격, 12분 소요, NT$ 140, 가오톄타이난 역(高鐵台南站) 하차

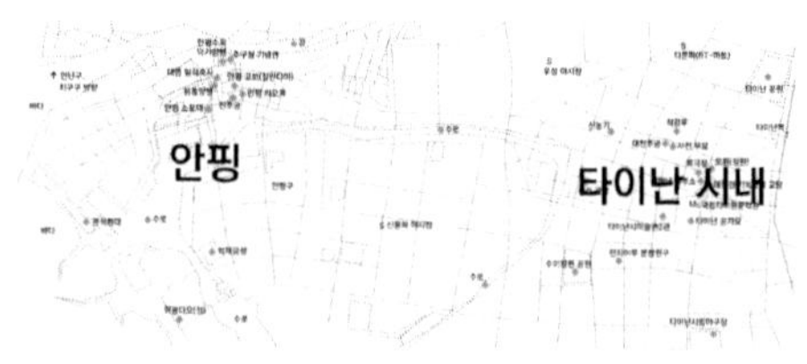

• 타이난 시내교통

타이난 역에서 적감루, 타이난 역에서 안핑은 버스(NT$ 18)로 이동한다. 적감루에서 사전 무묘, 타이난 대천후궁 등, 안핑에서 덕기양행, 안핑 고보 등 관광지는 도보로 다닐 수 있다. 타이난 역앞 로터리 오른쪽에 있는 공용 자전거를 이용하거나 택시(기본료 NT$

80)를 이용해도 괜찮다.

▲ 여행 포인트

① 타이난 공자묘에서 공자의 생애와 업적을 되돌아보기
② 서양식과 중국식이 혼합된 적감루 둘러보고 정성공에 대해 알아보기
③ 사전 무묘&타이난 대천후궁의 월하 노인에게 좋은 인연을 기원해보기
④ 덕기양행&안핑 수옥에서 19세기 중반의 서양식 건축 살펴보기
⑤ 안핑 고보에서 서양식 성을 살펴보고 성을 수복한 정성공의 흔적 찾기

▲ 추천 코스

타이난 공자묘→적감루→사전 무묘→타이난 대천후궁→덕기양행→안핑 수옥→안핑 고보→안핑 개태 천후궁

〈타이난 시내〉

국립타이완문학관 國立臺灣文學館 궈리 타이완 원쉐관

1916년 세워진 서양식 건물로 일제강점기 타이난 주청사로 쓰였다가 2003년 리모델링을 거쳐 타이완 문학을 연구·발전시키기 위한 타이완 문학관으로 개관하였다. 시설은 지하 1층 도서관, 1층 전시실과 카페, 2층 강연장 등이 있어 연구자는 물론 일반인도 이용할 수 있다. 전시실에는 일제강점기부터 현대에 이르기까지 타이완 문학을 잘 정리하고 있다.

교통 : 타이난(台南) 역앞 남 버스정류장(南站)에서 타이완하오싱 88번·1·2·6·7·10·11번 버스, 민셩위안위안(民生綠園) 또는 쿵먀오(孔廟) 하차. 타이완 원쉐관 방향, 도보 1분/타이난 역에서 중산루(中山路) 이용, 도보 15분/타이난 역에서 택시 이용

주소 : 台南市 中西區 中正路 1號

전화 : 06-221-7201

시간 : 화~목·일 09:00~18:00, 금~토 09:00~21:00, 휴무 : 월요일

요금 : 무료

홈페이지 : www.nmtl.gov.tw

타이난 공자묘 台南孔子廟 타이난 쿵즈먀오

타이완에서 가장 오래된 공자 사당으로 1665년 명나라 영력 19년 세워졌다. 좌학우묘(左學右廟) 전통에 따라 왼쪽에 유학을 익히는 밍룬탕(明倫堂), 오른쪽에 공자를 모시는 다청뎬(大成殿)이 건립되었다. 다청뎬 앞쪽부터 반원 모양의 연못인 반츠(半池), 광장이 있고 다청먼(大成門)을 지나면 공자의 위패를 모신 다청뎬, 다청뎬 좌우로 공자의 제자들 위채를 모신 둥우(東廡)와 시우(西廡)가 자리한다.

다청뎬 내 건물에는 예악을 중시한 공자의 뜻에 따라 편종, 비파 같은 옛날 악기가 전시되어 있다. 밍룬탕은 타이완 최고의 학문 전당으로 여겨져 촨타이서우쉐(全台首學)라고 불리고 밍룬탕 옆에는 공부의 신으로 불리는 원창(文昌)을 기리는 팔각탑인 원창거(文昌閣)

가 세워져 있다. 다청뎬 앞에서 선 학생들은 저마다 공부 잘하게 해 달라는 듯 신실한 기도를 올려 보는 이를 미소 짓게 한다.

교통 : 타이난(台南) 역앞 남 버스정류장(南站)에서 타이완하오싱 88번 버스, 쿵즈먀오 하차/북 버스정류장(北站)에서 2번 버스, 쿵즈먀오 하차/타이난 역에서 택시 이용

주소 : 台南市 中西區 南門路

전화 : 06-228-9013

시간 : 09:00~17:00

요금 : NT$ 25(대성전)

원태남 측후소 原台南測候所 위안타이난 처허우숴

타이난남구 기상센터(臺灣南區氣象中心) 내에 타이완 최초의 기후관측소가 있다. 1898년 일제강점기 때 세워졌는데 원형 건물 중앙에 등대 모양의 관측 탑이 있는 모양이다. 내부에는 관측실, 예보실, 지진실, 통신실 등 당시 기후, 지진을 관측했던 시설이 남아 있다. 기후관측소를 둘러본 뒤, 타이난남구 기상센터로 발길을 옮기면 빌딩 1층·3층·5층에 기상 전시장이 있어 찾아볼 만하다. 층별로 1층은 기상과 기상 관측, 3층은 화산과 지진, 5층은 천문과 해상에 대한 전시를 한다.

교통 : 타이난(台南) 역앞 남 버스정류장(南站)에서 타이완하오싱 88번·2·6·7·11·14번 버스, 민셩위안위안(民生綠園) 하차. 원형 교차로 쪽으로 간 뒤 우회전, 위안타이난처허우숴 방향, 도보 1분/타이난 역에서 중산루(中山路) 이용, 도보 12분/타이난 역에서 택시 이용

주소 : 台南市 中西區 公園路 21號

전화 : 06-345-9218

시간 : 위안타이난 처허우숴_월~금·매달 셋째 토 10:00~15:00, 본관_월~금·매달 셋째 토 09:00~17:00

요금 : 무료

홈페이지 : http://south.cwb.gov.tw

≫태평경 기독교회 교당 太平境基督教會教堂 타이핑징 지두쟈오후이 쟈오탕

타이완 최초의 교회로 1865년 처음

세워졌다. 이곳에서 영국 장로교 선교사 맥스웰이 선교와 의료 활동을 하여 태평경 맥스웰 기념교회(太平境馬雅各紀念教會)라고도 불린다. 현재의 건물은 1951년 다시 세운 것으로 삼각형 지붕 중앙에 종탑이 있는 모양을 하고 있다.

교통 : 위안타이난 처허우쉬(原台南測候所) 건너편, 바로

주소 : 台南市 中西區 公園路 6號

전화 : 06-226-7151

시간 : 예배_토 07:00, 일 08:00, 10:00

홈페이지 : www.tpkch.org.tw/WWW5

≫북극전 北極殿 베이지뎬

타이완 최초의 수안톈샹디먀오(玄天上帝廟)로 1665년 명나라 영력 19년 세워졌다. 수안톈샹디(玄天上帝)는 북극성의 화신이자 요괴를 퇴치하는 신으로 후대에 타이난에서 명나라와 명정(明鄭 1628~1683년 중국 남부해안과 타이난에 있던 나라)의 수호신으로 여겨졌다. 사원 내 '웨이링허이(威靈赫奕)' 목편은 1669년 명나라 영력 23년 만들어져 타이완에서 가장 오래된 편액으로 알려졌다.

교통 : 위안타이난 처허우쉬(原台南測候所)에서 베이지뎬(北極殿) 방향, 도보 2분

주소 : 台南市 中西區 民權路 二段 89號

전화 : 06-226-8875

시간 : 06:00~20:00

적감루 赤崁樓 츠칸러우

타이난 츠칸제 거리에 위치한 누각으로 서양식 토대 위에 중국식 누각을 올렸다. 1624~1662년 네덜란드인들이 타이완 중남부 해안 지역을 점령했는데 이 기간을 허시스치(荷西時期)라 한다. 1653년 네덜란드인은 화약과 무기를 보관하기 위해 유럽풍의 요새를 세웠고 이를 프로방시아(Provintia) 성이라 불렀다. 1662년에는 중국 대륙에서 청나라의 압박을 피해 타이완으로 온 정성공(鄭成功)이 네덜란드인들을 몰아내고 성의 토대 위에 민난(閩南)식 2층 누각인 원창거(文昌閣)와 하이선먀오(海

神廟)를 세워 사령부로 사용했다. 1684년 청나라가 타이완을 점령하자 오랫동안 방치되었고 19세기에 지진으로, 파괴된 후 츠칸러우(赤崁樓)로 개축되었다.
츠칸러우 입구에서 볼 때 앞쪽 2층 누각이 츠칸러우(赤崁樓), 뒤쪽 2층 누각이 원창거(文昌閣)이다. 츠칸러우에는 네덜란드인으로부터 타이난을 수복한 정성공의 화상이 걸려있고 웬창거 2층에는 공부의 신 원창(文昌)이 모셔져 있다. 웬창거가 영험이 있는지 누각 한 쪽에 수많은 사람들이 합격기원 나무패와 수험증을 붙여 놓았다. 츠칸러우 앞, 석비들은 청나라 때 반란을 진압해 세운 것이고 붉은 벽돌로 쌓은 프로방시아 성 유적은 원창거 뒤쪽에서 볼 수 있다.
교통 : 타이난(台南) 역앞 남 버스정류장(南站)에서 타이완하오싱 88번, 99번 버스, 북 버스정류장(北站)에서 3, 5번 버스, 츠칸러우(赤崁樓) 하차/타이난 역에서 택시 이용
주소 : 台南市 中西區 民族路 二段 212號
전화 : 06-220-5647
시간 : 08:30~21:30
요금 : NT$ 70

☆여행 이야기_타이완 국민영웅, 정성공 鄭成功

정성공(鄭成功 1624~1662)은 중국과 일본을 오가는 무역상의 아들로 태어나 난징의 태학에서 교육을 받았다. 청나라에 의해 명나라(1368~1644)가 멸망하자 당왕 융무제를 옹립하였고 국성(國姓)을 받아 주성공(朱成功)이 되었다. 당왕이 죽은 뒤 계왕 영력제에 의해 장국공(漳國公)이 되었다. 중국 남부 연안의 진먼(金門)과 샤먼(廈門)에서 해상무역을 하며 명나라 복원을 위한 자금을 모았다. 정성공은 청나라의 회유를 물리치고 1658~1659년 대 선단을 앞세워 난징을 공격하였으나 실패하고 근거지인 샤먼으로 철수하였다.
1661년 청나라가 정성공과 중국 남부 연안 주민들을 분열시키자, 네덜란드인들이 차지하고 있던 타이완을 공격해 점령하고 근거지로 삼았다. 정성공은 타이난에서 네덜란드인들이 세운 프로방시아 성을 빼앗고 중국식 누각 츠칸러우(赤崁樓)를 세웠으나 1662년 명나라 복원의 꿈을 이루지 못한 채 사망하였다.
장성공은 타이완에서 타이완 개척자로 명망이 높아 카이산셩왕(開山聖王)이라 칭

호를 받았다. 중국 대륙에서도 외세인 네덜란드와 전쟁에서 승리한 민족 영웅으로 여겨진다. 타이난의 옌핑쥔왕츠(延平郡王祠_08:00~17:30, 타이난 기차역앞 남 버스정류장에서 88번 버스, 옌핑쥔왕츠 하차)는 정성공을 기리는 사당으로 1662년 민초들에 의해 세워졌다. 청나라 때에는 청에 반기를 들은 정성공을 내놓고 모실 수 없어 카이산왕먀오(開山王廟)라 불렀다.

사전 무묘 祀典武廟 스뎬우먀오

17세기 말에 세워진 사원으로 쿵즈먀오(孔子廟), 츠칸러우(赤崁樓), 난젠관디먀오(南建關帝廟)와 함께 타이난 4대 묘(臺南四大廟) 중 하나. 주신으로 관우인 관셩디쥔(關聖帝君)을 모시고 있는데 관우는 타이완 사람들에게 무신(武神)이자 재신(財神)으로 여겨진다. 먼저 우먀오(武廟)라는 현판이 있는 싼촨먼(三川門)으로 들어가면 관셩디쥔을 모신 정뎬(正殿)이 있고 정전 옆에 관음을 모신 관인뎬(觀音殿), 공부의 신을 모신 우원창디쥔(五文昌帝君), 인연을 맺어준다는 월하노인이 있는 위에라오츠(月老祠), 타이수이뎬(太歳殿) 등이 자리한다. 타이완 여행자들은 향을 들고 관셩디쥔부터 관인뎬, 우원창디쥔, 위에라오츠, 타이수이뎬 순으로 돌아가며 기원을 올리는 것을 볼 수 있다. 소원이 있다면 원하는 신상 앞에서 기원을 올려도 괜찮다. 시간이 되면 스뎬우먀오 옆의 관우를 모시는 마스예청(馬使爺廳)에도 들려보자.

교통 : 타이난(台南) 역앞 남 버스정류장(南站)에서 타이완하오싱 88번·99번 버스, 북 버스정류장(北站)에서 3·5번 버스, 츠칸러우(赤崁樓) 하차. 츠칸러우에서 길 건너/위안타이난처허우쒀(原台南測候所)에서 민취안루(民權路 二段) 이용, 도보 8분

주소 : 台南市 中西區 永福路 二段 229號

전화 : 06-220-2390

시간 : 05:00~21:00

타이난 대천후궁 台南大天后宮 타이난 다톈허우궁

1684년 청나라 강희 23년 세워진 사원으로 바다의 수호신 마주(媽祖)를 모시고 있어 타이난 마주먀오(台南 媽祖廟) 또는 닝징왕푸디(寧靖王府邸)라고도 한다. 삼문인 싼촨먼(三川門) 안으로 들어가면 바이뎬(拜殿), 마주상이

있는 정뎬(正殿), 공부의 신 원창(文昌)과 월하노인을 모시고 있는 허우뎬(後殿)이 이어진다.

정뎬 옆에는 삼불상 싼바오포(三寶佛)이 있는 싼바오뎬(三寶殿), 그 뒤에 관음상인 관인포주(觀音佛祖)를 모시고 있는 관인뎬(觀音殿)이 자리한다. 이렇듯 타이완의 사원에는 도교와 불교 또는 유교를 함께 기리는 것이 일반적이다.

월하노인이 있는 위에샤궁(月下公)에는 인연기원메모(祈緣許願卡)가 가득하고 한쪽에는 이곳에서 기도하고 인연을 만난 사람들의 커플들의 인증샷이 넘쳐난다. 웨딩 사진도 꽤 있는 것을 보니 결혼까지 성공한 사람도 많은 듯.

교통 : 스뎬우먀오(祀典武廟) 앞 융푸루(永福路 二段 227巷) 골목 이용, 다톈허우궁(大天后宮) 방향, 바로

주소 : 台南市 中西區 永福路 二段 227巷 18號

전화 : 06-221-1178

시간 : 05:30~21:00

신농가 神農街 선눙제

청나라 때 주요 상업 거리 중 하나인 타이완부성 오조상용항도(台灣府城五條商用港道)였고 베이스제(北勢街)라고도 불렀다. 선눙제 위쪽에는 약왕대제인 야오왕다디(藥王大帝)를 모시는 촨타이카이지야오왕먀오(全臺開基藥王廟)가 위치한다. 이곳 정뎬(正殿)에 걸린 '푸서우워민(福壽我民)' 편액은 1788년 청나라 건륭 53년 만들어진 것으로 국민에게 복을 기원하는 의미를 담고 있다.

신눙제는 지금은 퇴락한 거리지만 옛 모습을 살필 수 있어 찾는 사람이 늘고 있다. 이 거리의 골동품점이나 기념품점에서 쇼핑을 하거나 찻집에서 커피 한 잔을 마셔보자. 선눙제 아래쪽, 하이안루(海岸路)는 예전 배가 들어오던 오조항 운하(五條港運河) 있던 곳으로 지금은 창고를 개조한 아트스튜디오, 카페, 레스토랑 등이 있는 예술거리로 변신 중.

교통 : 타이난(台南) 역앞 남 버스정류장(南站)에서 타이완하오싱 88번 버스,

선농제(神農街) 하차/북 버스정류장(北站)에서 3번 버스, 청궁루 시두안(成功路 西段) 하차. 선농제 방향, 도보 6분
주소 : 台南市 中西區 神農街

〈안핑(安平)〉

덕기양행 德記洋行 더지양항

1845년 영국인 제임스 타이트(James Tait)가 세운 회사(Talt & Co)로 영국 동인도회사 속했다. 양항은 19세기 말 외국인이 타이완에 세운 회사 또는 무역사무소를 말한다. 더지양항은 이지(怡記), 허지(和記), 둥싱(東興), 리지(唻記)와 함께 안핑의 5대 양항(洋行) 중 하나였다. 1864년 안핑항이 개항되자 1867년 더지양항 안핑 지점을 열었고 주 업무는 차 무역과 금융이었다. 더지양항이 사용한 2층 서양식 건물은 회랑이 있고 내부에는 당시의 서양식 실내장식을 볼 수 있고 타자기 같은

사무용품, 차 무역을 위한 제품, 당시 사진 등이 전시되어 있다.

교통 : 타이난(台南) 역앞 남 버스정류장(南站)에서 타이완하오싱 88번·99번 버스 또는 북 버스정류장(北站)에서 2번 버스, 안핑구바오(安平古堡) 하차. 타이난시먼궈샤오(台南西門國小 초등학교) 지나, 도보 1분

주소 : 台南市 安平區 古堡街 108號

전화 : 06-391-3901

시간 : 08:30~17:30

요금 : 일반 NT$ 70, 학생 NT$ 35

*덕기양행·안핑 수옥·주지우잉 기념관 통표

안평 수옥 安平樹屋 안핑슈우

더지양항(德記洋行) 뒤쪽에 있는 창고로 1867년 당시 차(茶)를 보관했고 일제강점기 때에는 대일본염업(大日本鹽業)이 소금을 보관했다. 해방 후 소금 산업이 쇠퇴하자 오랫동안 방치되었고 서서히 보리수나무(榕樹)가 건물을 감싸기 시작해, 오늘날의 기묘한 모습이 되었다. 마치 반얀트리가 뒤덮은 캄보디아의 타프롬 사원을 연상케 한다.

교통 : 더지양항(德記洋行) 뒤, 바로

주소 : 台南市 安平區 古堡街 108號

전화 : 06-391-3901

시간 : 08:30~17:30

요금 : NT$ 70 *3곳 통표

주구형 기념관 朱玖瑩紀念館 주지우잉 니녠관

덕기양행 옆에 있는 건물로 재정부 염무총국 국장을 역임한 주주잉씨의 이름을 따서 주주잉 기념관으로 불린다. 내부에 주 선생의 서예 작품 전시!

교통 : 더지양항(德記洋行) 옆

주소 : 台南市 安平區 安北路 233巷 12號

전화 : 06-222-6181

시간 : 10:00~18:00

요금 : NT$ 70 *3곳 통표

동흥양행 東興洋行 둥싱양항

1864년 청나라 말기 안핑항이 개항되고 서양 무역회사인 양항(洋行)이 설립됐다. 둥싱양항(東興洋行)은 네덜란드 사람 줄리어스 마니치(Julius Mannich)와 패터슨(J. Peterson)이 세운 회사로 영어명은 줄리어스 마니치앤코(Julius Mannich&CO)였다. 사업 품목은 설탕과 장뇌(의약, 화확 원료)였다. 이후 일제강점기에는 시청과 경찰서의 안핑 지점으로 쓰이기도 했다. 건물은 회랑이 있는 단층 붉은 벽돌 건물로 내부에 당시 사진, 문서 등을 전시한다.

교통 : 타이난(台南) 역앞 남 버스정류장(南站)에서 타이완하오싱 88번·99번 버스 또는 북 버스정류장(北站)에서 2번 버스, 안핑구바오(安平古堡) 하차. 버스 진행 방향으로 직진 후 좌회전, 둥싱양항(東興洋行) 방향. 도보 3분

주소 : 台南市 安平區 安北路 233巷 3號

전화 : 06-228-1000

시간 : 08:00~21:00

요금 : NT$ 50

대염 일식숙사 台鹽日式宿舍 타이옌르시 수셔

1917년 일제강점기 일식 목조건물로 세워졌고 일본제염(臺灣製鹽)의 숙소로 사용되었고 일본의 히로히토(裕仁) 황태자가 안핑 지역의 염전 산업을 시찰할 때 머문 곳이기도 하다. 내부에서 다다미방과 마루, 당시 생활용품을 볼 수 있다. 현재 **약희 차공간(若晞茶空間)**이라는 찻집으로 운영 중!

교통 : 동흥양행 옆 바로

주소 : 台南市 安平區 安北路 233巷 1弄 12號

시간 : 11:00~17:00, 휴무 : 화·수

안평 소포대 安平小砲台 안핑 샤오파오타이

1840년 청나라 도광 20년 중국과 영국 간의 아편전쟁 시기에 설치된 대포이다. 바다에서 침입하는 적을 방어하기 위해 바다 쪽으로 포대가 놓여 있다. 안핑 샤오파오타이라는 명칭은 인근 억재금성 이자이진청(億載金城)의 안핑 다파오타이(安平大砲臺)보다 작기 때문.

교통 : 타이난(台南) 역앞 남 버스정류장(南站)에서 타이완하오싱 88번·99번 버스 또는 북 버스정류장(北站)에서 2번 버스, 안핑구바오(安平古堡) 하차. 버스 진행 방향으로 직진 후 좌회전, 안핑 샤오파오타이(安平小砲台) 방향. 도보 7분

주소 : 台南市 安平區 西門里 安平小段 1006-7地號

안평 개태 천후궁 安平開台天后宮 안핑 카이타이 톈허우궁

1668년 청나라 영력 22년 세워진 사원으로 원래 초등학교인 안핑시먼궈샤오(安平西門國小) 자리에 있었고 톈페이궁(天妃宮)이라 했다. 1661년 반청세력인 정성공이 청나라의 핍박으로 근거지였던 중국 남부 연안을 떠나 타이완을 점령하고 있던 네덜란드인들을 몰아내고 통치를 시작하자 중국 남부 연안 사람들이 대거 타이완으로 이주했다. 이때 중국 푸젠성(福建省)에서 가져온 3기의 마주(媽祖) 신상이 사원에 모셔져 있다. 1895년 일제강점기 사원이 황폐화되자 마주 신상이 한동안 이곳저것을 떠돌았고 1966년 현재의 자리에 사원이 재건축되면서 다시 모셔졌다. 현재의 톈허우궁은 화려한 지붕과 돌기둥 장식이 눈에 띄고 안으로 들어가면 3기의 마주 신상이 영험하게 자리한다.

교통 : 타이난(台南) 역앞 남 버스정류장(南站)에서 타이완하오싱 88번·99번 버스 또는 북 버스정류장(北站)에서 2번 버스, 안핑구바오(安平古堡) 하차. 안핑구바오(安平古堡)지나. 도보 4분

주소 : 台南市 安平區 國勝路 33號

전화 : 06-223-8695

시간 : 04:30~22:00

홈페이지 :

www.anping-matsu.org.tw

안평 고보(질란디아) 安平古堡 안핑구바오

타이완 서부를 점령한 네덜란드인들이 1624년~1634년 동안 건설한 요새로 당시 명칭은 **질란디아(Zeelandia)**였다. 안핑 지역의 중심에 붉은 벽돌로 3중 성곽을 세웠으나 현재 일부 성벽과 대포만 남아 있다. 네덜란드인들은 1624년~1661년까지 37년간 타이완 서부를 통치했으나 중국 남부 연안에서 넘어온 정성공에 의해 퇴출되었다. 이 때문에 안핑구바오의 뜰에서 민족영웅 정성공의 동상을 볼 수 있다. 안핑구바오 전시장에서 당시 쓰던 물품과 옛날 사진, 안핑구바오 모형 등을 볼 수 있고 전망대에 오르면 안핑 일대가 한눈에 조망된다.

교통 : 타이난(台南) 역앞 남 버스정류장(南站)에서 타이완하오싱 88번, 99번 버스 또는 북 버스정류장(北站)에서 2번 버스, 안핑구바오(安平古堡) 하차. 안핑구바오(安平古堡)방향, 도보 3분

주소 : 台南市 安平區 國勝路 82號

전화 : 06-226-7348

시간 : 08:30~17:30

요금 : 일반 NT$ 70, 학생 NT$ 35

안평 노가 安平老街 안핑 라오제

안핑 라오제(安平老街)가 있는 옌핑루(延平路)는 300여 년 전 네덜란드인들이 안핑을 점령했을 때 건설한 도로로 당시 타이완제(台灣街), 스반제(石板街), 카이타이디이제(開台第一街) 등으로 불렀다. 이곳에 사원, 기념품점, 중국전통 과자점, 식당 등이 늘어서 있어 안핑의 중심이 된다.

교통 : 안핑개태 천후궁(安平開台天后宮)에서 옌핑루(延平路) 방향, 바로

주소 : 台南市 安平區 延平街 50-2號

전화 : 0932-987-272

☆여행 팁_화원 야시장 花園夜市 화위안 예스

타이난 최대 야시장 중 하나로 목·토~일 밤에만 운영된다. 여느 야시장처럼 육수에 데쳐 먹는 어묵과 채소인 루웨이(滷味), 꼬치, 후추 빵인 후자오빙(胡椒餅), 버블티인 쩐주나이차(珍珠奶茶) 같은 먹거리가 가득하고 사고 싶은 기념품도 넘쳐난다. 풍선 터트리기, 새우낚시 같은 오락거리를 해보는 것도 즐겁다.

교통 : 타이난(台南) 역앞 북 버스정류장(北站)에서 0번 버스, 화위안(花園) 야시장 하차. 13분 소요/타이난 역에서 택시 이용

주소 : 台南市 北區 海安路 三段, 전화 : 0976-471-400

시간 : 목·토~일 18:00~24:00

억재금성 億載金城 이자이진청

1876년 청나라 광서 2년에 완공된 서양식 성으로 이곳에 설치된 대포로 인해 얼쿤선파오타이(二鯤鯓砲臺) 또는 안핑 다파오타이(安平大砲臺)라고 불렸다. 성은 안핑 시내 남쪽 3헥타르(ha)의 넓은 부지에 정방형의 해자를 두고 안쪽에 붉은 벽돌로 성벽을 쌓았다. 성벽 곳곳에 소포와 영국제 암스트롱 대포를 배치하였다. 1884년 청불전쟁과 1895년 청일전쟁 때 이들 대포가 있어 효과적으로 적들을 물리칠 수 있었다고 한다. *하루에 안핑과 타이난을 모두 보려면 억재금성에 들리기 어려울 수 있다. 1일 반 일정일 때 하루는 안핑과 억재금성, 반일은 타이난을 둘러보면 적당.

교통 : 타이난(台南) 역앞 남 버스정류장(南站)에서 타이완하오싱 88번·14번 버스 또는 북 버스정류장(北站)에서 2·19번 버스, 이자이진청 하차

주소 : 台南市 安平區 光州路 3號

전화 : 06-295-1504

시간 : 08:30~17:30

요금 : 일반 NT$ 70, 학생 NT$ 35

관석평대 觀夕平台 관시핑타이

안핑 시내 서쪽에 위치한 해변으로 바다 너머로 지는 아름다운 석양을 감상하기 좋은 곳이다. 관시칭타이가 있는 챠오터우하이탄 공원(橋頭海灘公園)을 한가롭게 걸으며 신선한 바다 냄새를 맡고 벤치에 앉아 석양이 지기를 기다려보자. 관석평대(觀夕平台) 동쪽으로는 안핑항(安平港)이 있어 항구로 드나드는 고깃배들을 바라볼 수도 있다.

교통 : 타이난(台南) 역앞 남 버스정류장(南站)에서 타이완하오싱 88번 버스, 관시핑타이(觀夕平台) 하차 *관시핑타이_평일 막차 19:15, 주말 20:00

주소 : 台南市 安平區 安平漁港 觀夕平台

☆여행 팁_안핑 북쪽 여행지&타이완하오싱 88번·99번 버스

타이완하오싱 99번 타이장선(台江線) 버스를 이용하면 안핑 북쪽 여행지를 둘러볼 수 있다. 99번 버스는 원구 내에 포대인 쓰차오파오타이(四草砲台)·염전생활문화촌·다중먀오(大眾廟)·습지자생의 홍수림 등이 있는 쓰차오 셩타이위안취(四草生態園區), 1661년 정성공이 타이완으로 온 뒤 웅장하게 세워진 사원 루얼먼 톈허우궁(鹿耳門天后宮), 2만여 평의 넓은 부지에 자금성 스타일로 세워진 거대한 사원 루얼먼 셩무먀오(鹿耳門聖母廟), 타이완 유일의 소금을 주제로 한 박물관인 타이완 옌 보우관(台灣鹽博物館), 1헥타르(ha)의 넓은 땅에 소금을 쌓아 만든 소금산인 치구옌산(七股鹽山) 등으로 운행한다. 99번 버스는 평일에는 운행편수가 적어 여러 곳을 둘러보기 어려우니 운행편수가 늘어나는 주말을 이용하는 것이 좋다. 이들 여행지를 자세히 둘러보면 하루가 다 소비되니 꼭 보아야할 곳만 선별하여 여행하자.

타이완하오싱 99번 버스 외 88번 안핑선(安平線) 버스는 타이난 공원에서 출발해 타이난 역(역앞 남 버스정류장), 옌핑쥔왕츠, 쿵먀오, 츠칸러우, 신눙제, 이자이진청, 안핑구바오, 더지양항 등을 거쳐 관시핑타이까지 운행한다. 츠칸러우와 안핑구바오는 88번과 99번 버스, 안핑 시내에서 관시핑타이로 갈 때에는 88번 버스,

안핑 시내에서 북쪽 치구옌산으로 갈 때에는 99번 버스를 이용하면 편리하다.

***코로나19 여파로 평일 운행하지 않고 주말만 운행!**

타이난 관광과_06-390-1175

타이완하오싱_www.taiwantrip.com.tw

▲ 타이완하오싱-88번 안핑선

시간 : **토~일 10:00~20:00** *약 1시간 간격

요금 : NT$ 18 *이지카드(교통카드) 사용 가능

코스 : 타이난 공원(臺南公園)↔싱지궁/다관인팅(興濟宮/大觀音亭)↔타이난 역(臺南站)↔옌핑쥔왕츠(延平郡王祠)↔쿵먀오(孔廟)↔톈탄(天壇)↔츠칸러우(赤崁樓)↔신누제(神農街)↔이자이진청(億載金城)↔윈허 박물관(運河博物館)↔옌핑제(延平街)↔안핑구바오(安平古堡)↔더지양항/안핑슈우(德記洋行/安平樹屋)↔관광 어시장(觀光魚市場)↔관시핑타이(觀夕平台)

▲ 타이완하오싱-99번 타이장선

시간 : **토~일_08:20~16:20** *약 2시간 간격

요금 : NT$ 18 *쓰차오 셩타이원화취 이상일 때 1구간 요금 추가

코스 : 타이난 공원(台南公園_公園路)↔싱지궁/다관인팅(興濟宮/大觀音亭)↔타이난 공원(台南公園_北門路)↔타이난 역(臺南站)↔츠칸러우(赤嵌樓)↔안핑구바오(安平古堡_安北路)↔더지양항/안핑슈우(德記洋行/安平樹屋)↔쓰차오 셩타이원화취(四草生態文化園區)↔쓰차오 예셩둥우바오후취(四草野生動物保護區)↔루얼먼 톈허우궁(鹿耳門天后宮)↔루얼먼 셩무먀오(鹿耳門聖母廟)↔타이완옌 보우관(台灣鹽博物館)↔치구옌산(七股鹽山)

〈타이난 시내〉

타이난 도소월 台南度小月 타이난 두샤오웨이

1895년 청나라 광서 21년 개업하였고 타이완에서 처음으로 단짜이멘(擔仔麵) 보급한 곳이다. 단짜이멘은 새우 육수에 국수를 말고 그 위에 다진 고기, 새우, 찐 계란을 올린 요리로 감칠맛 나는 육수와 국수가 어우러져 깔끔한 맛을 낸다. 단짜이멘 외 고기 볶음 덮밥인 샹구러우자오판(香菇肉燥飯), 어묵탕인 위완탕(魚丸湯), 찐 계란인 루단(滷蛋)을 맛보아도 좋다.

교통 : 츠칸러우(赤崁樓)에서 바로

주소 : 台南市 中西區 民族路 二段 216號

전화 : 06-221-5631

시간 : 16:00~23:00

메뉴 : 단짜이멘(擔仔麵) NT$ 60, 샹구러우자오판(香菇肉燥飯 고기볶음 덮밥) NT$ 60, 위완탕(魚丸湯 어묵탕) NT$ 30, 루단(滷蛋 찐계란) NT$ 10 내외

타이난 무묘육원 台南武廟肉圓 타이난 우먀오러우위안

1975년 창업한 러우위안(肉圓) 전문점으로 관성디쥔(關聖帝君)을 모시는 스뎬우먀오(祀典武廟) 앞에 있다. 러우위안은 타피오카 전분으로 반죽을 만들어 속으로 고기와 채소를 넣고 기름이나

끓는 물에 익힌 간식이다. 특유의 물컹거리는 식감으로 인해 한번 맛보면 잊을 수 없고 전분 반죽과 어우러지는 고기와 채소가 절묘한 맛을 낸다.
교통 : 스뎬우먀오(祀典武廟)에서 바로
주소 : 台南市 中西區 永福路 二段 2194號
전화 : 06-222-9142
시간 : 08:30~16:30, 휴무 : 화요일
메뉴 : 러우위안(肉圓) NT$ 60 내외

비묘가배 肥貓咖啡(페이마오카페이) Fat Cat Story

옛 모습이 남아 있는 신눙제(神農街)에 위치한 커피점이다. 옛 주택을 카페로 꾸민 곳으로 수수한 내부가 어히려 편안함을 준다. 살찐 고양이 커피라는 이름답게 카페 안에 고양이가 돌아다니니 놀라지 말자. 커피 한 잔하며 여행의 여유를 가져보자.
교통 : 신눙제 입구에서 바로
주소 : 台南市 中西區 神農街 135號
전화 : 06-220-5688
시간 : 13:30~18:30
메뉴 : 아메리카노, 카페 라테, 에스프레소, 케이크, 디저트

〈안핑〉

수옥 가배관 樹屋咖啡館 수우 카페이관

안핑 수옥(安平樹屋) 내에 위치한 카페로 보리수(榕樹)가 건물을 뒤덮은 기묘한 풍경 속에 마시는 커피 맛이 묘하다. 메뉴는 아메리카노(美式咖啡), 카페 라테(拿鐵咖啡), 자스민차(茉莉情人花茶) 등으로 특별할 것은 없지만 어디서, 누구랑 마시는 것에 따라 차 맛이 달라지는 느낌이 든다.
교통 : 안핑 수옥에서 바로
주소 : 台南市 安平區 古堡街 104號
전화 : 06-391-1277
시간 : 08:30~17:30
메뉴 : 아메리카노(美式咖啡) NT$ 80, 카페 라테(拿鐵咖啡) NT$ 100, 자스민차(茉莉情人花茶) NT$ 100 내외

약희 다공간 若晞茶空間(루오시차쿵지엔) Roche Tea Space

둥싱양항(東興洋行) 옆, **대염 일식숙사**

(台鹽日式宿舍)를 찻집으로 쓰고 있다. 안으로 들어가면 다다미에 나무 테이블까지 영락없는 일본 찻집 모습이다.

교통 : 둥싱양항(東興洋行)에서 바로
주소 : 台南市 安平區 安北路 233巷 1弄 5號
전화 : 06-222-3761
시간 : 11:00~19:00, 휴무 : 화~수
메뉴 : 녹차, 말차. 홍차 등. 차 체험 1인 NT$ 600

구가 가자전 歐家蚵仔煎 오우지아 커짜이젠

1961년 개업한 굴전 커짜이젠(蚵仔煎) 전문점으로 안핑카이타이 톈허우궁(安平開台天后宮) 앞에 있다. 밀가루 반죽에 굴과 채소를 넣고 잘 지져난 굴전은 간식으로 먹기 좋고 시원한 맥주와 함께 먹으면 더욱 맛있다. 굴전 외 새우전인 샤런지엔(蝦仁煎), 굴말이 튀김인 커주안(蚵捲), 새우 말이 튀김인 샤주안(蝦捲), 고기 볶음 덮밥인 러우자오판(肉燥飯), 만둣국인 훈툰탕(餛飩湯)도 먹을 만하다.

교통 : 안핑 구바오(安平古堡)에서 바로
주소 : 台南市 安平區 延平街 160
전화 : 06-222-9340
시간 : 10:00~18:00 *요일에 따라 조금 다름
메뉴 : 커짜이젠(蚵仔煎 굴전) NT$ 60, 샤런지엔(蝦仁煎 새우전) NT$ 60, 커주안(蚵捲 굴말이 튀김) NR$ 55, 샤주안(蝦捲 새우 말이 튀김) NT$ 55, 러우자오판(肉燥飯 고기 볶음 덮밥) NT$ 30, 훈툰탕(餛飩湯 물만두국) NT$ 50 내외

02 타이중 台中 Taichung

타이완 중서부의 도시로 청나라 강희연간(1662~1722년)까지 원주민인 핑푸 족이 살던 곳이었는데 옹정제(1723~1736년) 때부터 중국에서 이주한 한족이 다둔이라는 마을 형성했다. 1885년 청나라 광서 11년 타이완이 처음으로 청나라의 행정구역인 성(省)이 되었고 당시 가장 큰 도시였던 타이중이 성도가 될번 했다. 1887년 성벽이 축조되었으나 현재 흔적을 찾기 힘들다. 1896년 일제강점기 타이중 현이었다가 1920년 타이중 시가 만들어졌고 2010년 타이중 시와 타이중 현이 합쳐져, 타이중 시가 되었다.

예전 바나나, 사탕수수, 잎담배를 이용한 제당, 알코올, 담배 공업 등이 발전했고 중싱 대학, 펑지아 대학 등 고등교육기관도 많은 편이다.

현재 타이완 미술관, 자연과학 박물관, 무지개 마을, 펑지아 야시장 등의 볼거리가 있고 타이중 인근 장화, 루강, 르웨탄으로 가는 교통의 요지이기도 하다.

▲ 교통

• 타이베이↔타이중

① 타이베이 역(台北車站)에서 쯔창(自強)/쥐광(莒光), 05:18~21:00, 30분~1시간 간격, 2시간 5분/2시간 46분 소요, NT$ 375/289, 타이중 역(台中車站) 하차

② 타이베이 역에서 타이완가오톄(台灣高鐵), 06:26~23:00, 약 10분 간격, 1시간 4분 소요, NT$ 700, 가오톄타이중 역(高鐵台中站) 하차. 가오톄타이중 역에서 33번 버스(53분 소요), 타이중 역 하차

③ 타이베이좐윈잔(台北轉運站 버스 터미널)에서 궈광커윈(國光客運) 1827번(05:30~22:30, 1시간 간격, 약 2시간 45분 소요, NT$ 320) 버스 또는 퉁롄커윈(統聯客運) 1619번(05:10 ~ 20:10, 2시간 간격, 약 3시간 소요, NT$ 320) 버스, 타이중 하차

• 가오슝↔타이중

① 가오슝 역(高雄車站)에서 쯔창(自強)/쥐광(莒光), 06:10~21:17, 1시간~1시간30분 간격, 2시간 40분 소요, NT$ 469/361, 타이중 역 하차

② 가오톄쭤잉 역(高鐵左營站, 가오슝)에서 05:50~22:55, 약 20분 간격, 1시간 4분 소요, NT$ 790, 가오톄타이중 역(高鐵台中站) 하차

③ 가오슝(高雄)에서 궈광커윈 1872번 버스(05:40~21:40, 1시간 간격, 3시간 10분 소요, NT$ 375), 타이중 하차

• 타이중 시내교통

타이중 역~타이중 문화창의산업원구, 타이중 미술관~자연과학박물관은 도보로 다닐 수 있다. 타이중 역~타이중 미술관/무지개 마을/펑지아 야시장 구간은 버스 이용! 타이중 시내의 주요 관광지는 인접해 있으므로 택시(기본료 NT$ 80)를 이용해도 무방하다.

▲ 여행 포인트

① 타이완 미술관에서 타이완 회화, 조각, 설치미술 작품 감상하기

② 자연과학 박물관에서 재미있는 체험으로 과학원리 익히기

③ 펑지아 야시장에서 꼬치, 루웨이 같은 길거리 먹거리 맛보기

④ 무지개 마을에서 기묘한 벽화를 배경으로 기념촬영하기

▲추천 코스

무지개 마을→타이완 미술관→심계신촌 →자연과학 박물관→펑지아 야시장

타이중 역 台中車站 타이중처잔

일제강점기 세워진 기차역으로 철도 개통은 1906년이다. 1917년 개축되어 서양식과 중국식이 혼합된 건물 중앙에 바로크식 탑이 있는 지금의 모습을 갖췄다. 현재 타이중처잔(台中車站)은 타이완 중부 최대 기차역이자 타이완 서부철도 중관샨(縱貫線)의 중심. 역 오른쪽에 타이중에서 각지 운행하는 궈광커윈(國光客運) 터미널, 역 뒤쪽에 예술가들의 작업실, 전시장, 공연장이 있는 타이중 문화창의산업원구(台中 文化創意產業園區)이 위치한다. 참고로 중국어로 기차가 훠처(火車)여서 기차역을 훠처잔(火車站), 줄여서 처잔(車站)이라고 한다.

교통 : 타이중 역(台中車站)에서 바로

주소 : 台中市 中區 台灣大道 一段 1號

전화 : 04-2222-7236

홈페이지 : www.railway.gov.tw

타이중 문화창의 산업원구 台中文化創意產業園區 타이중 원화촹이찬예위안취

1916년 일제 강점기 설립된 다이쇼(大正) 양조회사가 있던 곳으로 1928년 5.6헥타르(ha)의 면적을 자랑하는 타이완 최대 양조공장으로 성장했다. 1945년 해방 후에 타이완 양조장(台中酒工場)·제5 주창(第五酒廠)로 쓰였으나 1988년 공장과 창고가 이전하였다. 2009년 리모델링 공사를 거쳐 타이완 창의문화원구(台中創意文化園區)을 개원했고 2011년 현재의 명칭으로 개칭됐다.

현재 전시장, 공연장, 작업실, 카페 등을 갖추고 있어 타이중 지역의 예술창작의 중심이 된다. 빛바랜 공장 지대가 묘한 분위기를 자아내고 개성 넘치는 전시는 타이완 젊은 예술가들의 감각을 잘 보여준다.

교통 : 타이중 역(台中車站) 지하도 이용, 역 뒤쪽 타이중 창의문화산업원구(台中文化創意產業園區) 방향, 도보 6분

주소 : 台中市 南區 復興路 三段 362號

전화 : 04-2229-3079

시간 : 06:00~22:00

홈페이지 : www.boch.gov.tw

타이중 공원 台中公園 타이중 궁위안

1903년 문을 연 공원으로 넓은 녹지에 인공호수 르위에후(日月湖), 1908년 세워진 호수가 정자 후신팅(湖心亭), 1889년 언덕 위에 세워진 정자 왕웨이팅(望月亭), 타이완 중부의 저명인사인 우롼치(吳鸞旂 1862~1922년)의 궁관(公館) 정문문루 세겅러우(更樓), 산책로 등이 있다.

후신팅은 타이완 서부종단철도인 중관샨(縱貫線) 개통을 기념해 유럽풍 양식(歐風洋式)으로 세운 것이다. 공원을 둘러본 뒤에는 인근 이중제 야시장(一中街夜市_공원에서 도보 5분)에 들려 길거리 먹거리를 맛보아도 좋다.

교통 : 타이중 역(台中車站) 앞 버스정류장에서 55, 58, 303번 버스, 타이중 궁위안 台中公園_雙十路) 하차/타이중 역에서 잔궈루(建國路)-솽스루(雙

十路 一段) 이용, 타이중 공원 방향, 도보 12분
주소 : 台中市 北區 雙十路 一段 65號
전화 : 04-2222-4174
시간 : 24시간

국립타이완미술관 國立台灣美術館 궈리 타이완 메이슈관

1988년 개관했고 지하1층~지상 3층 규모로 아시아에서 가장 큰 규모를 자랑한다. 1층 전시장은 특별전이나 국제전, 2층 전시장은 타이완 예술가의 전시, 3층 전시장은 상설 전시전이 열리고 지하 1층은 어린이 미술체험장으로 쓰인다. 실내전시 외 미술관 앞 다먼광창(大門廣場)에서 야외 조각 전시가 열리기도 한다. 전시장 관람을 마친 뒤에는 미술 관련 상품을 구입할 수 있는 기념품점이나 음료를 마시거나 간단한 식사를 할 수 있는 카페(2층 古典玫瑰園, 지하 1층 春水堂)에 들려도 괜찮다. 전시장이 많고 넓어 3~4개의 미술 전시가 한 번에 열리므로 관심 있는 전시만 골라 보면 여행시간을 절약할 수 있다. 미술에 관심 있다면 추천!

*타이중역↔국립타이완 미술관↔국립자연과학 박물관 이동 시, 스팟 간 거리가 멀지 않으므로 버스가 오지 않으면 택시(NT$ 100~150 내외)를 이용하는 것이 나을 수 있다.

교통 : 타이중 역(台中車站) 건너편 타이중커윈(台中客運) 버스정류장에서 71번 버스, 미술관 하차/타이중 역 옆 궈광커윈(國光客運) 터미널에서 쟌궈루(建國路) 길 건너 버스정류장, 47, 75번 버스, 메이슈관(美術館) 하차/타이중 역에서 택시 이용
주소 : 台中市 西區 五權西路 一段 2號
전화 : 04-2372-3552
시간 : 화~금 09:00~17:00, 토~일 09:00~18:00, 휴무 : 월요일
요금 : 무료
홈페이지 : www.ntmofa.gov.tw

심계신촌 審計新村 션지신춘

국립타이완미술관 북쪽에 위치한 옛 주택가를 상점, 식당 등이 있는 문화 거리로 변화시킨 곳이다. 정식 명칭은

'심계 368 문화 창의 마을(審計368新創聚落)' 예쁜 기념품이나 독특한 액세사리 등을 구입하기 좋고 노점에서 길거리 음식을 사먹어도 괜찮다.

교통 : 국립타이완미술관에서 북쪽, 중학교 지나 도보 11분

주소 : 台中市 西區 民生路 368巷

☆여행 팁_미술관과 박물관 사이, 차오우다오(草悟道)

타이완 미술관(台灣美術館)과 자연과학 박물관(自然科學博物館) 사이, 녹지 공간으로 이어진 길이 있어 도심 속 자연을 즐기며 걷기 좋다. 길이는 2.1km, 소요시간은 30분 정도로 쩐주나이차 하나 들고 가볍게 걸을 수 있는 거리다. 차오우다오(초오도)는 타이완 미술관에서 타이중 시민광장(台中市民廣場)까지를 말한다. 시민광장 뒤로는 대형 서점 겸 쇼핑센터인 근미성품 녹원도(勤美誠品綠園道), 근미술관(勤美術館)를 거쳐 자연과학 박물관까지 갈 수 있다.

교통 : 차오우다오 남쪽과 북쪽에서 바로_타이완 미술관 교통편 참조

주소 : 台中市 西區 向上北路 草悟道

코스 : 2.1km, 30분 소요. 타이완 미술관-차오우다오-타이중 시민광장(台中市民廣場)-근미성품녹원도(勤美誠品綠園道)-근미술관(勤美術館)-자연과학 박물관(自然科學博物館)

국립자연과학박물관 國立自然科學博物館 궈리 즈란커쉐 보우관

규모가 꽤 큰 자연사 박물관으로 생명과학관인 셩밍커쉐팅(生命科學廳), 인류문화관인 런레이원화팅(人類文化廳), 지구과학관인 디치우환징팅(地球環境廳), 입체극장인 리티쥐창(立體劇場)이 있는 본관, 본관 옆 우주극장인 타이쿵쥐창(太空劇場)이 있는 커쉐중신(科學中心), 본관 길(西屯路 一段) 건너 식물원인 즈우위안(植物園)과 온실인 원스(溫室) 등 3구역으로 나뉜다.

셩밍커쉐팅에서 생명의 기원 전시와 공룡의 뼈대, 런레이원화팅에서 중국약초와 중국과학·기술, 디치우환징팅에서 지

질과 환경에 관한 전시를 한다.
아울러 타이쿵쥐창에서 우주의 신비와 태양계, 리티쥐창에서 과학에 관련된 3D 영화를 관람할 수 있다. 본관 길 건너에는 거대한 원형 모양의 유리 온실이 있는 식물원(공원)이 조성되어 있어 온실에서 열대 식물과 타이완 해저 식물을 살펴보고 공원에서 산책을 하기 좋다. 단, 보우관이 매우 넓고 볼거리가 많으므로 볼 것만 보고 지나가야 시간을 줄일 수 있다.
교통 : 타이중 역(台中車站) 앞 버스정류장에서 300·301·302·303·307번 버스, **커보관(科博館)** 하차. 약 39분 소요. 보우관(博物館) 방향, 도보 9분 또는 35번 버스, **시툰쟌싱루커우(西屯健行路口)** 하차. 보우관 방향, 도보 3분
주소 : 台中市 北區 館前路 1號
전화 : 04-2322-6940
시간 : 09:00~17:00, 휴무 : 월요일
요금 : 전시장 NT$ 100, 타이쿵쥐창(太空劇場 우주극장) NT$ 100, 리티쥐창(立體劇場 입체극장) NT$ 70, 우위안 원스(植物園溫室 온실) NT$ 20, 커쉐중신(科學中心 과학센터) NT$ 20
홈페이지 : www.nmns.edu.tw

펑지아 야시장 逢甲夜市 펑지아 예스
펑지아 대학(逢甲大學) 인근 푸싱루(福星路)와 원비루(文筆路) 사거리 오른쪽에 펑지아 야시장이 있다. 이곳 역시 이중제 야시장과 같이 대학가 야시장으로 젊은 층이 많이 찾는 곳. 길가 상점에는 의류, 액세서리, 기념품, 디자인상품 등을 판매하는 곳이 많고 먹거리 노점에서는 육수에 어묵이나 채소를 데쳐 먹는 루웨이(滷味), 닭튀김 지파이(雞排), 소시지 샤오창(小腸) 등의 먹거리를 맛볼 수 있다. 다른 야시장과 달리 한국의 떡볶이, 한국식 닭튀김을 판매하는 노점도 여럿 있어서 한국의 맛이 그립다면 매운 떡볶이나 치맥을 맛보아도 좋다. 단, 사람이 매우 많아 복잡하니 소지품 보관에 유의한다.

교통 : 타이중 역(台中車站) 앞 버스정류장에서 35번 버스, **딩난즈(頂滿仔)** 하차. 1시간 소요 또는 33번 버스, **푸싱팅처창(福星停車場)** 하차. 1시간 30분 소요. 펑지아 예스 방향, 도보 3~5분/디이광창(第一廣場) 버스정류장(타이중 기차역에서 타이완다다오 台灣大道 一段 직진, 도보 5분)에서 45번 버스, 딩난즈 하차
주소 : 台中市 西屯區 青海路 二段 225號

시간 : 17:00~24:00

≫중화 야시장 中華夜市 중화 예스

제법 넓은 중화루(中華路)에는 식당, 먹거리 노점이 늘어서 있어 먹자 거리를 이룬다. 골목에 사람들로 북적이는 여느 야시장과 달리 거리 중앙 2차선에서는 차량이 계속 달린다. 길가로만 다니며 이런저런 먹거리를 맛보는 것이 이곳을 잘 즐기는 방법. 먹거리 노점 외 식당도 여럿 있으므로 낮 시간에 방문하여 식사를 해도 좋다. 딱히 쇼핑할 것은 없다.

교통 : 타이중 역(台中車站) 앞 버스정류장에서 300번 버스, 중화루(中華路) 하차. 길 건너 중화루 사거리 왼쪽, 바로/택시 NT$ 100 내외

주소 : 台中市 中區 中華路 一段

전화 : 04-2228-9111

시간 : 17:00~24:00

≫이중제 야시장 一中街夜市 이중제 예스

타이중처잔 북쪽, 타이중 과학 대학(臺中科技大學)과 고등학교인 타이중 제1 고급중학(臺中 第一高級中學) 인근에 있는 야시장이다. 학교 주변임으로 주로 젊은 층에서 많이 찾는 대학가로 볼 수 있다. 인근 타이중 야구장(台中棒球場)에서 야구가 열리는 날이면 야구팬들의 뒤풀이가 열리기도 한다.

야시장 골목에는 젊은 층을 대상으로 한 액세서리점, 수공예품점, 의류점 등이 자리해 가벼운 쇼핑을 하기 좋다. 야시장에서 빠질 수 없는 육수에 어묵과 채소 데쳐먹는 루웨이(滷味), 소시지인 샤오창(小腸), 문어 완자인 장위 샤오완쯔(章魚小丸子) 같은 길거리 먹거리도 풍성한 편. 무엇보다 이곳에서 타이완하면 떠오르는 먹거리 중 하나인 특대 닭튀김 지파이(雞排)의 탄생지로도 알려져 있다. **특대 지파이는 1992년 이중제에서 시작**되었고 1999년 타이베이의 스린 야시장(士林 夜市)에 진출했다.

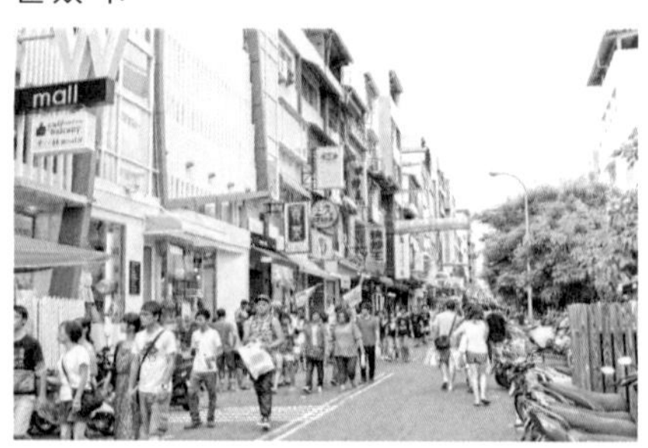

교통 : 타이중 역(台中車站) 앞 버스정류장에서 12·35·71번 버스, **궈리 타이중 커지다쉐(國立臺中科技大學)** 하차

또는 50·59·131·154번 버스, **타이중이중(臺中一中)** 하차. 20분 소요. 다쉐에서 이중제(一中街) 야시장 방향, 도보 3분
주소 : 台中市 北區 一中街

무지개 마을 彩虹眷村 차이훙쥐안춘

담벼락에 총천연색 벽화가 그려진 마을로 타이중처잔(台中車站) 서쪽 링둥 과기 대학(嶺東科技大學) 인근에 위치한다. 그림은 주로 사람, 동물, 도형 등이고 붉은색 테두리선을사용해 흡사 북적 그림이나 남미 잉카의 그림을 보는 듯하다. 그림을 그린 이는 중국 광둥성(廣東省) 출신의 황융푸(黃永阜 1924년~) 노인으로 나이가 들면서 무시로 드는 근심을 떨치기 위해 2008년부터 담벼락에 그림을 그리기 시작했다고. 화려한 색채로 인해 무지개 마을(彩虹眷村)로 불리고 기교가 없는 필치에 절로 미소 짓게 되는 곳이다.

교통 : 타이중 역(台中車站) 정면, 길 건너편 타이중커윈(台中客運) 버스정류장에서 27번 버스, 간청류춘(干城6村) 하차. 약 1시간 30분 소요. 차이훙쥐안춘(彩虹眷村) 방향, 도보 4분/즈여우루(自由路)의 장화인항(彰化銀行_타이중 역에서 타이완다다오 台灣大道 一段 직진, 도보 7분) 버스정류장에서 30·40번 버스, 간청류춘 하차
주소 : 台中市 南屯區 春安路 56巷
시간 : 08:00~20:00

*레스토랑&카페

궁원 안과 미야하라 아이스크림 宮原眼科 미야하라옌커

1927년 세워진 붉은 벽돌 건물로 일본인 의사 미야하라 타케쿠마(宮原武熊)가 자신의 이름을 딴 미야하라 안과 병원을 운영했다. 해방 후 타이중 시 건물로 사용되다가 1999년 대지진과 2008년 태풍의 피해를 입었다. 2010

년 일출 베이커리(日出乳酪蛋糕)에 인

수되고 수리를 거쳐 제과점, 카페, 아이스크림 점으로 개점했다. 건물 내부은 일제 강점기 때의 독특한 건물 구조와 안과 인테리어가 남겨져 묘한 분위기를 자아낸다. 현재, 파인애플 과자인 펑리수(鳳梨酥)를 판매하는 르추가오빙(日出糕餅), 초콜릿과 음료를 맛볼 수 있는 미야하라 옌커 챠커리(宮原眼科巧克力), 아이스크림 전문점 미야하라 옌커 빙치린(宮原眼科冰淇淋) 등이 영업하고 있다. 2층에 **주이위에러우(醉月樓)**라는 레스토랑도 있다. 레스토랑에서는 식사와 애프터눈티 제공!

교통 : 타이중 역(台中車站)에서 길 건너 중산루(中山路) 직진, 도보 3분

주소 : 台中市 中區 中山路 20號

전화 : 04-2227-1927

시간 : 10:00~21:00

메뉴 : 펑리수(15~30개) NT$ 380~720, 챠커리(초콜릿) NT$ 200~900, 빙치린(아이스크림)_1볼(單球) NT$ 90, 2볼(雙球) NT$ 160, 3볼(三球) NT$ 225, 빙베이(餅杯 콘) NT$ 20, 큰 컵 NT$ 500 내외

미야하라 옌커 : www.miyahara.com.tw

띵산러우완 丁山肉丸

1909년 문을 연 식당으로 옥수수 전분 피에 고기 등을 넣은 러우위안, 국물 없이 비벼먹거나 국물 있는 탕으로 먹는 국수인 이미엔, 돼지갈비 덮밥인 파이구판 등을 낸다. 예능 〈나 혼자 산다〉에 나와 관심을 끌지만, 실은 타이완 어디서나 볼 수 있는 식당 중 하나!

교통 : 타이중 역에서 타이완대로(臺灣大道) 직진, 도보 14분, 택시 9분

주소 : 台中市 中區 臺灣大道 一段 370號

전화 : 04-2226-4409

시간 : 11:00~18:30

메뉴 : 로우위엔(肉圓), 이미엔(意麵), 파이구판(排骨飯)

푸딘왕주쟈오 富鼎旺豬腳-中正店

돼지 족발을 뜻하는 주쟈오(豬腳) 체인점이다. 이곳 역시 예능 〈나 혼자 산다〉에 등장해, 관심을 끈 곳이다. 메뉴는 족발인 주쟈오, 족발 국수주쟈오멘션, 족발+밥 세트인 주쟈오벤탕, 족발 덮밥인 루러우판 등이 있고 매운 소스인 라쟈오쟝도 판매한다.

교통 : 띵산러우완에서 타이완태로 따라 도보 6분

주소 : 台中市 中區 臺灣大道 一段 560號
전화 : 04-2225-3188
시간 : 11:00~14:30, 16:30~19:30
메뉴 : 주자오(豬腳), 주자오멘션(豬腳麵線), 주자오벤탕(豬腳便當), 루러우판(滷肉飯), 라자오장(辣椒醬)
홈페이지 : www.fudinwang.com

일중호 대계배 一中豪大雞排 이중다지파이

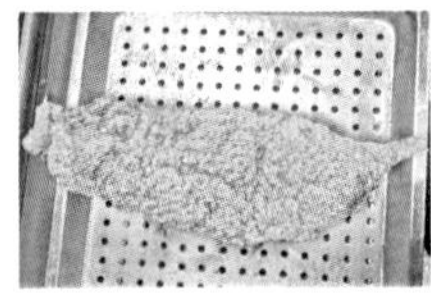

1993년 창업한 특대 닭튀김, 지파이(雞排) 창시점이다. **이중제(一中街) 야시장**에 있는 여러 지파이점 중에서 유난히 사람들로 북적이는 곳이다. 신선한 닭을 이용해 바삭하게 튀긴 닭이 부드럽고 고소하다. 지파이 외 오징어튀김인 샹수요우위(香酥魷魚), 감자튀김인 간메이슈탸오(甘梅薯條)도 먹을 만하다.
교통: 타이중 역(台中車站) 앞 버스정류장에서 12·35·71번 버스, **타이중 커지다쉐(臺中科技大學)** 하차 또는 50·59·131·154번 버스, **타이중이중(臺中一中)** 하차. 20분 소요. 다쉐에서 이중제(一中街) 야시장 방향, 도보 3분
주소 : 台中市 北區 一中街 49號
전화 : 04-2227-7338
시간 : 14:00~22:00
메뉴 : 지파이(名牌雞排 닭튀김) NT$ 45, 지투이(卡啦雞腿 닭다리) NT$ 35, 요우위(香酥魷魚 오징어튀김) NT$ 소 NT$ 30, 슈탸오(甘梅薯條 감자튀김) NT$ 소 30 내외

춘수당 春水堂 國美店 춘수이탕

1987년 세계 최초로 쩐주나이차(珍珠奶茶)를 개발한 곳이다. 쩐주나이차는 밀크티에 열대식물 카사바로 만든 타피오카(Tapioca)를 넣은 음료. 타이중 메이슈관(台灣美術館) 지하 1층의 춘수이탕은 미술품을 관람한 뒤 들려, 쩐주나이차나 간단한 식사를 하기 좋다. **춘수이탕 창시점**(台中市 西區 四維街 30號, 04-2229-7991)에 가보려면 타이중처잔에서 멀지 않으므로 택시 기본요금으로 갈 수 있다.
교통 : 타이완 메이슈관(美術館)에서 바로
주소 : 台中市 西區 五權西路 一段 2號 B1
전화 : 04-2376-3342
시간 : 월~금 11:00~22:00, 토~일 10:30~22:00
메뉴 : 쩐주나이차(珍珠奶茶 펄밀크티)

소 NT$ 60, 러쩐주나이차(熱珍珠奶茶) 소 NT$ 80, 궁푸멘(功夫麵 공부면) NT$ 55, 뉴러우멘(御品牛肉麵) NT$ 130 내외
홈페이지 : http://chunshuitang.com.tw

노지 빙의 괴물 路地 氷の怪物 台中店 루디 빙노과이우

눈꽃 빙수를 잘 갈아 와플 모양으로 깔고 두 개의 눈을 붙인 귀여운 빙수를 판매하는 곳이다. 빙노과이우(氷の怪物) 세트를 주문하면 첫째 셴뤄(路地特選鮮乳 우유), 커커(法國可可 코코아), 헤이즈마(黑芝麻 흑참깨), 강톄(鋼鐵 라즈베리) 등의 빙수 맛(口味) 중 하나를 고르고 둘째, 진열장 안의 여러 토핑 중 2개를 고른다. 빙수와 토핑을 함께 먹는 재미가 있고 무엇보다 귀여운 빙수의 모양 때문에 인기가 높다.
교통 : 국립자연과학박물관(國立自然科學博物館)에서 북쪽 중타이시러우(忠太西路) 방향, 도보 13분
주소 : 台中市 北區 德化街 580號
전화 : 04-2208-1811
시간 : 12:00~21:00
메뉴 : 빙노 과이우(氷の怪物) 세트_빙수+토핑 2개 NT$ 200, 투스(吐司 토스트) NT$ 120~130, 나톄(拿鐵 라테) NT$ 120~130, 차인(茶飮 음료) NT$ 130~250 내외
홈페이지 : http://roji.com.tw

하버 Harbour 漢來海港餐廳 台中店 한라이하이강찬팅

소고 백화점(廣三SOGO百貨) 16층에 타이완 유명 뷔페인 하버가 있다. 메뉴는 중식, 광동식, 타이완식, 일식, 양식 등으로 다양해 골라 먹는 재미가 있다. 뷔페 이용 시 처음엔 어떤 음식이 있는지 한 바퀴 둘러보고 접시에 조금씩 덜어 맛을 본 뒤, 맛있는 것만 중점으로 공략한다. 음식은 차가운 것에서 따뜻한 것으로, 생선에서 고기 순으로 먹으면 좋다. 메인 메뉴 중 오리고기, 참치회, 딤섬이 먹을 만하고 디저트로 여러 가지 케이크가 손길이 간다.
교통 : 타이중 역(台中車站) 앞 버스정류장에서 300·301·302·303·307번 버

스, 커보관(科博館) 하차. 소고 백화점(廣三SOGO百貨) 방향, 바로
주소 : 台中市 西區 臺灣大道 二段 459號 廣三SOGO百貨 16F
전화 : 04-2310-5533
시간 : 점심(午餐)_11:30~14:00, 애프터눈티(下午茶)_14:30~16:30, 저녁(晚餐)_17:30~21:30
메뉴 : 중식, 광동식, 일식, 양식
요금 : 주중/주말_점심 NT$ 850/950, 애프터눈티 NT$ 690/750, 저녁_990/1,060

제균 호초병 帝鈞胡椒餅 디쥔 후쟈오빙

펑지아(逢甲) 야시장에 있는 후쟈오빙(胡椒餅) 가게이다. 타이완식 후추고기 빵인 후쟈오빙은 밀가루 반죽에 다진 돼지고기, 파, 후추 등을 넣고 원통형 화덕에 붙여 구워 낸 것. 바삭한 빵과 잘 구워진 고기 맛이 잘 어울리고 본래 맛인 위안웨이(原味)와 매운 맛인 라웨이(辣味) 두 가지 맛이 있다. 후쟈오빙은 시원한 맥주와 함께 먹으면 더욱 좋다.

교통 : 타이중 역(台中車站) 앞 디이광창(第一廣場) 버스정류장(타이중 역에서 타이완다다오 台灣大道 一段 직진, 도보 5분)에서 45번 버스, 딩난자이 하차
주소 : 台中市 西屯區 文華路 12-7號
시간 : 16:30~23:30
전화 : 04-2452-5050
메뉴 : 후슈빙(胡淑餅) NT$ 50
홈페이지 : www.dic598.com

소가적점 小哥的店 샤오거더뎬

펑지아 야시장 인근 상호는 샤오거더뎬(小哥的店)이나 간판에는 타이난 궈샤오몐(台南鍋燒面)이라 적혀 있는 중국식 분식점, 샤오츠(小吃)다. 메뉴 중에 한식 메뉴인 한스레이(韓式類)가 있어 살펴보니 김치찌개인 한스파오차이궈(韓式泡菜鍋) 같은 한국식 찌개를 내고 있다. 작은 솥단지에 나오는 한스파오차이궈는 컬컬한 것이 먹을 만하다.

교통 : 타이중 역(台中車站) 앞 버스정류장에서 35번 버스, **딩난즈(頂湳仔)** 하차. 1시간 소요 또는 33번 버스, **푸싱팅처창(福星停車場)** 하차. 1시간 30분 소요. 샤오거더뎬 방향, 도보 3~5분/디이 광창(第一廣場) 버스정류장(타이중 역에서 타이완다다오 台灣大道一段 직진, 도보 5분)에서 45번 버스, 딩난즈 하차

주소 : 台中市 西屯區 文華路 7號
전화 : 04-2452-4785
시간 : 11:00~00:00
메뉴 : 한스파오차이궈(韓式泡菜鍋) NT$ 100, 마라이멘(痲辣意麵) NT$ 100, 하이셴탕(海鮮湯) NT$ 70, 뉴러우저우(牛肉粥) NT$ 70 내외

***쇼핑**

태양당 太陽堂 타이양탕

타이양빙(太陽餅)은 타이중의 명물로 밀가루에 기름(돼지), 설탕을 넣고 바삭하게 구운 일종의 수빙(酥餅)이다. 패스트리처럼 반죽을 얇게 펴 층층이 쌓아 빵 모양을 만들고 속에 꿀이나 시럽, 커피, 흑당 등을 넣어 오븐에 잘 구워 만든다. 바삭한 식감과 달달한 맛이 일품이다. 원래 20세기 초 타이중의 웨이칭하이(魏清海) 제과회사에서 만들던 마이야빙(麥芽餅)이 변형되어 타이양빙이 된 것이라 한다. 타이완 서부(종단)철도의 중간 지점인 타이중에 들린 사람들이 선물용으로 타이양빙을 사가며 전국에 알려졌다고 한다.

교통 : 타이중 역(台中車站)에서 바로
주소 : 台中市 中區 臺灣大道 一段 6號
전화 : 04-2223-8932
시간 : 09:00~22:00
가격 : 타이양빙(太陽餅) 10개 NT$ 150~180 내외

타이중 제2 소매 시장 臺中市公有第二零售市場 타이중시궁여우디얼링서우시창

띵산러우완 길 건너에 위치한 재래 시장으로 옛 모습을 간직한 잡화점, 식품점, 청과상, 식당, 사원 등이 자리한다. 특히 이미옌 식당, 바게트 샌드위치 전문점도 있어 먹거리 투어로 가기도 괜찮다.

주소 : 中區 三民路 二段 87號

소고 백화점 廣三SOGO百貨 광싼소고바이화

자연과학 박물관 인근에 있는 지하1층~지상 16층 규모의 대형 백화점이다. 박물관을 보고 백화점에 들려, 쇼핑을 하거나 식당가에서 식사하기도 괜찮다.

교통 : 타이중 역(台中車站) 앞 버스정류장에서 300·301·302·303·307번 버스, 커보관(科博館) 하차. 소고 백화점(廣三SOGO百貨) 방향, 바로
주소 : 西屯區 臺灣大道 二段 459號
전화 : 04-2323-3788
시간 : 10:30~22:00
홈페이지 : www.kssogo.com.tw

03 장화 彰化 Changhua

타이중 서남쪽에 위치한 도시로 원래 명칭은 반셴(半線)이었다. 타이완이 청나라 행정구역 하에 놓이면서 황제의 영화가 뚜렷이 나타난다는 뜻의 현창황화(顯彰皇化)에서 장화라 했다.

산업적으로는 사탕수수, 쌀의 집산지이고 제지, 섬유 공업이 발전한 곳이다. 우리에게는 타이완 영화 〈그 시절 우리가 좋아했던 소녀〉의 촬영지로 유명하다. 주요 촬영지로는 메이광 리파팅, 융러제 상권, 아장러우위안 등이 있고 촬영지 외 부채꼴 차고, 바과산 대불, 장화 공자묘 등의 볼거리가 있다.

장화는 그리 넓지 않으므로 역앞 공용 자전거를 대여해 한가롭게 자전거를 타고 돌아다니면 편리하다. 장화와 인근 루강을 하루에 돌아보려면 오전에 루강을 둘러본 뒤 버스로 이동해 오후에 장화를 둘러보면 된다.

▲ 교통

• 타이중↔장화

① 타이중 역(台中車站)에서 취젠처(區間車)/쯔창(自強) 등 00:03~23:37, 10~20분 간격, 21분/14분 소요, NT$ 26/40, 장화 역(彰化車站) 하차.
타이완철도_http://twtraffic.tra.gov.tw

② 타이중 간청(干城) 터미널에서 장화커윈(彰化客運) 6933번(08:55~18:40, 약 2시간 간격, 가오톄타이중 역(高鐵臺中站) 경유, NT$ 61), 가오톄타이중 역에서 6933A번(07:30~21:40) 버스, 장화 역 하차.
장화커윈_www.changhuabus.com.tw

• 타이베이↔장화

① 타이중 역(台中車站)에서 쯔창(自強)/쥐광(莒光) 등, 05:30~21:00, 약 20분~1시간 간격, 2시간 46분/3시간 30분 소요, NT$ 415/320, 장화 역 하차

② 타이베이좐윈잔(台北轉運站 버스 터미널)에서 궈광커윈(國光客運) 1828번 버스 (06:00~22:00, 약 30분 간격, 2시간 40분 소요, NT$ 300), 장화 역 하차.
궈광커윈_www.kingbus.com.tw

• 가오슝↔장화

가오슝 역(高雄車站)에서 쯔창(自強)/쥐광(莒光) 등, 06:10~21:17, 30분~1시간 간격, 2시간 24분/3시간 14분 소요, NT$ 429/331, 장화 역 하차.
*장화에는 고속철도역 없음.

• 장화 시내교통

장화 역에서 부채꼴 차고, 미광 이발소, 팔괘산 대불, 장화 공자묘, 융러제 상권 등 주요 관광지를 도보로 둘러볼 수 있는데 장화 역앞과 장화 시내 곳곳에 있는 공용 자전거를 이용하면 더 편리! 장화 시내가 좁아 택시(기본료 NT$ 100) 탈일은 없다.

▲ 여행 포인트

① 기관차를 볼 수 있는 부채꼴 차고를 배경으로 기념촬영하기

② 타이완 청춘 영화의 무대가 된 메이광 리파팅를 둘러보기

③ 바과산 대불풍경구에서 대불과 대불사를 둘러본 뒤, 장화 시내 조망하기

④ 장화 공자묘에서 오래된 사원의 장식을 살펴보기

▲추천 코스

부채꼴 차고→미광 이발소→바과산 대불→대불사→장화 공자묘→융러제 상권

부채꼴 차고 扇形車庫 산싱처쿠

1922년 세워진 부채꼴 모양의 기관차 차고로 운행을 마친 기관차를 세워두거나 수리를 할 때 이용했다. 이 때문에 기관차 여관(火車頭旅館)이라고도 불린다.

부채꼴 차고 앞 원형 회전판(轉車臺)은 기관차를 원하는 차고에 넣기 위한 선로 변환 장치로 기차의 객차나 화물칸은 별도의 장소에 정차시킨 뒤 기관차만 부채꼴 차고에 정차시킨다.

부채꼴 차고에서 증기기관차를 볼 수 있는데 CK101은 1917년, DT668은 1941년 만들어진 것이다. 증기기관차 외 R34, R48, R69, R155, R156, S318, DHL110, E327은 디젤전기기관차로 1956년부터 기차 운송능력을 높이기 위해 차례로 도입된 것이다. 부채꼴 차고에서는 부채꼴 모양의 차고뿐만 아니라 증기기차에서 디젤전기기차까지 다양한 기차도 볼 수 있어 기차 마니아에겐 반가운 곳이다.

현재 부채꼴 차고는 전 세계적으로 타이완 장화와 일본 교토 2곳만 남아 있다고. 기차 마니아라면 한번쯤 방문하기 추천!

교통 : 장화(彰化) 역에서 왼쪽 싼민루(三民路) 직진, 오거리에서 장화루(彰美路 一段) 방향 좌회전, 지하도 지나. 도보 9분/역앞 공용 자전거, 4분

주소 : 彰化縣 彰化市 彰美路 一段 1號

전화 : 04-762-4438

시간 : 화~금 13:00~16:00, 토~일 10:00~16:00, 요금 : 무료

미광 이발소 美光理髮廳 메이광 리파팅

장화(彰化)는 타이완 영화 〈그 시절, 우리가 좋아했던 소녀(那些年，我們一起追的女孩) 2011년〉의 주된 촬영지였다. 그중 메이광 리파팅(美光理髮廳)은 남자 주인공 커징텅(柯景騰)이 여주인공 션자이(沈佳宜)와의 내기에 져서 비가 억수같이 쏟아지던 날, 머리를 깎으러 가는 장면에 나온 곳이다. 영화에서처럼 이발소는 낡은 간판, 삐걱대는 이발소의자, 고개 숙여 머리 감는 세면대 등이 있는 옛날 이발소 그대로여서 정감이 간다. 남성 여행자라면 가볍게 머리 손질을 해보아도 좋다. 이발소 내부는 주인장에게 양해를 구하고 둘러볼 수 있다.

교통 : 장화(彰化) 역에서 장화뉘중(彰化女中) 지나 융창제(永昌街) 방향. 도보 11분/부채꼴 차고에서 민셩궈샤오(民生國小) 지나 메이광 리파팅청(美光理髮廳) 방향. 도보 12분

주소 : 彰化縣 彰化市 永昌街 2號

전화 : 02-2311-9380

시간 : 09:00~20:00

요금 : 이발 NT$ 300 내외

☆여행 팁_정성고급중학 精誠高級中學 징청가오지중쉐

영화 〈그 시절, 우리가 좋아했던 소녀(那些年，我們一起追的女孩) 2011년〉에서 타이완의 유아인 남자 주인공 커징텅(柯景騰)이 타이완의 수지 여주인공 션자이(沈佳宜)가 다니던 고등학교이다. 이곳에서 불량학생 커징텅은 모범학생 션자이를 짝사랑하지만 고백하지 못했고 대학을 가서도 짝사랑에 그치고 만다. 〈그 시절, 우리가 좋아했던 소녀〉는 짝사랑이어서 더욱 아름답게 보이는 철없던 그 시절에 관한 영화였다.

징청가오지중쉐(精誠高級中學)는 실제 이 영화를 감독한 구바다오(九把刀)의 모교로 장화 역 남서쪽에 있다. 커징텅과 션자이, 친구들이 학창시절 우정을 쌓았던 고등학교를 보고 싶다면 한번쯤 방문해보자. 단, 주중에 학교 입장이 어려우니 참고. 그 외 영화 주요 촬영 장소는 메이광 리파팅(美光理髮廳), 러우위완 식당인 아장러우위안(阿璋肉圓), 융러제 상취안(永樂街商圈) 등

교통 : 장화(彰化) 역에서 오른쪽, 중정루(中正路 一段)-중화루(中華路) 따라간 뒤, 철길 건너 직진. 사거리에서 좌회전 린선루(林森路) 직진. 도보 22분/공용 자전거 또는 택시 7분

주소 : 彰化縣 彰化市 林森路 200號, 전화 : 04-762-2790

홈페이지 : www.cchs.chc.edu.tw

팔괘산 대불풍경구 八卦山大佛風景區 바과산 다포펑징취

장화(彰化) 역 동쪽에 위치한 산으로 해발 97m에 불과하나 산정에 오르면 장화 일대가 한눈에 조망된다. 이 때문에 장화 팔경(彰化八景) 중 첫 번째로 꼽힌다. 바과산 정상에는 높이 24m의 대불 바과산 대불(八卦山大佛), 사찰 바과산 대불사(八卦山大佛寺)가 있어 바과산 대불풍경구(八卦山大佛風景區)로 지정되어 있기도 하다. 산중에는 폭포와 산책로, 벤치 등이 잘 조성되어

있어 장화 시민들의 휴식처로서 손색이 없다.

교통 : 장화(彰化) 역에서 광푸루(光復路) 이용, 장화쿵즈먀오(彰化孔子廟) 거쳐, 바과산(八卦山) 방향. 도보 20분/장화 역에서 공용 자전거 또는 택시 7~10분 소요
주소 : 彰化縣 彰化市 溫泉路 31號
전화 : 04-722-2290
시간 : 24시간

≫구룡지 九龍池 주룽츠

바과산 다포(八卦山大佛) 앞쪽에 있는 타원형 전망대로 전망대 안쪽에 9마리의 용 조각이 있는 분수대가 있어 구룡지(九龍池)라 불린다. 전망대에서 서쪽으로 장화 역, 북쪽과 남쪽으로 장화 시내가 한눈에 들어온다. 동쪽으로는 바과산 대불이 손에 닿을 듯 가깝게 느껴진다. 전망대 옆에 대나무 목판을 흉내 낸 거대한 철판에 불경을 새긴 기념물도 살펴보자.
교통 : 바과산 입구에서 산정 방향, 도보 5분
주소 : 彰化縣 彰化市 溫泉路 31號

≫팔괘산 대불 八卦山大佛 바과산 다포

1961년 세워진 높이 24m의 좌불로 당시에는 아시아에서 가장 큰 좌불이었다. 좌불 양쪽에 거대한 쌍 사자가 좌불을 호위한다. 좌불 안에는 층별로 석가모니의 탄생, 삭발출가, 보리수나무 밑 수행, 마녀유혹, 불타설법, 불타열반 등 석가모니의 일생이 묘사되어 있다.

제일 위층에 난 창문으로 사찰 바과산 대불사(八卦山大佛寺)를 조망하기도 좋다.

교통 : 바과산 입구에서 산정 방향, 도보 5분

주소 : 彰化縣 彰化市 溫泉路 31號

≫팔괘산 대불사 八卦山大佛寺 바과산 다포스

1972년 4층 규모로 세워진 사찰로 독특하게 유교(儒), 도교(道), 불교(釋)를 함께 모신다. 실제 1층에 유교의 쿵즈(孔子)를 모시는 다청뎬(大成殿), 2층에 도교의 관우인 관셩디쥔(關聖帝君)를 모시는 엔주뎬(恩主殿), 3층에 불교의 스쟈머우니(釋迦牟尼佛)을 모시는 다슝바오뎬(大雄寶殿)이 자리한다. 3층에서 때때로 검은 옷을 입은 신자들이 불공을 드리는 모습을 볼 수 있고 테라스에서 바과산 대불(八卦山大佛)과 장화 시내가 한눈에 들어온다.

교통 : 바과산 입구에서 산정 방향, 도보 5분

주소 : 彰化縣 彰化市 溫泉路 31號

전화 : 04-728-5358

시간 : 08:30~17:30

장화 공자묘 彰化孔子廟 장화쿵즈먀오

1726년 청나라 옹정 4년 장하오(張鎬)라는 사람이 세웠다. 쿵즈먀오는 유교의 태두인 공자 쿵즈(孔子)를 모시는 사원 겸 유교 교육기관으로 당시에는 타이완에서 가장 큰 규모였다.

쿵즈먀오는 입구에 다청먼(大成門), 다

청먼 안쪽에 쿵즈와 12제자를 모신 다청뎬(大成殿), 다청뎬 뒤에 쿵즈의 선조를 모시고 있는 충성츠(崇聖祠) 등 3개의 건물로 이루어져있다.

주 건물인 다청뎬은 돌로 쌓은 연단 위에 세워졌고 소박한 용 조각이 있는 돌기둥, 단아한 이중 지붕이 눈길을 끈다. 매년 9월 28일에는 쿵즈의 탄생을 맞아 성대한 제례의식이 거행된다.

교통 : 장화(彰化) 역에서 광푸루(光復路) 직진, 사거리에서 우회전 후 직진, 사거리에서 좌회전, 장화공자묘(彰化孔子廟) 방향. 도보 10분/역앞에서 공용자전거 또는 택시 이용

주소 : 彰化縣 彰化市 孔門路 30號

전화 : 04-723-6746

시간 : 09:00~17:00, 요금 : 무료

영락가 상권 永樂街商圈 융러제 상취안

장화(彰化) 역과 바과산(八卦山) 사이의 융러제(永樂街)는 장화의 번화가이지만 다른 대도시의 번화가에 비하면 소소하게 느껴진다. 이곳은 타이완 영화 〈그 시절, 우리가 좋아했던 소녀(那些年，我們一起追的女孩) 2011년〉의 여자 주인공 션자이(沈佳宜)가 친구들과 하교 길에 군것질을 하던 곳이다.

융러제의 맛집으로는 고기 만두점인 러우바우밍(肉包明), 빙수점인 바바오빙(八寶冰) 등이 있다. 융러제 중간에는 1817년 청나라 가경 22년에 세워진 **칭안궁(慶安宮)**, 바과산 쪽에는 **톈허우궁(天后宮)** 같은 사원도 있으니 지나는 길에 들려보자.

교통 : 장화(彰化) 역에서 오른쪽 융싱제(永興街) 직진 후 사거리에서 융러제(永樂街) 방향. 도보 9분

주소 : 彰化縣 彰化市 永樂街

*레스토랑

육포명 肉包明 러우바우밍

융러제(永樂街) 중간에 있고 37년여의 역사를 자랑하는 노포(老鋪)다. 속이 들은 만두인 만터우(饅頭)와 왕 고기만두인 샹구러우바오(香菇肉包)를 전문으로 한다. 만두를 먹고 가는 사람보다 대부분 만두를 사가는 사람이 많아 테이크아웃점이 가깝다. 만터우는 두유인 더우장과 함께 먹는 게 더욱 맛있다.

교통 : 장화(彰化) 역에서 오른쪽 융싱제(永興街) 직진 후 사거리에서 융러제(永樂街) 방향. 도보 10분

주소 : 彰化縣 彰化市 永樂街 98號

전화 : 04-724-4231

시간 : 13:30~17:00, 휴무 : 일요일

메뉴 : 만터우(饅頭) 위안웨이(原味 원래 맛)/뉴나이(牛奶 우유) NT$ 10/15, 샹구러우바오(香菇肉包 고기만두) NT$ 30, 더우장(有機豆漿 두유) 소/대 NT$ 20/30 내외

아장육원 阿璋肉圓 아장러우위안

타이완 영화 〈그 시절, 우리가 좋아했던 소녀(那些年，我們一起追的女孩) 2011년〉에 남자 주인공 커징텅(柯景騰)이 친구들과 함께 하굣길에 들려 간식을 먹던 곳이다. 가게 앞에 커징텅과 션자이의 사진이 붙어 있어 쉽게 찾을 수 있다.

이곳의 대표 메뉴 러우위완(肉圓)은 열

대 식물 뿌리인 타피오카 전분으로 반죽을 만들고 고기나 채소로 속을 넣어 찐 것이다. 특유의 물컹이는 식감으로 인해 한번 먹으면 또 찾게 된다. 보통 러우위안과 어묵탕인 궁완탕(貢丸湯)을 함께 주문해 먹는다. 아장러우위안 건너편에 있는 정장화러우위안(正彰化肉圓)는 1940년 개업했고 장화의 러우위안 창시점이라고 한다.

교통 : 장화(彰化) 역에서 광푸루(光復路)로 간 뒤, 창안루(長安路)에서 우회전, 직진. 도보 3분

주소 : 彰化縣 彰化市 長安街 144號

전화 : 04-722-9517

시간 : 09:30~22:30

메뉴 : 러우위안(肉圓) 1개(粒) NT$ 40, 쿠구아파아구(苦瓜排骨 여주갈비탕) NT$ 35, 순간파이구(筍干排骨 죽순갈비탕) NT$ 35, 궁완탕(貢丸湯) NT$ 20 내외

융러제 팔보빙 永樂街八寶冰 융러제 바바오빙

1953년 개점한 빙수점으로 얼음을 곱게 갈아 팥, 망고, 스타 프루트, 우유, 두유, 꿀 등 다양한 재료를 넣어 먹는 방식이다. 대표 빙수인 바바오빙(八寶冰)은 8가지의 토핑을 선택해 먹을 수 있으니 원하는 재료를 잘 조합해 자신만의 맛을 내보자.

번쩍번쩍한 체인 빙수점이 아닌 옛날 옛적에 봄직한 동네 빙수점이어서 더욱 정이 가는 곳이다.

교통 : 장화(彰化) 역에서 오른쪽 융싱제(永興街) 직진 후 사거리에서 융러제(永樂街) 방향. 도보 10분

주소 : 彰化縣 彰化市 永樂街 61號

전화 : 04-723-0411

시간 : 11:00~21:00

메뉴 : 빙수_바비오빙(八寶冰 8가지 토핑) NT$ 30, 훙더우빙(紅豆冰 팥두유) NT$ 30, 미더우빙(蜜豆冰 꿀두유) NT$ 30, 음료_훙더우뉴루(紅豆牛乳 팥두유) NT$ 35 내외

04 루강 鹿港 Lukang

장화 서쪽에 위치한 도시로 네덜란드(1624~1661년)와 청나라가 루강을 지배하고 있을 때 타이완에서 제일 중요한 무역항이었다.

당시 상업적으로 번성했던 루강에는 3걸음 걸으면 작은 사원이 있고 5걸은 걸으면 큰 사원이 있다고 할 만큼 사원이 많았고 현재 루강에는 200여개의 사원이 있는 것으로 알려졌다. 사원 외 당시 거상이 거주하던 서양식 저택도 남아 있어 그 날의 영광을 증언하고 있다.

청나라 때 건립된 루강 용산사는 타이완 3대 고찰 중의 하나이고 용산사 외 문무묘, 천후궁 등도 볼만하다. 서로 지나가면 가슴이 닿는 모루항, 구불구불한 골목인 구취항도 당시 엿볼 수 있는 풍경 중 하나다.

▲ 교통

• 타이중↔루강

① 타이중 간청(干城) 터미널에서 장화커윈(彰化客運) 6933번 버스(08:55 ~ 18:40, 약 2시간 간격, 가오톄타이중역(高鐵臺中站) 경유, NT$ 112), 가오톄타이중 역에서 6933A번(07:30 ~ 21:40) 버스, 루강(鹿港) 하차

*타이베이↔루강

타이베이좐윈(臺北轉運站 버스 터미널에서 U Bus(總聯) 1652번 버스(08:20~20:20, 약 2시간 간격, 약 3시간 소요, NT$ 415), 루강 하차

• 장화↔루강

① 장화커윈 터미널(장화 역앞)에서 6900번(06:20~21:30, 약 20~30분 간격, NT$ 50), 6901번[06:55(토·일), 09:40~18:30, 2~3시간 간격, NT$ 46), 6902번(07:25~18:50, 1~2시간 간격, NT$ 83) 버스, 루강(彰客鹿港) 하차

② 가오톄장화 역(高鐵彰化站) 또는 장화커윈 터미널에서 타이완하오싱(台灣好行) 루강선(鹿港線) 6936번 버스[터미널 08:00~18:00, 1~2시간 간격, 27분 소요, NT$ 82], 루강 하차

• 루강 시내교통

루강 시내가 좁아 도보로 루강 문무묘, 루강 용산사, 모유항, 구곡항, 루강 천후궁 등을 둘러볼 수 있다.

▲ 여행 포인트

① 루강 문무묘 내 공부의 신 원창디쥔과 군신 관셩디쥔에게 기원 드려보기
② 루강 용산사의 화려한 용마루와 대문 장식을 살펴보기
③ 가슴이 닿는다는 모루항에서 교차로 지나가보기
④ 구불구불 구취항 골목에서 술래잡기
⑤ 루강 천후궁의 화려한 장식 살펴보고 소원을 빌어보기

▲ 추천 코스

루강 문무묘→루강 용산사→모루항→구취항→루강 민수원우관→루강 천후궁

루강 문무묘 鹿港文武廟 루강 원우먀오

옛 기차역인 루강 역(鹿港車站) 남쪽에 문무묘인 원우먀오(文武廟)와 원카이슈위안(文開書院)이 있어 들릴 만하다. 원먀오(文廟)에는 공부의 신이자 시험의 신 원창디쥔(文昌帝君), 우먀오(武廟)에는 삼국지의 관우이자 군신으로 추앙받는 관셩디쥔(關聖帝君), 원카이슈위안에는 남송 시대 대유학자인 주희, 주시(朱熹)를 모시고 있다. 각 사원은 소박하지만 영험은 그대로이니 시험을 앞둔 사람이나 사업을 하는 사람이라면 원우먀오나 원카이슈위안에 가서 소원을 빌어도 좋다.

교통 : 루강 역(鹿港車站) 또는 장커루

강(彰客鹿港) 버스정류장에서 루강 원우먀오(鹿港文武廟) 방향, 도보 3분
주소 : 彰化縣 鹿港鎮 鎮青雲路 2號
전화 : 04-777-2006
시간 : 06:30~18:00, 요금 : 무료
홈페이지 : www.hlps.chc.edu.tw

옛 루강 역 鹿港車站 루강처잔

옛날 사탕수수를 운반하던 기차역이어서 타이탕훠처잔(台糖火車站)이라고도 한다. 수탕수수를 나르던 철로는 타이완탕예테루(臺灣糖業鐵路)인데 1906년 타이완제당(臺灣製糖)이 철로를 깔기 시작해, 타이완 각지에 5개의 노선이 있었다. 루강처잔에서는 시후선(溪湖線)이 설탕창고인 시후탕창(溪湖糖廠)까지 운행하였다가 현대에 들어 사탕수수 산업이 쇠퇴함에 따라 철로가 폐쇄되었다. 현재, 기차역에 루강과 설탕 산업의 역사를 알려주는 전시장과 기관차가 있다. *타이중에서 버스를 타면 내리는 곳으로 루강 여행의 출발지가 된다.
교통 : 옛 루강 역(鹿港車站) 버스정류장에서 바로
주소 : 彰化縣 鹿港鎮 彰鹿路 八段 110號
전화 : 04-776-1739
시간 : 09:00~17:00

루강 용산사 鹿港龍山寺 루강 룽산스

1786년 청나라 건륭 51년 세워진 사찰로 단수이 용산사(淡水 龍山寺 1858년), 완화 용산사(萬華 龍山寺 1738년), 타이난 용산사(台南 龍山寺 1723~1734년)와 함께 타이완 5대 룽산스 중 하나다. 당시에는 타이완의 자금성이라고 불릴 만큼 규모가 크고 화려했다고 한다.
룽산스의 구조는 입구인 산먼(山門), 산먼 안에 5개의 문이 있는 건물인 우먼뎬(五門殿), 우먼뎬 안에 현관 형태의 바이뎬(拜殿), 정전인 정뎬(正殿), 정전 뒤에 허우뎬(後殿)으로 이루어져 있다. 정뎬에 모셔진 주불은 관음보살인 관인푸사(觀音菩薩)이고 좌우에 18나한인 스바루오한(十八羅漢)이 호위한다.
여러 건물 중 우먼뎬의 용 조각 돌기

둥, 세세한 조각이 있는 석문 장식과 목조 장식, 우먼뎬과 연결된 시타이(戲台) 건물의 천정 장식과 용 그림·처마의 극락조와 코끼리 조각, 정뎬의 작은 채색화, 허우뎬 문의 채색화 등이 볼만하다.

교통 : 옛 루강 역(鹿港車站) 버스정류장에서 길 건너 진먼제(金門街) 이용, 룽산스 방향, 도보3분

주소 : 彰化縣 鹿港鎮 龍山街 100號

전화 : 04-777-2472

시간 : 09:00~17:00

홈페이지 :

www.lungshan-temple.org.tw

모유항 摸乳巷 모루항

낡은 붉은 벽돌 건물 사이 골목으로 길이 약 70m, 폭 약 70cm 이다.

모루항(摸乳巷)이란 '가슴을 더듬는 골목'이란 뜻으로 실제 양방향에서 남녀가 지난다면 서로의 가슴이 닿을락 말락 한다. 모루항은 지날 때 가슴을 감싸야(?) 하는 골목이어서 후슝항(護胸巷), 지나는 사람의 됨됨이를 알 수 있다고 하여 쥔즈항(君子巷)이라고도 한다. 보통은 한 방향으로 사람이 지난 다음에 다른 방향으로 지나가는데 주말이나 사람이 몰릴 때에는 진짜 서로의 가슴이 닿는 체험(?)을 할 수도 있다.

교통 : 옛 루강 역(鹿港車站) 버스정류장에서 루강 시내 방향으로 간 뒤 장루루(彰鹿路)와 싼민루(三民路) 사거리에서 좌회전, 루강궈샤오(鹿港國小) 지나, 모루항 방향. 도보 8분

주소 : 彰化縣 鹿港鎮 菜園路 38~40號

전화 : 04-777-2006

구곡항 九曲巷 주취항

옛날 루강 시내라 할 수 있는 루강 라오제(鹿港老街)의 일부로 낡은 붉은 벽돌집 사이로 구불구불 이어진 골목을 말한다. 주취(九曲)는 9번 굽은 것이 아니라 많이 굽었다는 뜻!

구불구불한 골목은 어릴 적 술래잡기하기에 최적의 장소이나 실제 주민들이 거주하고 있으므로 생각만으로 그치자. 그 대신 한문으로 경구를 적어 붙인 소박한 나무 대문을 배경으로 나만의 화보를 찍어봐도 좋다. 골목을 구경하다 **루강 라오제(鹿港老街)**에 이르면 예쁜 기념품, 공예품이 있는 상점이 있으

므로 잠시 들려 지인에게 줄 선물을 골라도 괜찮다.
교통 : 옛 루강 역(鹿港車站) 버스정류장에서 루강 시내 방향, 직진, 신셩제(新盛街)에서 좌회전, 주취항 방향. 도보 6분
주소 : 彰化縣 鹿港鎮 九曲巷

루강 민속문물관 鹿港民俗文物館 루강 민수원우관

1919년 영국식 종루형으로 세워진 서양식 건물이다. 본 건물 양쪽에 팔각형의 건물이 연결된 모양을 보인다. 당시 타이완 5대 가문 중 하나인 루강 구지아(鹿港辜家)의 저택이었다.
1973년 박물관 재단이 만들어지며 구지아에서 소장하던 청나라 말기에서 중화민국 시대의 서화, 문물 등을 일반에 개방하였다. 1층에 문헌도편, 복식, 악기 종교 관련 용품 등을 전시하고 2층에 구지아에서 이용하던 중국풍의 침실, 회의실, 거실 등을 보여준다.
교통 : 옛 루강 역(鹿港車站) 버스정류장에서 루강 시내 방향, 직진한 뒤, 원우관 방향. 도보 5분
주소 : 彰化縣 鹿港鎮 中山路152號
전화 : 04-777-2019
시간 : 09:00~17:00, 휴무 : 월요일
요금 : 일반 NT$ 130, 학생 NT$ 70
홈페이지 : www.鹿港民俗文物館.tw

칙건 천후궁(루강 신조궁) 敕建天后宮 츠젠 톈허우궁

1788년 청나라 건융 53년 세워진 사원으로 바다의 수호신 마주(媽祖)를 모신다. 마주는 톈허우(天后)라고도 불린다. 칙건 천후궁은 **루강 신조궁(鹿港新祖宮)**이라고도 한다. 이곳은 타이완에서 유일하게 건융제 때 황제의 칙령으로 관비가 투입되어 세워졌다. 이 때문에 츠젠 톈허우궁(敕建天后宮)이라는 이름이 붙었다. 다른 이름으로 신주궁(新祖宮)이라고도 하는데 이는 루강 톈허우궁(鹿港天后宮 1725년) 이후에 세워졌기 때문에 붙은 명칭이다.
입구에 당시 관원들이 말에서 내리던 하마비(文武官員至此下馬)가 있고 안으로 들어가면 용마루와 돌기둥에 날아갈

듯한 용 조각이 있는 본당이 나온다. 본당 안에는 자비로운 표정의 톈허우 상이 놓여 있다.

교통 : 옛 루강 역(鹿港車站) 버스정류장에서 루강 시내 방향, 장루루(彰鹿路)-중산루(中山路) 직진한 뒤, 원카이루(文開路)에서 좌회전. 도보 14분

주소 : 彰化縣 鹿港鎮 埔頭街 96號

전화 : 04-777-2497

시간 : 06:00~21:00

루강 성황묘 鹿港城隍廟 루강 청황먀오

마을의 수호신 청황(城隍)을 모시는 사원으로 1754년 청나라 건륭 19년 또는 1839년 도광 19년 세워졌다. 입구에 삼문은 싼추안뎬(三川殿)이 있고 안쪽에 치안뎬(前殿), 청황은 모시는 허우뎬(後殿)이 자리한다. 청황 좌우에는 살아있는 인간을 관장하는 신인 난더우싱쥔(南斗星君)과 인간의 수명을 주관하고 죽은 인간을 관장하는 베이더우싱쥔(北斗星君)이 보좌한다.

교통 : 옛 루강 역(鹿港車站) 버스정류장에서 루강 시내 방향, 장루루(彰鹿路)-중산루(中山路) 직진. 도보 12분

주소 : 彰化縣 鹿港鎮 中山路 366號

전화 : 04-778-8545

시간 : 06:00~21:00

홈페이지 : www.cheng-huang.com

루강 천후궁 鹿港天后宮 루강 톈허우궁

명나라 말, 청나라 초에 창건된 사원으로 현재의 건물은 1725년 청나라 옹정 3년 세워졌다. 이곳은 최초로 중국 푸젠성(福建省)의 웨이저우마주(湄洲媽祖)를 모시기 시작한 곳이기도 하다.

루강 톈허우궁 앞 삼문인 싼추안뎬(三川殿)을 들어서면 중먼(中門)이 있고 중먼을 지나면 톈허우(天后)라 불리기도 하는 마주를 모시는 중뎬(中殿)이 있다. 중뎬 뒤로는 용 조각 분수가 있는 톈룽츠(天龍池), 길흉화복을 관장하는 타이수이싱쥔(太歲星君)으로 모시는 타이수이팅(太歲廳)이 자리하고 2층에 위황다디(玉皇大帝)를 모시는 링샤오바오뎬(凌霄寶殿)이 있다. 인연을 이어주는 월하노인 위에샤라오런(月下老人)을 모시는 위에라오팅(月老廳)은 중뎬 오

른쪽에 있으니 아직 인연을 만나지 못한 사람이라면 찾아가볼 만하다.

교통 : 옛 루강 역(鹿港車站) 버스정류장에서 루강 시내 방향, 장루루(彰鹿路)-중산루(中山路) 직진한 뒤 오거리에서 루강 텐허우궁 방향. 도보 17분

주소 : 彰化縣 鹿港鎮 中山路 430號

전화 : 04-777-9899

시간 : 06:00~22:00

홈페이지 : www.lugangmazu.org

루강 봉천궁 鹿港奉天宮 루강 펑텐궁

수푸왕예(蘇府王爺)를 모시는 사원으로 왕예는 보통 봉작을 받은 친왕을 말한다. 전설에 따르면 1684년 청나라 강희 23년 루강의 어부 정씨가 신목(신상) 한 쌍을 발견해 모셨고 이에 옥황상제가 정씨에게 소(蘇)씨를 하사하고 왕이 되게 하였다고.

교통 : 옛 루강 역(鹿港車站) 버스정류장에서 루강 시내 방향, 장루루(彰鹿路)-중산루(中山路) 직진, 오거리 지나 루강 펑텐궁 방향. 도보 18분

주소 : 彰化縣 鹿港鎮 中山路 460號

전화 : 04-777-6085

시간 : 09:00~17:00

***레스토랑&쇼핑**

패미 강모압 霸味薑母鴨 바웨이 쟝무야

한국에 삼계탕이 있다면 타이완에는 생강 오리탕인 바웨이 쟝무야(霸味薑母鴨)가 있다. 기본 메뉴인 쟝무야(薑母鴨)는 생강과 한약재, 오리 고기를 넣고 숯불에 끓인 생강 오리탕인데 오리 고기의 양은 많지 않다. 이 때문에 오리 생식기인 야포(鴨佛), 오리내장인 야창(鴨腸), 옥수수인 위미(玉米), 채소(배추)인 가오리차이(高麗菜), 두부인 둥더우푸(凍豆腐), 면인 멘션(麵線)을 추가로 주문해 생강 오리탕에 샤브샤브식으로 데쳐 먹는다. 멘션은 탕에 담그지 말고 육수를 부어 먹는다.

교통 : 옛 루강 역(鹿港車站) 버스정류장에서 바웨이 쟝무야(霸味薑母鴨) 방향, 바로
주소 : 彰化縣 鹿港鎮 彰鹿路 八段 56號
전화 : 04-784-0712
시간 : 16:30~23:30
메뉴 : 쟝무야(薑母鴨 생강오리탕) NT$ 280, 야포(鴨佛 오리 생식기) NT$ 300, 야창(鴨腸 오리내장) NT$ 50, 위미(玉米 옥수수) NT$ 50, 가오리차이(高麗菜 채소) NT$ 50, 둥더우푸(凍豆腐 두부) NT$ 40, 진전구(金針菇 팽이버섯) NT$ 50, 멘션(麵線 면) NT$ 30 내외

녹자항 우어육경 鹿仔港魷魚肉焿 루즈강 유위러우겅

타이완 전통 요리 겅(焿 또는 羹) 전문점으로 삶은 오징어인 유위판(魷魚盤), 오징어 탕(?)인 유위겅(魷魚焿), 오징어 국수인 유위겅멘(魷魚焿麵), 돼지고기 탕인 러우겅(肉焿), 돼지고기 덮밥인 러우겅판(肉焿飯) 등을 선보인다.
교통 : 옛 루강 역(鹿港車站) 버스정류장에서 루강 시내 방향, 민취안루(民權路)에서 좌회전. 도보 9분
주소 : 彰化縣 鹿港鎮 中興里 後車巷 34號
전화 : 04-776-0556
시간 : 06:30~21:00
메뉴 : 유위판(魷魚盤 삶은 오징어) NT$ 80, 유위겅(魷魚焿 오징어 탕(?) 소 NT$ 40, 유위겅멘(魷魚焿麵 오징어국수) NT$ 40, 러우겅(肉焿 돼지고기 탕) 소 NT$ 40, 러우겅판(肉焿飯 돼지고기 덮밥) NT$ 40 내외

교미진육포 巧味珍肉包 치아오웨이전러우바오

타이완 방송 메이펑여우위에(美鳳有約) 프로그램에 나온 곳으로 찐빵과 만두 전문점이다. 셴나이만터우(鮮奶饅頭)는 한자로 만두라고 쓰지만 속이 없으므로 찐빵이고 훙더우만터우(紅豆饅頭)는 팥이 들어 있어 팥 찐빵, 셴러우바오(鮮肉包)는 고기가 들어 있어 고기만두이다. 찐빵 속으로 헤이탕(黑糖 흑설탕), 우구(五穀 오곡), 구이위안(桂圓 용안 열매), 치스(起士 치즈) 등 다양!
교통 : 옛 루강 역(鹿港車站) 버스정류장에서 루강 시내 방향, 도보 14분

주소 : 彰化縣 鹿港鎮 中山路 406號
전화 : 04-776-9448
시간 : 06:00~20:30
메뉴 : 셴나이만터우(鮮奶饅頭 찐빵) NT$ 8, 훙더우만터우(紅豆饅頭 팥찐빵) NT$ 15, 셴러우바오(鮮肉包 고기만두) NT$ 15, 셴단가오(鹹蛋糕 카스테라) NT$ 120 내외
홈페이지 : www.baozidaren.com

민생로 먹자골목

루강 톈허우궁(鹿港 天后宮) 부근 민셩루(民生路)에는 꼬치, 만두를 판매하는 먹거리 노점, 식당 등이 늘어서 있어 먹자골목을 이룬다. 입구에는 패인애플 과자인 펑리수(鳳梨酥)를 판매하는 상점도 있다.

교통 : 옛 루강 역(鹿港車站) 버스정류장에서 루강 시내 방향, 도보 15분
주소 : 彰化縣 鹿港鎮 民生路

*상점

옥진제 玉珍齊 鹿港本舖 위전치

1877년 개업한 중국 전통 과자 전문점으로 파인애플 과자인 펑리수(鳳梨酥), 팥 풀빵인 훙더우가우(紅豆糕), 녹두풀빵인 뤼더우가오(綠豆糕), 참깨빵인 즈마샹빙(芝麻香餅), 타이중의 명물 빵인 타이양빙(太陽餅), 소 혓바닥을 닮은 뉴셔빙(牛舌餅) 등 다양한 과자를 선보인다.
교통 : 옛 루강 역(鹿港車站) 버스정류장에서 루강 시내 방향, 도보 7분
주소 : 彰化縣 鹿港鎮 民族路 168號
전화 : 04-777-3672
시간 : 08:00~21:00
메뉴 : 펑리수(鳳梨酥 파인애플 과자) 12개 NT$ 540, 뤼더우가오(綠豆糕 녹두풀빵) 6개 NT$ 100, 타이양빙(太陽餅) 6개 NT$ 240 내외
홈페이지 : www.1877.com.tw

05 르웨탄 日月潭 Sun Moon Lake

타이완 중부에 위치한 호수로 1931년 댐 건설로 해 호수인 르탄과 달 호수인 웨탄 호수가 합쳐져 하나의 호수가 되었다. 호수 면적은 7.93㎢. 깊이는 30m. 호수 둘레는 35km이다. 옛날에는 수이사롄, 쉐이써다호, 룽호라 불리기도 했다. 산으로 둘러싸인 호수가 아름다워 타이완 8경에 꼽히고 르웨탄 홍차의 산지로도 유명하다.

르웨탄 인근에 타이완 원주민 부락과 어트랙션이 있는 구구 문화촌, 호숫가에 현광사, 현장사, 문무묘 같은 볼거리가 있어 관광객의 인기를 끈다. 하루 여행이라면 주족 원화춘에서 원주민 부락을 보고 어트랙션을 체험해 본 뒤 르웨탄 케이블카를 타고 르웨탄으로 넘어간다.

르웨탄에서는 호수를 가로지르는 연락선이나 호숫가를 도는 여우후 버스를 이용해 호수가 볼거리를 구경하면 편리하다. 고산에 있어 연중 서늘하므로 여름 여행지로도 제격이다.

▲ 교통

• **타이중↔주주 원화춘**

타이중 간청(干城) 터미널(타이중 역 나와 우회전, 솽스루 雙十路 一段 방향, 도보 7분)/타이중 역에서 타이완하오싱(台灣好行, 난터우커윈 南投客運) 6670번 르웨탄선(日月潭線)[07:20 ~ 19:45, 20분~1시간 간격, 약 1시간 45분 소요, 가오톄우르(高鐵烏日) 역 경유, NT$ 193] 주주 원화춘(九族文化村) 하차

• **타이중↔르웨탄**

르웨탄_타이중 간청 터미널/타이중 역에서 타이완하오싱(난터우커윈) 6670번 르웨탄선(日月潭線)[07:20~19:45, 20분~1시간 간격, 약 2시간 소요, 가오톄우르(高鐵烏日) 역 경유, NT$ 193] 르웨탄 쉐이써(水社) 하차.

***타이베이↔르웨탄**

타이베이좐윈잔(臺北轉運站 버스 터미널)에서 1833번[09:45·14:45·16:45, 4시간 소요, NT$ 465] 버스, 르웨탄 쉐이써 하차

• **르웨탄 시내교통**

르웨탄 쉐이써 부근 대여점에서 자전거를 빌려, 르웨탄 호수를 돌 수 있으나 호수가 크고 오르내림이 있어 힘들 수 있다. 보통, 르웨탄 순환버스나 연락선을 이용해 여행한다.

① **르웨탄 호수 순환버스(南投客運) 6669번**_르웨탄 여우후 버스(日月潭 遊湖巴士)

시간 : 르웨탄 쉐이써→이다샤오→쉬안광스_08:10~17:05, 약 30분~1시간 간격/쉬안장스→이다샤오→쉐이써_09:40~18:00

요금 : NT$ 26~51, 1일권(一日券) NT$ 80

노선 : 르웨탄·쉐이써(日月潭·水社) 여행자센터-雲品酒店-원우먀오(文武廟)-松柏崙步道-孔雀園-大竹湖步道-水蛙頭步道-日纜站-이다샤오(伊達邵)-土亭仔步道-쉬안장스(玄奘寺)-慈恩塔-쉬안광스(玄奘寺)

② **르웨탄 연락선_르웨탄 반촨(日月潭 班船)**

르웨탄 호수의 쉐이써-쏸광스-이다샤오-쉐이써 간을 오가는 연락선으로 여러 회사가 있고 왕복 티켓을 구입하면 같은 회사 연락선만 이용.

시간_09:00~17:00 *15~20분 간격

노선_쉐이써 부두(水社碼頭)→쉬안광스 부두(玄光寺碼頭)→이다샤오 부두(伊達邵碼頭)→쉐이써 부두(水社碼頭)

요금_1구간 NT$ 100, 전구간 NT$ 300

▲ 여행 포인트

① 구족 문화촌에서 원주민 공연 관람하고 어트랙션 즐기기
② 르웨탄 케이블카 타며 르웨탄 일대 조망하기
③ 르웨탄 연락선 타고 르웨탄 곳곳을 유람하기
④ 현광사와 현장사에서 현장법사의 흔적 찾아보기
⑤ 문무묘에서 화려하게 장식된 사원 둘러보기

▲ 추천 코스

구족 문화촌→르웨탄 케이블카→르웨탄 →현광사→현장사→문무묘

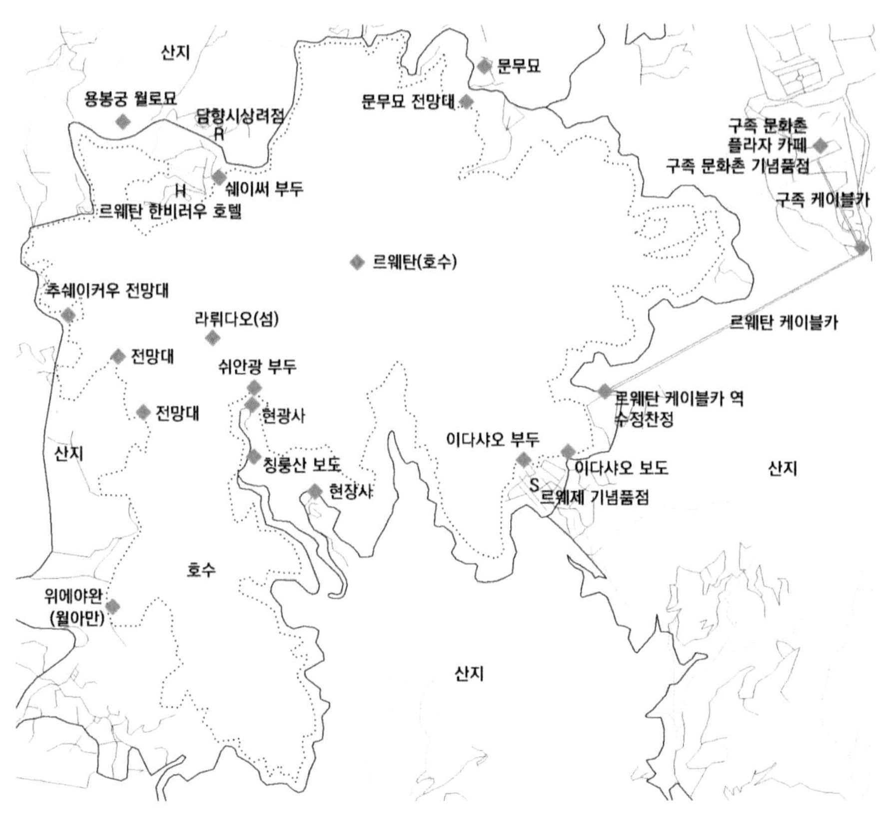

구족 문화촌 九族文化村 주주 원화춘

타이중 남동쪽 난터우현(南投縣)에 원주민 테마파크인 주주 원화춘(九族文化村)이 있다. 구주(구족)는 타이완 대표하는 9개 원주민으로 주주 원화춘 위쪽부터 파이완족(排灣族), 아메이족(阿美族), 타오족(達悟族), 르카이족(魯凱族), 프유마족(卑南族), 부눙족(布農族), 싸오족(邵族), 처우족(鄒族), 아타얄족(泰雅族), 씨디큐족(賽德克族), 사이시앗족(賽夏族)의 원주민 부락이 위치한다. 원주민 부락 아래에 어트랙션 구역, 그 아래에 유럽풍 대저택인 리궁(麗宮)과 궁팅화위안(宮廷花園), 증기기차가 있는 오저우화위안(歐洲花園)이 있다.

주주 원화춘은 계곡을 따라 조성되어 있으므로 입구에서 우저우화위안을 거쳐 어트랙션 구역 왼쪽의 주주 케이블카(九族纜車)나 순환 버스인 보환처(博幻車)를 이용해 정상까지 올라간 뒤 걸어 내려오며 원주민 부락, 어트랙션, 오저우화위안 순서로 둘러보면 편리하다. 입구에서 산정까지 걸어 놀라가려면 힘들고 시간도 많이 소요된다.

구주 원화춘이란 이름과 걸맞지 않게 세워진 유럽풍의 대저택 리궁에서는 타이완 TV드라마 〈궁주샤오메이(公主小妹 2007년)〉가 촬영되었는데 넓은 화원에서 보는 대저택 풍경이 꽤 멋있긴 하다. 원주민촌과 어트랙션, 유럽풍 저택 등 다소 어울리지 않는 조합이지만 한적한 곳의 테마파크임으로 한번쯤 방문해보길 추천한다.

교통 : 타이중 간청 터미널/타이중 역에서 난터우커윈(南投客運) 버스(6670번, 日月潭線)[평일_07:50·08:50·09:50·15:50/주말_07:50·08:10(TH)·08:50·09:10(TH)·09:30(TH)·09:50·10:25·15:50)], 1시간 40분 소요, 요금 NT$ 219/193, 주주 원화춘 하차

주소 : 南投縣 魚池鄉 金天巷 45號

전화 : 04-9289-5361

시간 : 월~금 09:00~17:00, 토~일 09:00~17:30

요금 : 일반 NT$ 780, 학생 NT$ 680 *계절에 따라 다름.

홈페이지 : www.nine.com.tw

≫원주민 부락

주주 원화춘에서는 타이완 원주민인 파이완족(排灣族), 아메이족(阿美族), 타오족(達悟族), 르카이족(魯凱族), 프유마족(卑南族), 브눈주(布農族), 샤오족(邵族), 처우족(鄒族), 아타얄족(泰雅族), 씨디큐족(賽德克族), 사이시앗족(賽夏族) 등을 소개하고 있다.

각 원주민 부락에 부족의 전통 가옥에 세워져 있고 전통 가옥 안에서 원주민이 사용하던 생활용품, 혼례용품, 제사용품 등을 볼 수 있다. 일부는 마네킹으로 원주민 풍습을 재현해 놓아 원주민 문화를 이해하는데 도움이 된다. 아울러 부락을 둘러보며 절구 찧기, 입화살 쏘기(吹箭), 활쏘기, 북치기 등 원주민 문화 체험도 가능하니 관심이 있다면 도전해보자.

≫민속 공연

주주 원화춘의 하이라이트는 부족들의 전통 공연이다. 전통 공연은 각 부족별로 진행되는데 문제는 공연장이 산기슭을 따라 지어져 왔다 갔다 하기 힘들다는 것이다. 이럴 때 입구 쪽이나 산정 쪽 공연장의 공연 시간을 파악한 뒤, 우선 가까운 쪽의 공연장의 공연을 관람하고 다른 공연은 주주 케이블카나 순환 버스인 보환처(博幻車)를 이용해 산정 쪽 공연장부터 내려오면서 관람하면 편리하다.

부족들의 공연은 각 부족 고유의 민속 의상과 민속춤을 볼 수 있어 주주 원화춘을 방문한 의미(?)을 알게 한다.

위치 : 공연장 별로 다름
시간 : 나루완 쥐창(娜魯灣劇場)_13:30·15:00/브농지창(布農祭場)_15:40/지뎬후이쉬(祭典會所)_11:30/광창스지우타이(廣場市集舞臺)_16:30/부뤄요우싱(部落遊行)_15:50/환러스제여우싱(歡樂世界遊行)_14:30/원창광창(文化廣場)_09:30·16:15 *현지 상황, 계절에 따라 공연 횟수, 시간 다름

≫어트랙션 Attractions

주주 원화춘에는 오저우화위안의 증기기차(水沙連蒸汽小火車), 어트랙션 구역의 광산 테마 어트랙션인 진광산탄셴(金礦山探險), 워터슬라이드인 쟈러비하이탄셴(加勒比海探險), 롤러코스터인 마야탄셴(馬雅探險), 수직 자유낙하 어트랙션인 UFO 같은 어트랙션을 즐길 만하다. 어트랙션 구역 오른쪽의 알라딘 광장(阿拉丁廣場)에는 회전목마, 바이킹 같은 소소한 어트랙션이 있어 어린이 여행자와 함께 이용하기 좋다.
주중에는 비교적 한산해 어트랙션을 기다리는 시간이 적고 원하는 어트랙션도 마음껏 이용할 수 있어 어트랙션 마니아라면 즐거운 시간을 보낼 수 있다.

≫구족 케이블카&셔틀버스 九族纜車&博幻車 주주란처&보환처

주주 케이블카는 어트랙션 구역 왼쪽, 주주 케이블카 정류장에서 지상 100m 높이로 떠서 해발 900m의 산정 정류장까지 운행된다. 구주 케이블카 운행 길이는 1km, 운행 시간은 3~6분에 불과하지만 케이블카에서 아름다운 화원인 오저우화위안(歐洲花園), 성냥갑처럼 작게 보이는 어트랙션 구역, 원주민 부락까지 한 눈에 감상하며 오를 수 있다. 이렇게 본 풍경은 산정에 있는 전망대 관산러우(觀山樓)에서 다시 한 번 확인 가능하다.
구주 케이블카가 있어 이용할 일이 적지만 순환버스 보환처는 산길을 구불구불 달려 산정까지 도착한다.
시간 : 주주 원화춘 케이블카_월~금 10:00~16:00, 토~일 10:00~16:30, 보환처_09:00~16:45, 약 30분 간격

르웨탄 케이블카 日月潭纜車 르웨탄 란처

주주 원화춘 산정 케이블카 정류장에서 산을 넘어 르웨탄 케이블카 정류장까지 운행하는 케이블카이다. 운행 거리는 1.9km, 운행 시간은 6~8분. 주주 원화춘 산정에서 급경사로 산을 넘으면 '짠-'하고 숨겨두었던 르웨탄 호수 풍경이 나타난다. 르웨탄 호수를 보며 내려가는 시간은 르웨탄을 온전히 느낄 수 있는 기회가 된다. 르웨탄 풍경을 생각하면 반대로 가는 것(르웨탄→주주 원화춘 산정)은 권하지 않는다.

교통 : 주주 원화춘 케이블카 정류장_구족 케이블카 또는 보환처 이용,
르웨탄 케이블카 정류장_이다샤오(伊達邵) 부두에서 도보 13분/순환버스 르웨탄 케이블 카 정류장에서 바로

주소 : 南投縣 魚池鄉 金天巷 45號

전화 : 04-9289-5361

시간 : 월~금 10:00~16:00, 토~일 10:00~16:30

요금 : 일반(6~65세) NT$ 350 *주주 원화춘 티켓 소지 시 또는 르웨탄 정류장에서 주주 원화춘 티켓 구입 시 르웨탄 케이블카 무료

홈페이지 : www.ropeway.com.tw

이달소 부두 伊達邵碼頭 이다샤오 마터우

르웨탄 호수 남쪽에 위치한 부두로 지역 명은 이다샤오(伊達邵)이고 구 명칭은 더화스서(德化社), 화판서(化蕃社)였다. 이다샤오 지역은 샤오족(邵族) 주요 거주지로 르웨탄 호수가 마을 중 최대 인구를 자랑한다. 현재 샤오주, 아타얄 족(泰雅族), 한 족(漢族) 등이 함께 거주하고 있고 대개 민예품점, 식당, 여관 등을 운영하고 있다. 이다샤오 부두 앞쪽으로 르웨탄 호수를 조망하기 좋고 이다샤오 부두 뒤쪽으로는 쉐이써다산(水社大山 해발 2,059m, 왕복 8시간)로 가는 등산로가 있다.

교통 : 르웨탄 케이블카 정류장에서 도보 13분/쉬안광 부두(玄光碼頭) 또는 쉐이써 부두(水社碼頭)에서 연락선(遊艇), 이다샤오 부두 하선

주소 : 南投縣 魚池鄉 伊達邵 碼頭

전화 : 부두_04-9285-0289, 정기여객선_04-9285-6625, 0977-458-625

시간 : 09:20~16:20(16:50, 17:40 여름, 17:00 겨울), 30분 간격 *정기여객선 운항사 별로 다름 *전 구간 이용 시 같은 회사의 정기여객선만 이용 가능
요금 : 1구간 NT$ 100, 전구간 NT$ 300
홈페이지 : www.sunmoonlake.gov.tw

이다샤오 보도 伊達邵步道 이다샤오 부다오

르웨탄 케이블카 정류장에서 이다샤오 부두(伊達邵碼頭)까지 르웨탄 호수 가를 따라 산책로가 조성되어 있어 르웨탄 호수를 감상하며 한가롭게 걷기 좋다. 르웨탄 케이블카 정류장 부근 산책로의 꿀 파는 노점에서는 이곳에서 채취한 꿀, 꿀 음료를 맛볼 수도 있다. 꿀 장수는 벌이 살아 움직이는 벌통까지 갖다 두고 오가는 사람들을 꿀맛나게 유혹한다.
코스 : 0.8km, 13분. 르웨탄 케이블카 정류장~이다사오 마터우

르웨탄 日月潭

타이완 중부 해발 748m에 위치한 호수로 호수 모양이 해와 초승달을 닮았다고 하여 르웨탄(日月潭)이라 불린다. 원래 해 호수 르탄과 달 호수 웨탄으로 나눠져 있었는데 1931년 댐이 건설되며 하나의 호수가 되었다. 르웨탄의 면적은 7.93㎢, 최대 수심은 27m, 담수 량은 7,700만㎥에 이른다.
르웨탄은 동쪽에 쉐이써다산(水社大山), 서쪽에 지지다산(集集大山) 같은 산으로 둘러싸여 아름다운 풍경을 자랑하고 호숫가에 문무묘인 원우먀오(文武廟), 사찰 쉬안광스(玄光寺)와 쉬안장스(玄奘寺) 같은 볼거리도 있어 2000년 르웨탄 궈지아펑징취(日月潭國家風景區)로 지정되기도 했다.
르웨탄 지역은 타이완 원주민인 샤오족(邵族)가 사는 곳으로 샤오 족은 호수를 둘로 나누는 라뤼다오(拉魯島)에 그들의 조상 혼령이 머문다고 여겨진다. 라뤼다오는 연락선을 타고 쉐이써 부두에서 쉬안광 부두로 이동할 때 조망할 수 있다.

르웨탄의 주요 볼거리는 호숫가에 산재하고 있으므로 르웨탄 여행은 호수를 가로지르는 연락선이나 호숫가를 도는 순환버스를 이용해 이루어진다. 시간이 많다면 자전거로 호반 도로를 둘러봐도 즐겁다.

교통 : 타이중 간청 터미널에서 타이완 하오싱(台灣好行) 난터우커윈(南投客運) 버스, 르웨탄쉐이써(水社) 하차
주소 : 南投縣 魚池鄉 日月潭
전화 : 04-9285-5668
홈페이지 : www.sunmoonlake.gov.tw

현광 부두 玄光碼頭 쉬안광 마터우

르웨탄 남쪽에 위치한 부두로 두부에서 르웨탄을 둘로 나누는 섬인 라뤼다오(拉魯島)가 가깝게 보인다. 부두 뒤에 현장법사와 관계 깊은 사찰 쉬안광스(玄光寺)와 언덕 위 또 다른 사찰인 쉬안장스(玄奘寺)가 있고 쉬안광스와 쉬안장스에서 르웨탄을 조망할 수 있어 관광객이 많이 찾는다. 부두 가까운 곳에 있는 매점에서 찻물에 삶은 계란인 차지단(茶雞蛋)을 판매하는데 쉬안광 부두를 찾는 사람이라면 한 개 씩을 사먹는 명물이다.

교통 : 쉐이써 부두(水社碼頭) 또는 이다샤오 부두(伊達邵碼頭)에서 연락선(遊艇), 쉬안광 부두 하선/순환 버스, 쉬안광스(玄光寺) 하차
주소 : 南投縣 魚池鄉 玄光 碼頭
전화 : 04-9285-6625, 0977-458-625
시간 : 09:40~16:40(17:10, 18:00 여름, 17:10 겨울) *정기여객선 운항사 별로 다름
요금 : 1구간 NT$ 100, 전구간 NT$ 300

현광사 玄光寺 쉬안광스

1956년 차이탕스(採唐式) 양식으로 세워진 사찰로 현장법사, 쉬안장파스(玄奘法師)의 사리가 모셔졌던 곳이다. 현장법사(602~664년)는 당나라 때 고승으로 인도에서 불교를 연구하고 돌아와 중국에 불교를 전파하고 대당서역기(大唐西域記)를 저술했다. 서유기에 등장하는 삼장법사의 모델이 바로 현장법사다. 현장법사의 사리는 원래 중일 전쟁

때 일본인이 남경에서 일본 사이타마 현(埼玉縣) 지온지(慈恩寺)로 가져갔고 1956년 지온지에 있던 것을 다시 쉬안광스로 가져온 것이다.
본당 안에 현장법사의 조각상이 모셔져 있고 사찰 주변에서 현장법사의 부조를 볼 수 있다. 아울러 쉬안광스가 있는 곳이 반도 모양이어서 오른쪽으로 르웨탄의 보름달에 해당하는 르(日), 왼쪽에 웨(月) 호수 전경을 조망하기 좋다.
교통 : 쉬안광 부두(玄光碼頭)에서 바로/순화버스, 쉬안광스(玄光寺) 하차
주소 : 南投縣 魚池鄉 中正路 338號
전화 : 04-9285-0325
시간 : 05:00~21:00
요금 : 무료

≫청룡산 보도 青龍山步道 칭룽산 부다오

쉬안광스(玄光寺)에서 쉬안장스(玄奘寺)에 이르는 0.85km 길이의 숲길이다. 수변 산책로인 이다샤오 보도(伊達邵步道)와 달리 피톤치드 '팍팍-' 나오는 울창한 숲길을 걷는 기분이 상쾌하다. 숲길 중간 중간에 르웨탄을 조망할 수 있는 전망대(觀境台)가 있어 풍경을 즐기며 잠시 쉬어가기 괜찮다.
코스 : 0.85km, 약 20분 소요. 쉬안광스(玄光寺)-관징타이(觀境台)-쉬안장스(玄奘寺)
개방시간 : 05:30~17:30

현장사 玄奘寺 쉬안장스

1965년 팡탕스(仿唐式) 양식으로 세워진 사찰로 쉬안광스(玄光寺)의 현장법사(玄奘法師)의 사리를 옮겨와 모시고 있다. 언덕 위 삼문이 멋지고 삼문 안 황색 지붕이 있는 3층 건물이 본관, 본관 옆 지붕 위에 약사여래상이 있는 건물이 현장법사 기념관(玄奘大師紀念館)이다.
본당 안에는 인도로 불경을 구하러 가는 현장법사의 조각상, 3층에 현장법사의 사리가 모셔져 있다. 현장법사 기념관에는 현장법사의 일대기, 삼보문물 등을 전시하고 있으니 관심이 있다면 둘러보자. 이제 사찰 앞마당으로 나가면 르웨탄 풍경이 한눈에 들어와 르웨탄 최고의 전망대 중 하나가 된다.

교통 : 쉬안광스(玄光寺)에서 도보 20분/순환버스, 쉬안장스(玄奘寺) 하차
주소 : 南投縣 魚池鄉 中正路 389號
전화 : 04-9285-5668
시간 : 07:00~17:30, 기념관_08:30~17:00(매주 화요일 휴관)
요금 : 무료

랍노도 拉魯島 라뤼다오

르웨탄(日月潭)은 해 모양의 르(日) 호수와 초승달 모양의 웨(月) 호수가 합쳐져 르웨탄이라 부른다. 르 호수와 웨 호수를 나누는 경계에 있는 섬이 바로 라뤼다오(拉魯島)이다.

라뤼다오는 이 지역 원주민인 샤오족(邵族) 조상의 혼이 머무는 곳이라고 알려져 있다. 섬에 인연을 이어주는 신으로 알려진 월하노인, 웨샤라오런(月下老人)의 사당이 있었는데 1999년 대지진의 여파로 파괴되었고 섬의 일부 땅도 물에 잠기게 되었다. 현재, 쉐이써 부두와 쉬안광 부두를 오거는 연락선에서 라뤼다오를 가깝게 바라볼 수 있다.

교통 : 쉐이써 부두(水社碼頭)와 쉬안광 부두(玄光碼頭) 사이, 하선 불가
주소 : 南投縣 魚池鄉 拉魯島

수사 부두 水社碼頭 쉐이써 마터우

르웨탄 호수 북쪽에 위치한 부두로 르웨탄 여행의 시작점이자 종착점이 되는 곳이다. 부두에서 쉬안광 부두(玄光碼頭) 방향이나 이다샤오 부두(伊達邵碼頭) 방향으로 연락선이 출발한다. 부두 인근 순환버스 정류장에서 원우먀오(文武廟), 쉬안광스(玄光寺), 이다샤오(伊達邵) 방향으로 가는 순환버스를 이용할 수도 있다.

교통 : 타이중 간청(干城) 터미널에서 타이완하오싱(台灣好行) 난터우커윈 버스(07:50~19:50, 30분 간격), 약 2시간 소요, 요금 NT$ 229, 르웨탄(쉐이써) 하차. 버스정류장에서 쉐이써 부두 방향, 도보 4분/쉬안광 부두(玄光碼頭), 아다샤오 부두(伊達邵碼頭)에서 연락선, 쉐이써 부두 하선/순환버스, 쉐이써 하차
주소 : 南投縣 魚池鄉 水社 碼頭

전화 : 04-9285-6428, 04-9285-6625
시간 : 봄~여름_09:00~16:30(17:20 여름), 가을~겨울_09:00~16:00 (16:40 겨울) *연락선 회사 별로 다름
요금 : 1구간 NT$ 100, 전구간 NT$ 300

문무묘 文武廟 원우먀오

1938년 원우먀오(文武廟)가 처음 세워졌고 1969년 중국 베이자오스(北朝式) 양식으로 재건됐다. 1999년 대지진으로 건물에 심하게 파손되었고 대대적인 보수 끝에 2003년에 완료되었다. 주신은 공자 쿵즈(孔子)· 관우 관셩디쥔(關聖帝君)·남송 초기의 무장이자 학자 웨페이(岳飛)인 웨우무왕(岳武穆王) 등 3인이다.

르웨탄 쪽으로 향한 삼문을 들어서면 원차이선(文財神)·관셩디쥔·공부의 신 원창디쥔(文昌帝君)을 모시는 바이뎬(拜殿), 그 뒤에 웨우무왕·관셩디쥔을 모시는 우셩뎬(武聖殿), 그 뒤에 쿵즈를 모시는 다청뎬(大成殿), 그 뒤 언덕 위에 세밀한 조각이 있는 석문인 링싱먼(欞星門)·용조각인 인상적인 돌기둥인 화뱌오(華表)가 자리한다.

원우먀오에 모시는 신이 많으므로 타이완 사람처럼 향을 사서 돌아가며 소원을 빌어도 좋고 대성전 양엽 건물 옥상 전망대에서 르웨탄 전망을 즐겨도 괜찮다.

교통 : 쉐이써(水社) 중산루(中山路)에서 순환버스, 원우먀오(文武廟) 하차
주소 : 南投縣 魚池鄉 水社村 中正路 63號
전화 : 04-9285-5122
시간 : 24시간(20:00 이후 뒷문 이용)
요금 : 무료
홈페이지 : www.wenwu.org.tw

플라자 카페 Plaza Cafe 阿拉丁快餐

알라딘 광장(阿拉丁廣場)에 있는 카페로 음료나 간단한 식사를 하기 좋은 곳이다. 주주 원화춘은 넓은 테마파크로 보통 타이중에서 아침에 출발해 주주 원화춘을 조금만 둘러보면 점심시간이다. 르웨탄에서 점심을 먹으려고 참지 말고 주주 원화춘 내 카페나 레스토랑에서 식사를 하고 주주 문화촌을 조금 더 둘러본 뒤 르웨탄으로 넘어가자.

교통 : 타이중 간청 터미널에서 타이완하오싱 난터우커윈 버스[07:45·08:15(주말)·08:45·09:00(주말)09:20(주말)·09:45·10:15(주말)·15:45, 1시간 40분 소요, 요금 NT$ 219], 주주 원화춘 하차

주소 : 南投縣 魚池鄉 金天巷 45號

전화 : 04-9289-5361

시간 : 09:30~17:00

메뉴 : 뉴러우판(蠔油牛肉飯 소고기 덮밥) NT$ 230, 주파이판(日式豬排飯 돼지고기 덮밥) NT$ 200, 지투이판(蒲燒雞腿飯 닭다리 덮밥) NT$ 200, 지파이판(檸檬雞排飯) NT$ 200, 정쟈오(蒸餃 찐만두) NT 90 내외

홈페이지 : www.nine.com.tw

수정찬정 水晶餐廳 수이징차이팅

르웨탄 케이블카 정류장 2층에 간단한 중식과 양식을 맛볼 수 있는 레스토랑

이 있다. 메뉴는 소고기 덮밥인 훙쥬후이뉴우(紅酒燴牛肉), 돼지고기 덮밥인 자오샤오주파이(照燒豬排), 치킨버거 세트인 지러우한바오타오찬(雞肉漢堡套餐), 샌드위치 세트인 싼밍즈타오찬(三明治套餐) 등으로 부담 없이 먹을 수 있는 것들이다. 식사하면 르웨탄 호수를 조망하는 것은 덤.

교통 : 이다샤오(伊達邵) 부두에서 도보 13분/순환버스, 르웨탄 케이블카 정류장에서 바로

주소 : 南投縣 魚池鄉 中正路 102號 2樓

전화 : 04-9285-0666

시간 : 월~금 10:30~16:00, 토~일 10:00~16:30

메뉴 : 훙쥬후이뉴우(紅酒燴牛肉 소고기덮밥) NT$ 250, 자오샤오주파이(照燒豬排 돼지고기 덮밥) NT$ 230, 지러우한바오타오찬(雞肉漢堡套餐 치킨버거 세트) NT$ 160, 싼밍즈타오찬(三明治套餐 샌드위치 세트) NT$ 180 내외

홈페이지 : www.ropeway.com.tw

찻물 계란&열대과일 茶雞蛋&熱帶水果 차지단&러다이수이궈

르웨탄에서 가장 관광객이 많이 찾는 곳이 쉬안광스(玄光寺)이고 쉬안광스를 둘러본 사람들이 반드시 한두 개씩 먹고 가는 것이 바로 찻물에 삶은 계란인 차지단(茶雞蛋)이다. 찻물에 삶은 계란은 진한 갈색을 착색이 되어 있는데 껍질을 벗겨 소금에 찍어 먹으면 간식으로 적당하다.

쉬안광스 뒤쪽에는 삶은 계란을 먹고 퍽퍽해진 목을 풀라는 듯 파인애플, 망고스틴, 드래건 프루트(용과) 등을 손질해 파는 열대과일 노점이 있다. 열대과일이 비싸지 않으니 한 팩 사먹고 힘을 내자.

교통 : 쉐이써 부두(水社碼頭) 또는 이다샤오 부두(伊達邵碼頭)에서 연락선(遊艇) 쉬안광 부두 하선/순환 버스, 쉬안광스(玄光寺) 하차

주소 : 南投縣 魚池鄉 玄光碼頭

시간 : 10:00~17:00

메뉴 : 차지단(茶雞蛋) 2개 NT$ 25, 4개 NT$ 50, 하드/아이스크림 NT$

30, 열대 과일_1팩 NT$ 100

담향시상려점 潭香時尚旅店 탄샹스샹루뎬

르웨탄 쉐이써(水社)의 중산루(中山路)에 있는 호텔 레스토랑이다. 가격은 조금 비싸지만 요리 개수와 맛을 생각하면 일반 식당을 가는 것보다 가성비가 높다. 식사라면 요리 1개와 탕 1개가 나오는 싼차이이탕(三菜一湯)을 주문하고 애프터눈 티라면 케이크·샌드위치·와플 세트 중 하나를 시키는 것이 좋다.

교통 : 쉬안광 부두(玄光碼頭), 이다샤오 부두(伊達邵碼頭)에서 연락선, 쉐이써 부두 하선 /순환버스, 쉐이써 하차

주소 : 灣南投縣 魚池鄉 中山路 130號

전화 : 04-9285-6429

시간 : 점심(午餐)_11:30~14:00, 애프터눈 티(下午茶)_13:30~16:30, 저녁(晩餐)_17:30~21:00

메뉴 : 세트 메뉴_2인 NT$ 500/600/800/1,000

홈페이지 : www.tanxiang.com.tw

*쇼핑

구족 문화촌 기념품점

구족 문화촌에는 파이완족(排灣族), 샤오족(邵族), 브농족(布農族), 르카이족(魯凱族), 아타얄족(泰雅族) 등 각 부족별로 기념품점이 있다. 이들 기념품점에는 각 부족의 특징을 나타내는 반지, 팔찌, 목걸이, 목각 인형 같은 공예품, 전통 복장, 기념품 등을 있어 선물용으로 구입하기 좋다. 일부 기념품점에서는 전통 복장을 대여해주기도 한다.

교통 : 주주 원화춘 내, 바로

주소 : 南投縣 魚池鄉 金天巷 45號

전화 : 04-9289-5361

시간 : 월~금 09:00~17:00, 토~일 09:00~17:30

홈페이지 : www.nine.com.tw

르웨제 기념품점 日月街 紀念品店

이다샤오(伊達邵)의 르웨제(日月街)에 여러 기념품점이 있다. 기념품점에서는 샤오주(邵族) 전통의상과 스카프, 모자, 부엉이 문양의 가방, 르웨탄 특산품으로 홍차인 아사무훙차(阿薩姆紅茶), 좁쌀 술인 산디샤오미쥬(山地小米酒) 등을 판매한다. 아사무훙차는 이다샤오 거리에 시음하는 곳이 여럿 있으므로 맛을 보아도 좋다. 상점 매대에는 옛날 옛적 풍요와 다산의 상징인 남근 목기 기념품이 놓여 있으니 놀라지 말자.

교통 : 르웨탄 케이블카 정류장에서 도보 13분/쉬안광 부두(玄光碼頭) 또는 쉐이써 부두(水社碼頭)에서 연락선, 아다샤오 부두 하선

주소 : 南投縣 魚池鄉 伊達邵 日月街

시간 : 10:00~20:00

06 아리산&펀치후 阿里山&奮起湖 Arishan&Fenchihu

타이완 중남부에 위치한 해발 2,000m 이상의 연봉을 아리산이라고 한다. 아리산 동쪽에 타이완 최고봉인 위산(3,997m)이 있고 파셴산(2,366m), 타이핑산(2,000m)과 함께 인기 있는 고산 휴양지로 꼽힌다. 1911년 일제강점기 자이에서 펀치후를 거쳐 아리산까지 연결된 삼림철도가 놓여 접근성이 좋아졌다.

아리산은 울창한 삼림과 청정자연, 삼림철도 등으로 인기가 높은데 그중에서 일출, 운해, 삼림, 석양, 철도를 아리산의 다섯 가지 신기라고 한다. 현재 신목 사이를 걷는 산림 트래킹 명소이자 일출 명소로 인기가 끈다.

펀치후는 아리산 산중턱에 위치한 철도 마을로 해발 1,405m이고 예전 아리산 삼림철도가 잠시 쉬어가던 곳이었다. 옛 기관차가 있는 기차 박물관이 볼만하고 광부 도시락을 닮은 철도 도시락이 인기를 끈다.

▲ 교통

• 타이베이↔자이

① 타이베이 역(台北車站)/가오톄타이중 역(高鐵台中站)에서 타이완가오톄(台灣高鐵), 06:30~22:30, 약 10~30분 간격, 1시간 25분/25분 소요, NT$ 1,080/380, 가오톄자이 역(高鐵嘉義站) 하차. *가오톄자이 역에서 자이 시내까지 버스 이용.

타이완고속철도_www.thsrc.com.tw

② 타이베이 역에서 쯔창(自强)/쥐광(莒光), 05:18~21:00, 3시간 30분 소요, NT$ 589/461, 자이 역(嘉義車站) 하차. 타이완철도_www.railway.gov.tw

③ 타이베이좐윈잔(臺北轉運站 버스 터미널)에서 궈광커윈(國光客運) 1834번(05:00~21:00, 약 1시간 간격, 3시간 30분 소요, NT$ 425) 버스, 자이(嘉義) 하차

• 타이중↔자이

① 타이중 역에서 쯔창(自强)/쥐광(莒光), 05:42~23:20, 1시20분 소요, NT$ 224/172, 자이 역 하차

② 타이중역앞 궈광커윈 터미널에서 1870번(06:10~20:50, 약 1시간 간격, 1시간 40분 소요, NT$ 204) 버스, 자이 하차.

궈광커윈_www.kingbus.com.tw

• 자이↔아리산

① 자이 역(嘉義站) 앞 터미널에서 타이완하오싱(台灣好行) 아리산 B선(阿里山 B線) 7322번(06:05~14:10, 30분~1시간 간격, 2시간 30분 소요, NT$ 240)

② 가오톄자이 역(高鐵嘉義站)에서 타이완하오싱 아리산 A선 7329번(09:30, 10:10, 11:00, 13:10, 3시간 30분 소요, NT$ 278)/펀치후(奮起湖)에서 타이완하오싱 아리산 B1선[11:55(주말), 13:00, 14:40, 1시간 소요, NT$ 98), 아리산 하차

*자이 역에서 택시(NT$ 2,000 내외)

타이완하오싱_www.taiwantrip.com.tw

*타이베이↔아리산

타이베이좐윈잔(臺北轉運站 버스 터미널)에서 궈광커윈 1835번(3~10월 금~토_20:45, 11~2월금~토_21:45, 6시간 10분, NT$ 710) *운행 여부 확인!

*르웨탄↔아리산

르웨탄에서 위안린커윈(員林客運) 6739번[08:00(←13:00), 약 5시간 소요, NT$ 319] 버스, 아리산 하차

• 자이↔펀치후

① 자이 역에서 산림철도 아리산호(阿里山號)_08:30(주말)·09:00(매일)·09:30(주말), 2시간 20분 소요, NT$ 384, 펀치후 역(奮起湖車站) 하차
*2023년 7월 현재 펀치후-아리산 구간 중지
② 자이 역앞 터미널에서 7302번(07:06, 약 2시간 소요, NT$ 175), 타이완하오싱 아리산 7322C(07:10), 7322D(09:40) 버스, 펀치후 하차

*아리산↔펀치후

아리산(阿里山)에서 7233A(09:10), 타이완하오싱 아리산 A선 7329A(10:10), 7322D(14:10) 버스, 약 1시간 소요, NT$ 98, 펀치후 하차

• 자이, 아리산, 펀치후 시내교통

자이 역에서 자이 주요 관광지 갈 때 시내버스 또는 택시 이용, 아리산에서 트래킹을 위해 자오핑 역 또는 선무 역 갈 때, 일출을 위해 주산 갈 때 산림철도 이용, 펀치후에서 펀치후 시내 돌아볼 때 도보로 다니면 된다.

▲ 여행 포인트

① 해발 2,216m의 아리산 마을에서 산골의 한가로움 느껴보기
② 아리산 트레킹을 하며 아름드리 거목 살펴보고 피톤치드로 만끽하기
③ 새벽, 주산에 올라 장엄하게 떠오르는 일출 감상하기
④ 펀치후에서 기차 박물관을 살펴보고 철로도시락도 맛보기
⑤ 펀치후에서 자이까지 삼림철도 아리산호 타고 아리산 달려보기

▲ 추천 코스

1일_아리산 마을→자오핑 역→아리산 트래킹→선무 역

2일_주산→아리산 마을→펀치후→삼림철도→자이

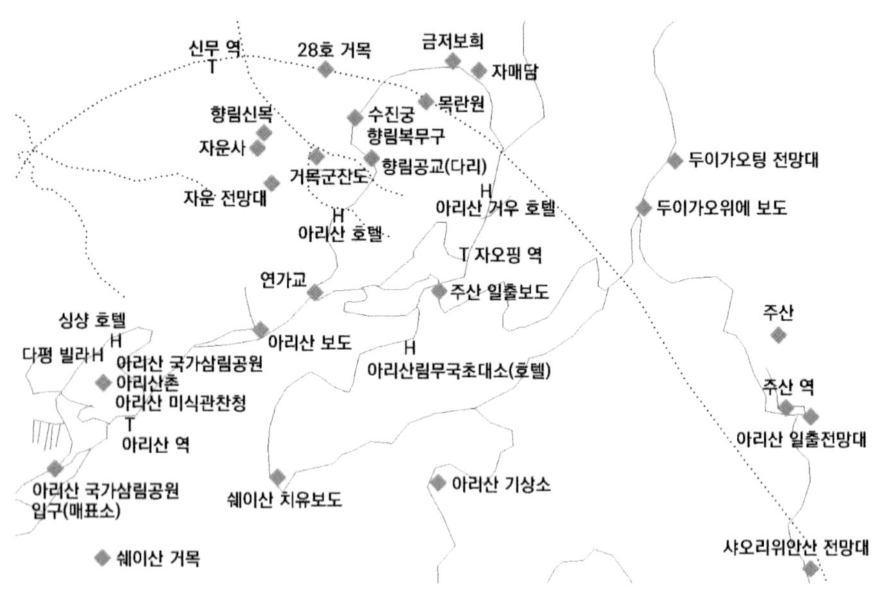

〈아리산〉

아리산 마을 阿里山村 아리산춘

자이(嘉義) 역앞 버스 터미널 또는 고속철도 가오톄자이(高鐵嘉義) 역에서 출발한 버스는 산길을 달려 아리산 국가풍경구(阿里山國家風景區)에 도착한다.

이곳이 해발 2,216m의 아리산 마을로 주산(祝山) 일출 여행과 아리산 트레킹의 출발점이 되는 곳. 버스정류장 옆에 세븐-일레븐 편의점, 주차장 너머에 아리산 여행자센터(阿里山旅客服務中心), 편의점 뒤쪽 언덕 위에 아리산 역, 편의점 옆 언덕 위에 아리산 우체국이 위치한다. 호텔은 아리산 여행자센터 뒤쪽 아래에 늘어서 있고 다른 지역 호텔은 주차장에서 순환버스를 타고 이동해야 한다. 편의점 주위에는 몇몇 식당과 상점이 있어 식사를 하거나 기념품을 구입할 수 있다. 주말이나 성수기 때 아리산에서 자이, 가오톄자이 역으로 가거나 펀치후로 갈 때에는 좌석이 없을 수 있으니 전날 예매해야 한다.

교통 : 자이 역앞 터미널에서 타이완하오싱(台灣好行) 아리산 B선(阿里山 B

線) 7322번 버스/가오톄자이 역에서 타이완하오싱 아리산 A선 7329번 버스/펀치후(奮起湖)에서 타이완하오싱 아리산 B1선 버스, 아리산 하차
주소 : 嘉義縣 阿里山鄉 中正村 東阿里山 59號
전화 : 아리산 여행자센터_05-267-9917
시간 : 아리산 여행자센터_08:30~17:00
요금 : 아리산 국가풍경구 입장료_일반 NT$ 300
홈페이지 : www.ali-nsa.net

☆여행 팁_아리산 셔틀버스

아리산 마을 주차장에서 아리산 곳곳을 운하는 아리산 셔틀버스(아리산 투어 서비스)가 있어 원하는 호텔로 가거나 트레킹 장소로 가기 편리하다. 운행 노선은 대형차 주차장-아리산 여행자센터(遊客中心)-자오핑 공원(沼平公園)/서우전궁(受鎮宮)이다. 서우전궁이나 자오핑 공원 지역에 호텔을 잡았다면 아리산 셔틀버스 이용은 필수! *현지 사정에 따라 노선, 시간, 요금 바뀔 수 있음.
전화 : 0800-263-520
시간 : 10~3월_08:00~17:00, 4~9월 08:00~18:00
요금 : 1~2구간 NT$ 50, 3~4구간 NT$ 80

아리산 역 阿里山車站 아리산처잔

아리산 마을에 있는 기차역으로 아리산 트레킹을 위한 자오핑선((沼平線)과 선무선(神木線), 주산(祝山) 일출을 보기 위한 주산선(祝山線)이 출발한다. 기차는 아리산 역을 기점으로 아리산↔자오핑(6분 소요), 아리산↔선무(7분 소요), 아리산↔주산(1회, 36분 소요)을 왕복한다. 주말이나 성수기에는 주산선을 이용하려는 사람이 많으므로 아리산촌에 도착하면 먼저 주산선 티켓부터 예

매하는 하는 것이 좋다. 2023년 7월 현재, **아리산↔편치후(奮起湖) 구간**은 1999년 대지진과 2009년 산사태로 공사 중 *편치후↔자이(嘉義) 구간은 정상 운행.

교통 : 아리산 세븐-일레븐 편의점 뒤쪽 언덕 위, 도보 2분

주소 : 嘉義縣 阿里山鄉 阿里山 火車站

전화 : 05-267-9833

시간 : 매표_자오핑선·션무선 09:30~16:30, 주산선 13:00~16:30

요금 : 왕복(去回)/편도(單程)_자오핑선·선무선_일반(12~64세) NT$ 100/50, 주산선_일반 NT$ 120/60

홈페이지 : www.railway.gov.tw/Alishan-tw

☆여행 이야기_아리산 삼림철도 阿里山 森林鐵道

1912년 만들어진 아리산 삼림철도는 아리산의 풍부한 산림자원을 운반하기 위한 것이었다. 아리산 삼림철도는 폭이 76.9cm인 협궤열차로 해발 30m의 자이(嘉義)에서 편치후(奮起湖), 아리산 역을 거쳐 해발 2,451m의 주산(祝山)까지 71.9km를 달린다. 이는 세계 최대의 표고차를 달려 세계 최고 높이까지 오른 것이다. 참고로 인도 닐기리 등산철도는 해발 325.8m의 메튜파라얌에서 해발 2,345.1m의 라베달까지 46km, 인도의 다르질링 히말라야 철도는 해발 113.8m의 뉴잘파이구리→해발 2,257.6m의 굼까지 86km를 운행한다.
삼림철도의 묘미는 원시림 사이를 뚫고 운행하여 깊은 산속의 모습을 온전히 즐길 수 있고 가파른 구간에는 앞뒤로 움직이는 스위치백 운행을 하여 기차 타는 재미까지 더한다는 것이다. 아리산 삼림철도는 1999대지진과 2009년 산사태로 아리산 역과 편치후 구간이 유실되어 2016년 8월 현재, 복구공사 중이다. 현재 아리산 쪽에는 아리산 역-주산 역, 아리산 역-자오핑 역, 아리산 역-선무 역, 자이 쪽에는 자이 역-편치후 역 구간만 운행된다.

자오핑 역 沼平車站 자오핑처잔

1914년 아리산 역 동쪽, 해발 2,274m 지점에 세워진 기차역으로 당시 아리산의 풍부한 산림자원으로 운반하는 역할을 했다. 현재는 자오핑 역에서 선무(神木) 역으로 향하는 아리산 트레킹 코스의 출발지로 이용된다. 자오핑 역사 안과 밖에 신령스런 나무,

즉 신목이라 불리는 거대한 크기의 나무가 전시되어 있어 눈길을 끈다. 역 남쪽으로 자오핑 공원(沼平公園), 북쪽으로 아리산 트래킹 코스가 있다.

교통 : 아리산 역에서 **자오핑선(沼平線)** 기차(09:00~15:30, 약 30분 간격) 이용, 자오핑 역 하차. 6분 소요, 왕복/편도_일반(12~64세) NT$ 100/50 또는 아리산 역에서 자오핑 역 방향, 도보 30분
주소 : 嘉義縣 阿里山鄉 沼平車站

아리산 트레킹

아리산 트레킹은 보통 자오핑(沼平)역에서 선무(神木)역까지 걷는다. 두 역 사이에는 산책로가 잘 정비되어 있고 아름드리나무 군락인 거목군잔도 쥐무췬잔다오1~2(巨木群棧道1~2), 작은 연못, 사찰인 서우전궁(受鎮宮) 등이 있어 아리산을 온전히 즐기며 걷기 좋다. 아리산 트레킹은 해발 2,274m의 자오핑 역에서 출발해 해발 2,138m의 선무 역으로 돌아오는 것이 좋다. 반대로 가면 약간 오르막인데 그리 힘들지는 않다.

거대한 나무를 볼 수 있는 거목군잔도 1과 2는 계곡 안쪽의 선무 역을 중심으로 '8'자 형태로 분포되어 있어 산비탈을 오르락내리락해야 하나 쉬엄쉬엄 걸으면 부담스러울 정도는 아니다.

한때 거목들로 원시림을 이루었던 아리산 일대는 일제 강점기 산림자원을 이용하려고 철도가 놓이고부터 무분별하게 잘려나가 현재는 몇몇 거목 밖에 남지 않았다. 남아 있는 거목만이라도 잘 보존되어 아리산을 찾는 사람에게 신령스러운 정기를 전해주었으면 좋겠다. *자이에서 오전에 출발해 아리산 도착하면 바로 아리산 트래킹, 오후에 출발해 저녁 도착이면 다음날 주산 일출 보고 아리산 트래킹을 하면 된다.

교통 : 아리산 역에서 자오핑선(沼平線) 기차로 자오핑 역, 6분 소요 또는 선무선(神木線) 기차로 선무 역 하차, 7분 소요/아리산 역에서 자오핑 역까지 도보 30분, 아리산 역에서 선무 역까지 도보 50분
주소 : 嘉義縣 阿里山鄉 沼平~神木

전화 : 05-267-9917
코스 : 약 1.8km, 약 50분 소요.
자오핑 역→매담&자매담→금저보희→영결동심→목란원→수진궁→삼대목&상비목→아리산 박물관&자운사→향림신목&수령탑→거목군잔도1→선무 역→거목군잔도2→선무 역
홈페이지 : www.ali-nsa.net

≫매담 妹潭 메이탄

자오핑 역에서 호텔 아리산거 호텔(阿里山閣大飯店)을 지나면 철로 왼쪽으로 트레킹 코스를 알리는 표지판이 세워져 있다. 타산 부다오(塔山步道) 표지판을 따라 산길을 내려가면 커다란 밑동만 남은 거목의 흔적을 발견할 수 있고 그 아래 빗물이 고여 자연적으로 만들어진 마름모꼴 연못, 메이탄(妹潭 동생 연못)이다. 숲속 연못에 비친 아리산 하늘과 거목 모습은 신비로움을 자아낸다.

☆여행 팁_타산 보도(塔山步道)

자오핑 역 부근 호텔 아리산거 호텔(阿里山閣大飯店) 지난 곳에 타산 보도 입구(2,325m)가 있다. 산책로를 따라 가면 메이탄 부근에서 아리산 트레킹 코스와 다타산(大塔山 2,663m)으로 향하는 타산 보도가 나눠진다.

타산 보도 중간에 삼나무숲 리우산린(柳杉林), 거대한 노송나무(Formosan Red Cypress)인 얼다이무-훙구이(二代木-紅檜) 등을 만나게 된다. 짧은 코스이나 주위에 인적이 없는 원시림임으로 트레킹 코스를 벗어나지 않도록 하고 가급적 경험자와 함께 가는 것이 좋다.

코스 : 3.5km, 약 1시간 30분

타산 보도 입구(자오핑 역에서 아리산거 호텔 지나)→리우산린(柳杉林 삼나무숲)→멘위에셴(眠月線)&주산선(祝山線) 교차점→무핑타이(木平台평상 쉼터)→얼다이무-훙구이(二代木-紅檜 노송 거목)→다타산(大塔山)

≫자매담 姊妹潭 쯔메이탄

메이탄 아래에는 메이탄보다 3배는 더 큰 연못, 쯔메이탄(姊妹潭 언니 연못)이 있다. 쯔메이탄에는 연못 중앙에 거목 밑동으로 섬을 만들어 놓았고 한쪽에 목교로 연결된 정자도 세워두었다. 전설에 따르면 우애 깊은 자매가 한 남자를 좋아했는데 동생의 마음을 다치게 하고 싶지 않은 언니가 연못에 뛰어 들자. 동생도 따라 뛰어 들었다는 슬픈 이야기가 전한다. 고즈낙한 연못을 배경을 기념촬영을 하기 좋은 곳!

≫사자매 四姊妹 쓰즈메이

쯔메이탄(姊妹潭) 옆에 있는 거목으로 하나의 커다란 그루터기에 4그루의 나무가 자라는 형상으로 한다. 누군가 자매의 우의를 동경하여 사자매라는 이름을 붙여놓았다.

≫금저보희 金猪報喜 진주바오시

쯔메이탄(姊妹潭) 인근의 거목 그루터기로 멧돼지의 형상을 닮았다고 전해진다. 오래전 거목을 잘려 목재로 팔려 나가고 밑동만 남아 이끼가 피고 나뭇잎이 쌓여 사람들 마음대로 멧돼지라 불리고 있다. 마음이 맑은 사람만 멧돼지가 보이고 멧돼지를 본 사람은 복권을 사도 좋으리라.

≫영결동심 永結同心 융제퉁신

기묘하게 꺾인 그루터기가 사랑의 하트 모양을 하고 있었으나 현재는 하트의 일부가 비바람에 떨어져 버렸다. 부족한 하트 부분은 마음으로 채우고 기념촬영을 해보자. 주위의 굵지 않는 나무들은 근래에 심은 인공림이다. 언젠가는 아리산을 호령할 신목으로 자라나길

기원해 본다.

≫목란원 木蘭園 무란위안

인공림 사이 산책로를 내려오면 왼쪽에 목련 정원이 조성되어 있다. 겨울에는 잎이 져서 쓸쓸해 보이나 4~6월이 되면 붉은 색과 흰색이 섞인 목련꽃이 핀다.

≫수진궁 受鎭宮 서우전궁

무란위안(木蘭園)을 지나면 'ㄱ' 모양의 상가가 보이고 그 옆에 수진궁(受鎭宮)이 있다. 북방하늘 상제인 수안톈샹디(玄天上帝)를 모시는 사원으로 산속 나무꾼에게 길잡이가 되어 주는 북극성이 신격화된 것이다. *서우전궁 옆, 호텔 셔틀버스(유료) 정류장이 있어 셔틀버스를 타고 아리산 마을로 갈 수 있다.

≫상비목 象鼻木 상비무

서우전궁에서 아리산 호텔(阿里山賓館) 방향으로 갔다가 우회전하여 내려가면 코끼리 형상의 거목 그루터기인 상비무(象鼻木)가 보인다. 이끼가 잔뜩 낀 것이 코끼리보다는 맘모스에 가깝게 느껴진다. 이것도 마음 착한 사람에게만 뚜렷하게 보인다.

≫삼대목 三代木 싼다이무

상비무(象鼻木) 앞에 3대에 걸쳐 자라고 있다는 노송을 싼다이무(三代木)라 한다. 1대목은 1,500년 전 처음 싹을 틔었고 2대목은 1250년 전 1대목 위에 싹을 틔었으며 3대목은 2대목이 죽

은 뒤 300년 후 싹을 틔었다고 한다. 한 자리에서 층층이 나무가 자라 3대 목이라고 하는 것! 나무 위에 나무가 자라는 듯한 기묘한 모습!

≫아리산 박물관 阿里山博物館 아리산 보우관

해발 2,195m로 타이완에서 제일 높은 곳에 위치한 초등학교 샹린궈민샤오쉐((香林國民小學) 옆에 있는 산림 박물관이다. 산림 박물관 역시 타이완에서 가장 높은 곳에 위치한다. 전시내용은 아리산 자연, 거목의 생태와 산림산업, 삼림철도 현황 등. 824년 묵은 거목의 나이테에 중국 역대 왕조인 송(184년)·원(104년)·명(278년)·청(268년)으로 표기해놓은 것이 눈길을 끈다. 박물관 뒤쪽에는 아리산 전경을 조망할 수 있는 전망대가 있다.

위치 : 샹린궈민샤오쉐(香林國民小學 초등학교) 옆

시간 : 08:30~16:30, 휴무 : 월요일

요금 : 무료

≫자운사 慈雲寺 츠윈스

아리산 박물관(阿里山博物館) 조금 지

난 곳에 있는 일본식 사찰로 1919년 일제 강점기 세워졌다. 일제가 아리산의 산림을 개발하며 사찰을 세웠고 초기 명칭은 아리산사(阿里山寺)였다. 본당 안의 오래된 불상은 사암(태국)의 왕에게 선물 받은 것이라고 한다.

≫수령탑 樹靈塔 수링타

1935년 일제 강점기 아리산 산림 벌목으로 흩어진 수목의 영혼을 모으고 상처받은 수목의 영혼을 위로하기 위해 세워진 위령탑이다. 아리산 거목을 신령스런 나무인 선무(神木)로 부르고 있어 산림을 벌목하면서도 뜨끔한 면이 있었던 모양이다. 수링타 아래의 원형 받침은 하나에 500년으로 거목이 살아온 3,000년의 세월을 상징한다고.

≫향림신목 香林神木 샹린선무

수링타(樹靈塔) 인근에 있는 거목으로 높이 45m, 둘레 12.3m, 수령 2,300년에 달한다. 하늘로 곧게 뻗은 모습이 웅장하고 기품이 있어 보인다. 샹린선무(香林神木)는 1대 선무(神木)가 죽은 뒤 2007년 관계자 투표에 따라 2대 선무로 선정된 것이다.

≫거목군 잔도1 巨木群棧道1 쥐무췬잔다오1

샹린선무(香林神木)에서 선무(神木)역으로 향하는 길에 있는 거목들이 늘어서 있어 쥐무췬잔다오1(巨木群棧道1)이라고 한다. 쥐무췬잔다오2(巨木群棧道2)는 선무 역 건너편에 있다.

거목의 주종은 홍구이(紅檜), 노송으로 흔히 타이완 홍구이(台灣紅檜), 타이완 레드 사이프러스(Taiwan Red Cypress)라고도 불린다. 백과 편백속 대교목(柏科 扁柏屬 大喬木)에 속하는 침엽수로 아리산 일대에서 자생한다. 일제의 무분별한 벌목으로 몇 그루 남지 않는 거목에는 개별 번호가 매겨져 관리된다.

≫천세회 千歲檜 첸쑤이구이

쥐무췬잔다오1(巨木群棧道1)에 있는 거목으로 수종은 홍구이(紅檜), 높이 35m, 둘레 11m. 거목 수령은 2,000년에 달한다. 홍구이는 처음에 하나의 줄기로 자라다가 위로 올라가며 여러 줄기로 분화되어 자라는 특성을 보인다. 마치 하늘을 향해 손가락을 벌리듯 자라난다.

≫거목군 잔도2 巨木群棧道2 쥐무췬잔다오2

쥐무췬잔다오1(巨木群棧道1)에서 션무(神木) 역 지난 곳에 있는 거목 산책

로. 길가에 하늘 높이 솟은 아름드리 훙구이(紅檜)들이 늘어서 있어 장관을 이룬다. 이들 나무의 수령은 보통 800년~2,000년 사이로 오랜 세월 동안 아리산을 지켜왔음을 알 수 있다. 서우전궁(受鎭宮) 상가 중간 통로에서 내려오면 쥐무췬잔다오2(巨木群棧道2)로 바로 올 수도 있다. 어느 쪽에서 오든 선무 역을 중심으로 쥐무췬잔다오1과 2를 '‘8’자 형태 둘러보는 것은 마찬가지. 쥐무췬잔다오1에서 내려오는 것이 조금 더 편하다.

≫28호 거목 28號 巨木 28하오 쥐무

쥐무췬잔다오2(巨木群棧道2)에 있는 거목으로 수종은 훙구이(紅檜)이고 높이 43.5m, 둘레 13.1m, 수령 2,000년에 달한다. 하늘 높이 뻗은 자태가 웅장하고 신령스런 느낌이 난다.

신목역 神木車站 선무처잔

1914년 해발 2138m 지점에 세워진 역으로 당시 아리산 산림자원 운반하는 산림기차가 드나들었다. 선무 역 한쪽에는 거대한 거목이 쓰러진 상태로 놓여 있는데 거목의 크기가 산림기차의 크기와 비슷한 정도. 현재는 관광기차(선무선)가 관광객을 위해 선무 역과 아리산 역 사이를 운행한다.

교통 : 아리산 역에서 **선무선(神木線)** 기차(09:45~16:15, 약 30분 간격) 선무 역 하차. 7분 소요. 왕복/편도_일반(12~64세) NT$ 100/50 또는 아리산 역에서 선무 역 방향, 도보 50분

주소 : 嘉義縣 阿里山鄕 神木 車站

☆여행 팁_옥산 국가공원 일출여행

아리산 주산(祝山) 일출로 부족했다면 아리산 지역 최고봉 위산(玉山) 일출을 보는 여행상품을 선택해보자. 정식 명칭은 위산 궈지아궁위안 천광관르즈뤼(玉山國家公園晨光觀日之旅)로 옥산 국가공원 일출관광 여행이다. 위산은 해발 3,952m의 고산으

로 산을 좋아하는 사람이라면 한번쯤 오르고 싶은 명산이다. 일출여행은 위산 국가공원에서 위산과 위산운해, 거목인 뤼린선무(鹿林神木), 고산 원숭이 등을 보고 돌아오는 코스로 진행된다.

전화 : 0932-806-439 또는 가오산칭다 호텔(高山青大賓館 05-267-9716)

시간 : 출발_06:10, 요금 : NT$ 300 내외

주산 祝山 주산

새벽 아리산 역에서 출발한 주산선(祝山線) 기차가 주산 역에서 도착한다. 주산 역은 해발 2,451m 지점에 위치해 타이완에서 가장 높은 곳에 위치한 기차역이다. 기차는 보통 주산 일출 30분 전에 도착해 일출 후 30분 후에 아리산으로 되돌아간다. 주산 역에서 언덕을 오르면 일출 전망대가 있고 그곳에서 아리산 너머로 장엄하게 떠오른 일출을 감상할 수 있다. 일출 여행 시 새벽 기온이 낮으니 점퍼를 준비하는 것이 좋고 아주 맑은 날이 아니면 산자락에 구름이 끼어 일출을 보기 힘드니 참고. 아리산으로 돌아가는 기차를 타지 않고 걸어 내려간다면 전망대 왼쪽으로 주산 쪽 정자(전망대)인 관르러우(觀日樓 260m), 오른쪽으로 고산식물원인 가오산즈우위안(高山 植物園 340m), 전망대인 오가사와라 관징타이(小笠原山 觀景台 500m)에 다녀와도 좋다.

교통 : 아리산 역에서 **주산선(祝山線)** 기차(06:00) 이용, 주산 역 하차(주산 역→아리산 역 07:40), 36분 소요. 왕복(去回)/편도(單程)_일반 NT$ 150/100 *일출시간에 따라 상행·하행 기차 시간 달라짐.

주소 : 嘉義縣 阿里山鄉 祝山

☆여행 팁_주산 임도 祝山林道 주산린다오

주산에서 일출을 감상한 뒤 철도를 이용하지 않고 도보로 아리산 마을 또는 자오핑 역까지 내려갈 수 있다. 먼저 주산 역에서 임도인 주산 임도(祝山林道)를 따라 내려가다가 중간에 고악 보도(高岳步道)로 빠지지 말고 좌회전, 직진한다. 숲속 산책로인 주산관일 보도(祝山觀日步道)를 따라 내려가면 자오핑 공원(沼平公園)에

往祝山
觀日步道
TO CHUSHAN FOOTPATH

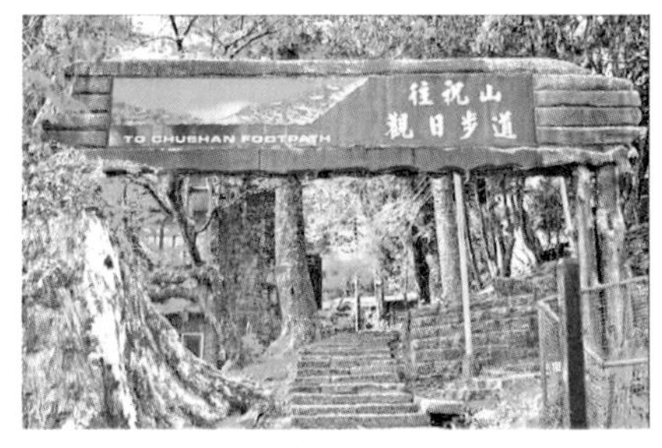

도착한다. 여기서 자오핑 역으로 가서 기차를 타고 아리산 역으로 가거나 아리산 마을까지(도보 30분) 도로를 따라 내려가도 된다. 주산 역에서 자오핑까지는 내리막이라 부담이 적으나 날씨 좋은 날 일행과 함께 내려가는 것이 좋고 샛길로 빠지지 않도록 주의한다.

코스 : 약 2.2km, 약 40분. 주산(역) 전망대-주산 임도(祝山林道)-주산관일보도(祝山觀日步道)-자오핑 공원(沼平公園)

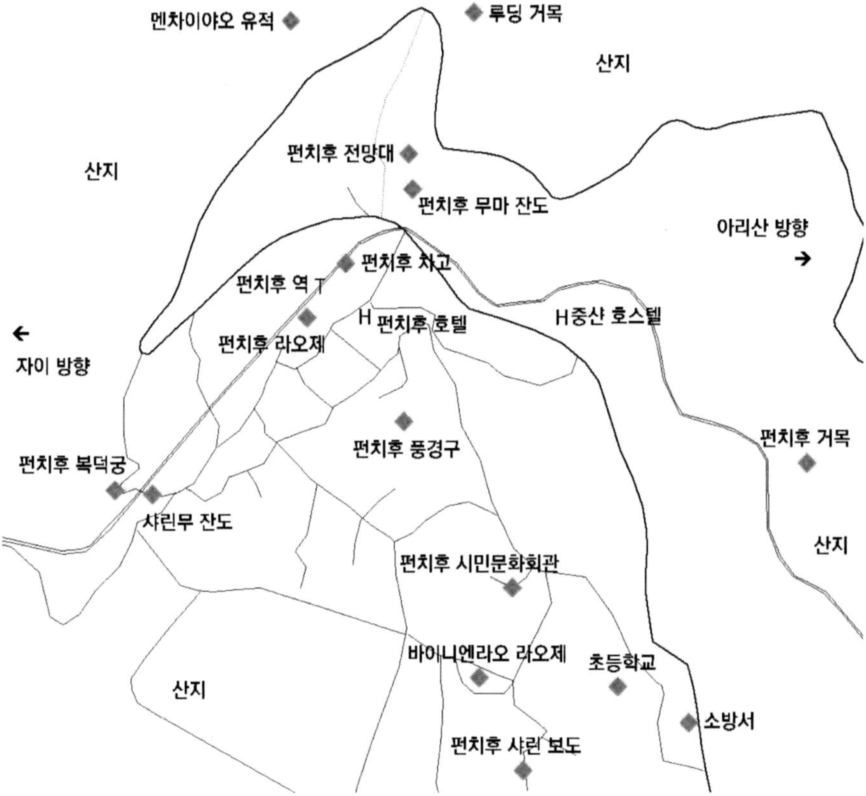

멘차이야오 유적
루딩 거목
산지
편치후 전망대
산지
편치후 무마 잔도
아리산 방향
→
편치후 차고
편치후 역 T
H 편치후 호텔
H중산 호스텔
편치후 라오제
←
자이 방향
편치후 풍경구
편치후 거목
편치후 복덕궁
샤린무 잔도
산지
편치후 시민문화회관
바이니엔라오 라오제
초등학교
산지
소방서
편치후 샤린 보도

〈펀치후〉

펀치후 奮起湖

해발 1,403m 지점에 위치한 산골 마을. 일제 강점기 자이(嘉義)-아리산(阿里山) 간 삼림철도가 운행되고 펀치후역이 생기면서 발전했다. 당시 자이에서 아리산으로 향하는 사람들은 중간인 펀치후에서 하루를 보내고 아리산으로

갔다. 펀치후라는 지명은 산으로 둘러싸인 마을 모습이 마치 삼태기인 번지(畚箕) 같다고 하여 번지후(畚箕湖)라고 했다가 후에 펀치후로 바꾼 것이다. 펀치후에는 증기기관차가 있는 펀치후 처쿠(奮起湖 車庫), 펀치후 라오제(奮起湖老街) 같은 볼거리가 있고 기차 도시락인 톄루볜탕(鐵路便當)이 유명하다.

현재는 아리산-펀치후 간 삼림철도가 중지되어 펀치후-자이 간 삼림철도를 타기 위해 방문하는 사람이 많다.

교통 : ① 자이 역에서 삼림철도 아리산호(阿里山號)[08:30(주말)·09:00(매일)·09:30(주말), 2시간 20분 소요, NT$ 384], 펀치후(奮起湖) 역 하차 *2023년 7월 현재 펀치후-아리산 구간 중지.

② 자이 역앞 터미널에서 7302번(07:06, 약 2시간 소요, NT$ 175), 타이완하오싱 아리산 7322C(07:10), 7322D(09:40) 버스, 펀치후 하차

주소 : 嘉義縣 竹崎鄉 奮起湖

≫펀치후 차고 奮起湖車庫 펀치후 처쿠

아리산에서 펀치후행 미니버스를 타고 펀치후에 내리면 바로 펀치후 처쿠(奮起湖車庫)다. 1906년 세워진 펀치후 처쿠는 산림철도의 기관차, 기차 설비를 보관하는 장소로 쓰였고

현재는 기차 차고 겸 박물관으로 이용된다. 건물 내에서 18, 29번 증기기관차, DL-40형 디젤기관차, 철도 장비, 고산철도 모형 등을 살펴볼 수 있다.

교통 : 펀치후 버스정류장 또는 펀치후 기차역에서 바로

주소 : 嘉義縣 竹崎鄉 奮起湖 火車 展示館

시간 : 08:00~16:00, 요금 : 무료

≫펀치후 역 奮起湖車站 펀치후처잔

해발 1,403m 지점에 위치한 기차역으로 자이-아리산간 기차역 중 가장 큰 규모를 자랑한다. 1912년 경 일제강점기 아리산 산림자원을 운송하기 위한 역으로 세워졌다. 1999년 대지진과 2009년 산사태로 현재 펀치후-아리산 구간이 유실되어 펀치후-자이 구간만 운행된다. 주말이나 성수기에는 삼림철도 이용객이 많으므로 자리에 앉으려면 펀치후 도착 후 티켓부터 구입하자.

교통 : 펀치후 버스정류장에서 펀치후 처쿠(奮起湖車庫) 지나 바로

주소 : 嘉義縣 竹崎鄉 奮起湖 車站

≫펀치후 노가 奮起湖老街 펀치후 라오제

펀치후 역에서 마을 쪽으로 가면 골목에 기념품 상점, 식당 등이 늘어서 펀치후 라오제(奮起湖老街)를 이룬다.

관광객들은 자이로 가는 산림기차를 기다리는 동안 라오제에서 펀치후 특산 고추냉이나 검게 구운 흑 밤을 구입하거나 펀치후 명물 기차 도시락인 테루벤탕(鐵路便當)을 먹으며 시간을 보낸다. 테루벤탕의 원조는 라오제 안쪽의 호텔 펀치후 호텔(奮起湖大飯店)이다.

교통 : 펀치후 버스정류장 또는 펀치후 역에서 바로

주소 : 嘉義縣 竹崎鄉 奮起湖 老街

☆여행 팁_스주오(石棹) 여행

펀치후 인근 스주오(石棹)는 청정 차산지로 이름이 높다. 해발 1,000~1,500m 걸쳐 있는 차밭에서 생산된 찻잎으로 향과 맛이 뛰어난 고산차인 가오산차(高山茶)를 만들어낸다. 가오산차에는 우롱차(烏龍茶), 가오렁차(高冷茶), 홍차(紅茶) 등이 있다. 스주오에서 차밭이 보이는 산책로를 걷거나 고산의 자연생태를 살필 수 있는 딩후 자연생태공원(頂湖自然生態

公園)을 방문해도 괜찮다.

교통 : 펀치후에서 스주오행 버스(09:40, 10:20, 11:00, 11:40, 12:00, 12:40, 13:20, 14:00, 약 15분 소요, NT$ 26), 스주오 하차.

*스주오→펀치후_10:00, 10:40, 11:20, 12:00, 12:20, 13:00, 13:40, 14:20

〈자이(嘉義)〉

자이 嘉義

타이완 서쪽 중남부에 위치한 도시로 도시 남쪽에 열대와 온대를 나누는 북회귀선(北回歸線)이 지나는 베이후이구선광창[기차역앞 중산루(中山路)의 자이커윈 터미널 베이후이(北回)행이나 포쯔(朴子)행 버스 이용], 원화루 야시장(文化路夜市 기차역에서 도보 또는 택시 이용) 등이 가볼만 하다.

보통 자이는 가오테자이(高鐵嘉義) 역, 자이(嘉義) 기차 역앞 버스 터미널에서 아리산행 버스를 타거나 자이커윈(嘉義客運) 터미널에서 온천 관쯔링 온천(關子領溫泉)행 버스를 타기 위해 온다.

교통 : ① 타이베이 역(台北車站)/가오테타이중(高鐵台中) 역에서 타이완가오테(台灣高鐵), 06:30~22:30, 약 10~30분 간격, 1시간 25분/25분 소요, NT$ 1,080/380, 가오테자이(高鐵嘉義) 역 하차. *가오테자이 역에서 자이 시내까지 버스 이용.

② 타이베이 역/타이중 역에서 쯔창(自强), 05:18~21:00, 3시간 30분/1시 20분 소요, NT$ 589/224, 자이(嘉義)역 하차.

③ 타이베이좐윈잔(臺北轉運站 버스 터미널)에서 궈광커윈(國光客運) 1834번(05:00~21:00, 1시간 간격, 3시간 30분 소요, NT$ 425)/타이중 역앞 궈광커윈 터미널에서 1870번(06:10~20:50, 1시간 간격, 1시간 40분 소요, NT$ 204) 버스, 자이 하차

주소 : 嘉義市 西區 中山路

〈아리산〉

아리산 미식관찬청 阿里山美食館餐廳 아리산 메이스스관찬팅

아리산 버스정류장 인근에 있는 식당으로 닭고기땅콩볶음인 궁바오지딩(宮保雞丁), 철판두부인 테판더우푸(鐵板豆腐), 볶음밥인 스진샤오판(什錦炒飯), 매운 훠궈인 마라궈(麻辣鍋) 등 다양한 요리를 낸다. 일행이 있다면 2인 세트나 3~4인 세트를 주문하는 것이 가성비가 높다.

교통 : 아리산 세븐일레븐 편의점에서 바로

주소 : 嘉義縣 阿里山鄉 中正村 30號

전화 : 05-267-9705

시간 : 11:00~14:00, 17:00~20:00

메뉴 : 궁바오지딩(宮保雞丁 닭고기땅콩볶음) 소 NT$ 250, 테판더우푸(鐵板豆腐 철판두부) NT$ 280, 스진차오판(什錦炒飯 볶음밥) NT$ 150, 마라궈(麻辣鍋 훠궈) NT$ 380, 2인 세트 NT$ 880, 3~4인 세트 NT$ 1,600 내외

구구구 찬청 九九九餐廳 주주주찬팅

아리산 마을에서 아리산 역 가는 언덕에 위치한 식당으로 면 요리, 덮밥 요리, 훠궈, 세트 메뉴 등을 낸다. 혼자 여행 중이라면 간단히 면 요리나 덮밥 요리, 여러 명이라면 3가지 요리+1개 탕인 싼차이이탕(三菜一湯) 같은 세트 메뉴를 선택하자.

교통 : 아리산 세븐일레븐 편의점에서 아리산 역 방향, 언덕 위, 도보 1분

주소 : 嘉義縣 阿里山鄉 中正村 10號

전화 : 05-267-9760

시간 : 10:30~19:00

메뉴 : 스진탕멘(什錦湯麵 탕국수) NT$ 80, 샹수파이구판(香酥排骨飯 갈비덮밥) NT$ 80, 차오산주러우(炒山豬肉 돼지고기볶음) NT$ 200, 산찬훠

궈(山産火鍋) NT$ 350, 싼차이이탕(三菜一湯) NT$ 500

아리산 푸드코트

아리산 마을 입구에 둥근 지붕이 있는 동네 체육관스러운 건물에 중국식 분식점인 샤오츠(小吃)가 모여 있다. 메뉴는 찻물에 삶아 검은 색 삶은 계란인 톄단(鐵蛋), 탕국수인 궈샤오멘(鍋燒麵), 육수에 어묵, 채소 등을 데쳐먹는 루웨이(滷味), 아이스크림인 빙치린(冰淇淋) 등. 아리산 마을에서 가장 저렴하게 식사를 할 수 있는 곳이니 부담 없이 주문해보자.

교통 : 아리산 세븐일레븐 편의점에서 주차장 지나 아리산 마을 입구 방향, 도보 2분

주소 : 嘉義縣 阿里山鄉 中正村

시간 : 10:00~20:00

메뉴 : 톄단(鐵蛋 찻물 삶은 계란), 궈샤오멘(鍋燒麵 탕국수), 루웨이(滷味), 빙치린(冰淇淋 아이스크림)

향림복무구 香林服務區 샹린푸우취

자오핑(沼平) 역에서 아리산 풍경과 거목을 살피며 걷다보면 사찰 수진궁(受鎮宮)이 나온다. 수진궁 앞에 아리산 특산품과 간단한 음식을 판매하는 상가가 있어 반갑다. 간식을 준비하지 않았다면 멧돼지육포인 산주러우간(山豬肉乾), 삶은 고구마와 옥수수 등으로 간단히 허기를 면해보자. 특산품 상점에서 아리산 특산인 고산차 가오산차(高山茶), 우롱차(烏龍茶), 홍차紅茶) 등을 구입해도 좋다.

교통 : 아리산 역에서 산림철도로 자오핑(沼平)역 또는 선무(神木)역으로 간 뒤, 역에서 서우전궁(受鎮宮) 방향, 도보 10~15분

주소 : 嘉義縣 阿里山鄉 香林村 45號

시간 : 10:00~18:00

메뉴 : 산주러우간(山豬肉乾 멧돼지육포), 디구아(地瓜 고구마), 위미(玉米 옥수수), 가오산차(高山茶), 우롱차(烏龍茶), 홍차紅茶)

〈펀치후〉

등산 식당 登山食堂 덩산스탕

펀치후(奮起湖) 역에서 펀치후 라오제 방향에 바로 보이는 식당으로 원래 이름인 덩산스탕(登山食堂)보다 철로찬청 테루찬팅(鐵路餐廳)이란 이름이 더 크게 보인다. 입구에 나무로 옛날 기차 매표소 모양을 만들어 놓아 금방 눈에 띈다. 입맛에 따라 갈비, 닭다리, 채식 철로 도시락을 선택하면 되고 철로 도시락 통까지 가져가려면 덩산스탕 세트를 주문한다.

교통 : 펀치후(奮起湖) 버스정류장 또는 기차역에서 펀치후 라오제(奮起湖老街) 방향, 바로

주소 : 嘉義縣 竹崎鄉 奮起湖 168號

전화 : 05-256-2666

시간 : 09:00~17:30

메뉴 : 테루벤탕(鐵路便當 철로 도시락)_샹자파이구(香炸排骨 갈비) NT$ 120, 구이화차차이루지투이(桂花茶菜滷雞腿 닭다리) NT$ 120, 산주러우(山豬肉 멧돼지) NT$ 130, 수스(素食 채식) NT$ 120, 덩산스탕(登山食堂) 세트 NT$ 480 내외

펀치후 호텔 奮起湖大飯店 펀치후다판뎬

펀치후 호텔(奮起湖大飯店)에서 판매하는 철도 도시락 펀치후 벤당(奮起湖便當)은 60년 전통을 자랑한다. 원형 스테인리스 그릇에 밥과 죽순과 마늘종 같은 채소볶음, 갈비(排骨) 또는 닭다리(雞腿) 등을 차곡차곡 담아주는데 이는 진과스(金石)의 광부 도시락과 다르지 않은 모양이다.

메뉴 중 네이융뤼허(內用鋁盒)는 식사 후 원형 도시락 통 반납해야 하고 부시우강(不銹鋼)은 식사 후 원형 도시락 통을 가져갈 수 있다. 고급 도시락을 원한다면 소나무 도시락인 쑹무허(松木盒), 노송나무 도시락인 구이무주(檜木組), 원형 도시락 세트인 부시우강주(不銹鋼組)를 주문해도 좋다.

교통 : 펀치후(奮起湖) 버스정류장 또는 기차역에서 펀치후 라오제(奮起湖老街) 지나 호텔 방향, 도보 4분

주소 : 嘉義縣 竹崎鄉 中和村 178-1號

전화 : 05-256-1888
시간 : 10:00~18:00
메뉴 : 네이융뤼허(內用鋁盒 용기반납) NT$ 120, 쑹무허(松木盒 소나무 도시락) NT$ 400, 부시우강(不銹鋼) NT$ 300, 구이무주(檜木組 노송나무 도시락) NT$ 800, 부시우강주(不銹鋼組) NT$ 500 내외
홈페이지 : www.fenchihu.com.tw

〈자이〉

삼아자이 화계육반 三雅嘉義火雞肉飯 싼야자이 훠지러우판

50년 전통의 중국식 분식점 샤오츠(小吃)로 칠면조 고기인 훠지러우(火雞肉) 요리가 유명하다. 간단히 먹으려면 칠면조 고기 덮밥인 훠지러우판(火雞肉飯), 조금 더 칠면조 고기 맛을 보려면 훠지러우피엔판(火雞肉片飯)을 주문하자. 칠면조 덮밥에 된장국인 웨이정탕(味增湯), 튀긴 두부인 유더우푸(油豆腐)을 추가해도 좋다. 이곳 외 런아이루(仁愛路)에도 여러 식당이 있다.
교통 : 자이(嘉義) 역에서 정면 방향, 바로
주소 : 嘉義市 西區 仁愛路 576-1號
전화 : 05-224-2586
시간 : 09:00~21:00, 휴무 : 목요일
메뉴 : 웨이정탕(味增湯 된장국) NT$ 10, 요우더우푸(油豆腐 튀긴 두부) NT$ 20, 훠지러우피엔판(火雞肉片飯 칠면조 육편 덮밥) NT$ 50, 훠지러우판(火雞肉飯 칠면조고기 덮밥) NT$ 30, 지러우판(雞肉飯 닭고기 덮밥) NT$ 소 20 내외

*상점

아리산 상점가
아리산 버스정류장 옆에 상점가에서 아리산 특산 가오산차(高山茶), 커피, 고추냉이, 은행, 일출과자 등 구입할 수 있다. 가오산차, 우롱차(烏龍茶), 훙차 紅茶) 등을 구입할 때 그냥 사는 것보다 차 전문점 르추샹뎬(日出商店)에서 차 맛을 보고 구입하면 좋은데 차 맛만 보고 구입하지 않으면 욕먹을 수 있으니 주의!
교통 : 아리산 세븐일레븐 편의점 앞 버스정류장에서 바로
주소 : 嘉義縣 阿里山鄉 中正村
시간 : 10:00~18:00

07 관쯔링 온천 關子嶺溫泉 Guanzi Hot Spring

타이완 중남부 산지에 위치한 온천으로 일제강점기 처음으로 개발되었다. 쓰충시 온천, 베이터우 온천, 양밍산 온천과 함께 타이완 4대 온천에 꼽힌다. 타이완 유일의 진흙 온천이기도 하다.

온천(수)은 염류성탄산천이고 용출온도는 75℃. 진흙 성분이 피부를 매끄럽게 하고 피부노화를 막고 미용, 피로회복, 위장병 등에 좋다고 알려졌다.

관쯔링 온천가에 독탕이 있는 온천장에서 온천을 즐기기 좋고 온천 후에는 관쯔링의 명물 항아리 닭찜을 맛보아도 괜찮다. 자이에서 당일로 갔다 올 수 있으나 온천 마을을 느낌을 받으려면 하룻밤 묵으며 온천을 즐겨도 괜찮다.

▲ 교통

• 자이 ↔ 관쯔링

① 자이 자이커윈(嘉義客運, 자이 역앞 중산로 中山路 이용, 도보 5분) 터미널에서 7214번(07:00~17:40, 약 1시간 간격, 약 1시간 10분 소요, NT$ 90) 버스, 관쯔링(關子嶺) 또는 링딩 궁위안(嶺頂公園, 종점) 하차.

자이커윈_wwm.cibus.com.tw

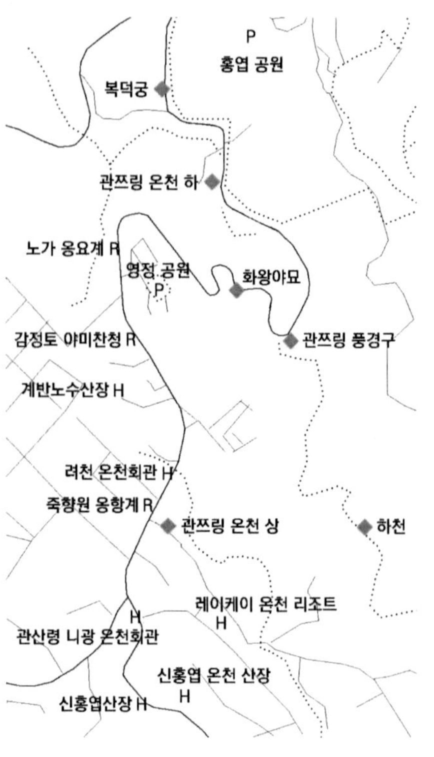

② 가오톄자이(高鐵嘉義) 역에서 타이완하오싱 버스 33번 **주말** 08:30 ~ 14:00, 약 1시간 간격, NT$ 115

• 관쯔링 시내교통

관쯔링 온천 마을은 도보로 이동 가능하고 땅에서 불이 솟는 수화동원은 버스를 이용한다.

▲ 여행 포인트

① 화단과 산책로가 있는 링딩 공원에서 한가로운 시간 보내기

② 관쯔링 온천에서 온몸이 개운해지는 진흙 온천욕 해보기

③ 온천욕 후 항아리 찜닭, 웽야오지 맛보기

▲ 추천 코스

링딩 공원→관쯔링 온천 상→온천욕→웽야오지 식당

관쯔링 온천 하 關子嶺溫泉 下 관쯔링 원취안 샤

관쯔링(關子嶺) 아래에 위치한 온천촌으로 길가에 온천 호텔이 늘어서 있고 온천 호텔 뒤쪽으로 가을 단풍이 아름답다는 훙예 공원(紅葉公園)이 있고 온천 호텔 앞쪽으로 하천인 여우즈터우시(柚子頭溪)가 흐른다.

바오촨챠오(寶泉橋)를 건너가면 원취안 라오제(溫泉老街)가 나오고 원취안 라오제를 지나면 사원인 훠왕예먀오(火王爺廟), 링딩 공원(嶺頂公園)으로 향하는 계단인 하오한포(好漢波)가 위치한다. 관쯔링 원취안 샤에서 진흙 온천을 즐기거나 위쪽 관쯔링웬취안 샹으로 가볍게 걸어보자.

교통 : 자이 자이커윈(嘉義客運, 자이역앞 중산로 中山路 이용, 도보 5분) 터미널에서 7214번(07:00~17:40, 약 1시간 간격, 약 1시간 10분 소요, NT$ 85), 관쯔링(關子嶺) 하차

주소 : 台南市 白河區

전화 : 06-682-2344

☆여행 이야기_관쯔링 온천 關子嶺溫泉

자이(嘉義) 남동쪽, 해발 270m 관쯔링(關子嶺)에 위치한 온천으로 일제강점기 때부터 알려지기 시작해 100년이 넘는 역사를 자랑한다. 이곳은 온천수가 용출할 때 진흙 성분과 여러 광물질이 혼입되어 회색빛을 띈다. 이 때문에 헤이서 온천(黑色溫泉)이라고도 불린다.

관쯔링 온천은 베이터우(北投), 양밍산(陽明山), 쓰충시(四重溪)와 함께 타이완 4대 온천 중 하나로 꼽힌다. 타이완 유일의 진흙 온천(泥質 溫泉)이기도 하다. 온천수는 염기성탄산온천(鹽鹼性碳酸溫泉)으로 다량의 광물질, 유황, 염분, 탄산을 함유하고 있다. 산도(pH)는 8.2로 약알칼리성이며 온천 온도는 75℃ 정도이다. 알레르기, 피부병, 위장병, 신경통 등에 효험이 있는 것으로 알려졌다.

화왕야묘 火王爺廟 훠왕예먀오

1902년 일제강점기 관쯔링 온천이 개발될 때 땅에서 불이 솟은 곳을 발견하고 일본에서 많이 믿는 부동명왕(不動明王) 석비를 세워, 평안을 기원한 것이 시초이다. 부동명왕은 불교에서 번뇌의 악마를 물리치고 밀교 수행자를 보호하는 왕으로 간주되고 타이완에서는 민간신앙 중 하나인 화덕성군(火德星君), 즉 화왕야(火王爺)로 여겨진다.

교통 : 관쯔링 버스정류장에서 원취안라오제(溫泉老街) 지나 뒤, 육교(天梯) 건너. 도보 6분

주소 : 台南市 白河區 鎮關嶺里 關子嶺 28號旁

영정 공원 嶺頂公園 링딩 궁위안

자이(嘉義)에서 출발한 관쯔링 온천행 버스종점으로 광장, 산책로, 화단 등이 잘 가꾸어져 있어 잠시 쉬어 가기 좋다. 공원 위쪽에는 관쯔링 여행자센터(關子嶺遊客服務中心)가 있어 여행, 온천 정보를 얻을 수도 있다. 관쯔링웬취안 샤(下)에서 올 때에는 훠왕예먀오(火王爺廟)를 지나 243개의 하오한포(好漢波) 계단을 이용하면 된다.

교통 : 자이 자이커윈(嘉義客運, 자이 역앞) 터미널에서 7214번 버스(07:00~17:40, 약 1시간 간격, 약 1시간 10분 소요, NT$ 90), 링딩 공원(嶺頂公園. 종점) 하차

주소 : 台南市 白河區 鎮關嶺里 關子嶺 30號

관쯔링 온천 상 關子嶺溫泉 上 관쯔링 원취안 샹

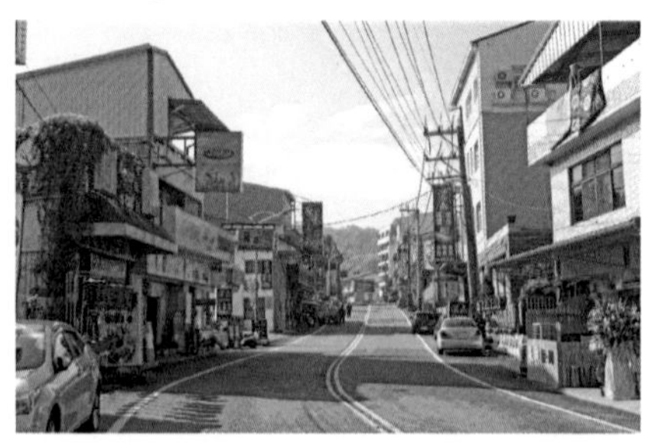

링딩 공원(嶺頂公園) 위쪽으로 상점과 온천 호텔이 늘어서 있어 온천가를 이룬다. 조금 평지여서 계곡에 위치해 답답한 느낌의 관쯔링 원취안 샤(下)보다 한결 시원한 느낌이 든다. 온천 호텔에

서의 온천욕은 탕이 있는 방을 대여하는 형태로 탕우파오탕(湯屋泡湯)라고 한다. 저가 탕우파오탕은 탕과 샤워시설, 고가 탕우파오탕은 욕탕(온천탕)과 침대 시설을 갖추고 있다. 온천 호텔 외 워터파크 개념의 노천 온천은 수영복, 수영모가 필요하니 미리 준비!

교통 : 링딩 공원(嶺頂公園)에서 바로

주소 : 台南市 白河區 鎮關嶺里 關子嶺

전화 : 06-682-2344

☆여행 팁_수화동원 水火同源

관쯔링 온천(關子嶺溫泉) 종점에서 남서쪽으로 약 4.2km 떨어진 곳에 명승지로 원래 명칭은 수이워퉁(水火洞)이었다. 명칭 그대로 물이 흐르는 계곡의 지면이나 바위틈에서 불길이 올라와 신비로운 풍경을 만들어낸다. 이 때문에 타이완 7경(台灣七景)이자 타이난 8경(台南八景)으로 꼽히기도 했다. 단, 평일에는 대중교통 편이 없어 접근하기 불편하고 주말에만 수이훠퉁위안행 미니버스인 관쯔링 쟈르궁처(關子嶺假日公車)가 운행된다. 도보로 약 1시간 정도 걸리는데 2차선 도로에 인도가 없어 걷기 어렵다.

교통 : 링딩 공원 종점에서 관쯔링 쟈르궁처(關子嶺假日公車) 이용, 수이워퉁위안 하차(**토~일** 07:40~16:25, 약 1시간 간격, 8분 소요, NT$ 26)

주소 : 台南市 白河區 關嶺里 水火洞

전화 : 06-635-3226

***레스토랑**

감정토 야미찬청 崁頂土野味餐廳 칸딩투예웨이찬팅

관쯔링 온천(關子嶺溫泉) 종점 인근에 있는 닭요리 점으로 오전 11시 무렵이면 장작불에 주간지(竹竿雞)를 굽는 연기가 진동한다. 주간지는 대나무에 닭을 꿰어 장작불에 굽는 요리. 간단히 먹으려면 주간지와 쌀밥인 바이판(白飯)을 주문하고 푸짐하게 먹으려면 주간지와 채소볶음인 차오가오리차이(炒

高麗菜), 닭 탕 중 하나인 둥충샤차오지탕(冬蟲夏草雞湯), 바이판까지 푸짐하게 시켜보자. 주간지는 한 마리인 촨(全), 반 마리인 반(半) 중에서 선택가능하나 온천 후라면 1인 1닭이 바람직하다.

교통 : 링딩 공원(嶺頂公園, 종점)에서 바로
주소 : 台南市 白河區 鎮關嶺里 31-2號
전화 : 06-682-2989
시간 : 10:00~20:30
휴무 : 화·수요일
메뉴 : 주간지(竹竿雞)_한 마리(全) NT$ 700, 半 NT$ 350, 마포더우푸(麻婆豆腐) NT$ 150, 차오가오리차이(炒高麗菜 채소볶음) NT$ 100, 둥충샤차오지탕(冬蟲夏草雞湯 동충하초 닭탕) NT$ 400, 바이판(白飯 쌀밥) NT$ 10 내외

노가 옹요계 老街甕窯雞 라오제 웽야오지

항아리 속에 생닭을 메달아 잘 구운 것을 웽야오지(甕窯雞)라고 한다. 생닭에서 떨어진 육즙은 아래 죽순을 담은 그릇에 떨어져 죽순탕인 순즈탕(筍仔湯)이 된다. 웽야오지는 담백한 맛에 쫄깃한 식감을 자랑해 관쯔링 온천을 찾는 사람이라면 한번쯤 먹어봐야 하는 명물이다. 1인 반 마리에 채소볶음이나 탕을 추가해도 좋고 1인 한 마리로 웽야오지에 집중해도 괜찮다.

교통 : 링딩 궁위안 종점에서 식당 방향, 도보 4분
주소 : 台南市 白河區 31-11號
전화 : 06-682-3369
시간 : 10:00~14:00, 17:00~21:00
휴무 : 수요일
메뉴 : 웽야오지(甕窯雞) 한 마리 (全雞) NT$ 600, 반마리(半雞) NT$ 350, 궁바오지딩(宮保雞丁 땅콩닭볶음) 소 NT$ 160, 테판쑹반주(鐵板松阪豬 철판돼지볶음) 소 NT$ 220, 바이판(白飯 쌀밥) NT$ 10 내외

죽향원 옹항계 竹香園甕缸雞 주샹위안 웽야오지

항아리 닭요리를 내는 식당으로 담백하게 잘 구운 닭요리를 맛볼 수 있어 인

기가 높다. 닭고기는 소금에 찍어 먹어도 좋고 함께 나오는 짭짤한 죽순탕 순즈탕(筍仔湯)으로 간을 맞춰도 괜찮다. 여럿이라면 항아리 닭요리와 채소볶음, 탕 등이 나오는 세트메뉴를 선택하자. 단, 세트메뉴 중 어떤 것은 닭요리 대신 돼지고기 요리가 나오므로 확인!

교통 : 링딩 궁위안 종점에서 식당 방향, 도보 5분

주소 : 台南市 白河區 鎮關嶺里 46-3號

전화 : 06-682-2809

시간 : 11:00~14:30, 16:30~20:30

메뉴 : 웽강투지(甕缸土雞) 반 마리 NT$ 350, 한 마리 NT$ 600, 세트메뉴_2인(兩人套餐) NT$ 680, 3~4인(三~四人套餐) NT$ 980, 궁바오파이구(宮保排骨 땅콩갈비볶음) NT$ 180, 런산산야오지탕(人蔘山藥雞湯 인삼산약 닭탕) NT$ 380 내외

*온천

려천 온천회관 儷泉溫泉會館 리취안 원취안후이관

관쯔링 온천 종점, 관쯔링 온천 상(關子嶺溫泉 上) 마을에 있는 온천으로 온천욕을 하려면 개인 온천탕(湯室泡湯)을 대여하고 온천과 숙박을 같이 하려면 객실을 잡자. 개인 온천탕은 욕조와 샤워 시설이 되어 있는 공간으로 욕조에 온천수를 받아 온천을 즐길 수 있다. 온천수는 염기성탄산온천(鹼性碳酸溫泉)이고 산도(pH)는 8.2로 약알칼리성을 띈다. 온천수에 진흙성분이 섞여 있어 흑색 온천 헤이서 온천(黑色溫泉) 또는 진흙온천 니바 원취안(泥巴溫泉)이라고도 한다. 온천을 하면 피부가 한결 미끈거리는 것이 느껴진다.

교통 : 링딩 궁위안 종점에서 온천 호텔 방향, 도보 5분

주소 : 台南市 白河區 關嶺里 43-3號

전화 : 06-682-2582

시간 : 09:00~20:00

요금 : 온천탕(湯室 泡湯)_1시간 NT$ 600, 2시간 NT$ 1,000, 객실(숙박)_ 평일 NT$ 2,600 내외
홈페이지 :
http://066822582.com.tw

관산령 니광 온천회관 關山嶺 泥礦溫泉會館 관산링 니쾅원취안후이관

관쯔링 온천 상(關子嶺溫泉 上) 마을을 조금 올라간 곳에 있는 온천 호텔로 온천탕(泡湯/休息)이나 온천탕+객실(套房)을 이용할 수 있다. 연인이나 동행이 있다면 좀 더 쾌적한 온천탕+객실을 이용해 즐거운 시간을 가져보자. 온천 이용 시 고혈압이나 지병이 있는 사람은 낮은 온도로 온천수 온도를 맞추어 이용하고 보통 5~10분 정도 온천욕하고 밖에서 쉬자.

교통 : 링딩 궁위안 종점에서 리취안 온천회관(儷泉溫泉會館) 지나. 도보 9분
주소 : 台南市 白河區 關子嶺 65-10號
전화 : 06-682-3099
시간 : 09:00~20:00
요금 : 평일_온천탕(泡湯/休息)_1시간 NT$ 500, 온천탕+객실(套房)_1.5시간 NT$ 1,000~1,200, 객실(숙박) NT$ 3,400~3,900 내외
홈페이지 : www.kspa.com.tw

신훙엽산장 新紅葉山莊 신훙예산좡

관쯔링 온천 상(關子嶺溫泉 上) 마을 위쪽에 있는 온천 호텔로 작은 워터파크(?) 개념의 노천 온천과 온천탕을 갖추고 있는 곳이다. 노천 온천은 수영복을 착용해야 입장할 수 있으니 미리 수영복을 준비하자. 온천 수영장 이용 시 수영모가 필요할 수도 있다. 타이완은 겨울에도 크게 춥지 않아 노천 온천을 즐기며 자연을 만끽하기 좋다. 독탕을 원하는 사람은 호텔로 올라가 온천탕을 대여한다.

교통 : 링딩 궁위안 종점에서 관산링(關山嶺) 지나. 도보 11분
주소 : 台南市 白河區 關嶺里 關子嶺 65-9號
전화 : 06-682-2822
시간 : 월~금 09:30~19:30, 토~일 09:30~21:00
요금 : 평일_노천온천_NT$ 300, 온천탕(湯室泡湯)_2시간 NT$ 1,000~1,200, 객실(숙박)_NT$ 5.800~ 내외
홈페이지 : www.redsprings.com.tw

5. 호텔&호스텔

01 특급 호텔

인터컨티넨탈 호텔 高雄洲際酒店 Inter Continental Kaohsiung

가오슝 시내 MRT 싼둬샹취안 역 부근에 있는 특급 호텔이다. 객실은 클래식, 트윈, 클래식 킹 등 253개를 운영하고 레스토랑은 BL. T33 로비라운지, 잔루 중식당, 와라 일식당 등이 있다.

교통 : MRT 싼둬샹취안(三多商圈) 역 2번 출구에서 남쪽으로 갔다가 우회전, 도보 4분

주소 : 高雄市 前鎮區 新光路 33號

전화 : 07-339-1888

요금 : 클래식 NT$ 6,930, 트윈 NT$ 6,965, 클래식 킹 NT$ 7,381

홈페이지 :

https://ickaohsiung.com

실크 클럽 호텔 晶英國際行館 高雄 Silks Club

가오슝 시내 MRT 싼둬샹취안 역 부근에 있는 특급 호텔이다. 객실은 디럭스, 디럭스 킹, 트윈 등으로 다양하고 레스토랑은 퓨전일식 우카이 테이, 조식 레스토랑 인 제이드 라운지, 간단 안주에 술 한잔 하기 좋은 다사이바 등이 있다.

교통 : MRT 싼둬샹취안(三多商圈) 역 2번 출구에서 남쪽으로 갔다가 우회전, 도보 5분

주소 : 高雄市 前鎮區 中山二路 199號

전화 : 07-973-0189

요금 : 디럭스 NT$ 5,832, 디럭스 킹 NT$ 6,123, 트윈 NT$ 6,265

홈페이지 : www.silks-club.com

가오슝 메리엇 호텔 高雄萬豪酒店 Kaohsiung Marriott Hotel

가오슝 역 북쪽 MRT 아오쯔디 역 부근에 있는 특급 호텔이다. 객실은 클래식, 디럭스, 디럭스 킹 등이 있는 레스토랑 중에는 M9 뷔페 레스토랑이 눈에 띈다. 뷔페 레스토랑이 가성비가 좋으므로 기회가 되면 이용해보자.

교통 : MRT 아오쯔디(凹子底) 역에서 남쪽으로 간 뒤, 좌회전, 도보 7분

주소 : 高雄市 鼓山區 龍德新路 222號

전화 : 07-559-9111

요금 : 클래식 NT$ 5,500, 디럭스 NT$ 5,800, 디럭스 킹 NT$ 5,800

홈페이지 : https://www.marriott.com/en-us/hotels/khhmc-kaohsiung-marriott-hotel

레이크쇼어 호텔 煙波大飯店台南館 Lakeshore Hotel Tainan

타이난 역과 안핑 지역 중간에 위치한 특급 호텔이다. 호텔 주변에 공자묘, 타이난시립미술관, 적감루 등이 있어 둘러보기도 좋다.

교통 : 타이난 역에서 택시 8분

주소 : 台南市 中西區 永福路 一段 269號

전화 : 06-215-6000

요금 : 디럭스 킹 NT$ 3,510, 클래식 킹 NT$ 3,621, 프리미어 킹 NT$ 3,666

홈페이지 : https://tainan.lakeshore.com.tw

밀레니엄 호텔 台中日月千禧酒店

모던한 디자인으로 멀리서도 눈에 띄는 특급 호텔이다. 객실은 트윈, 디럭스, 클럽 트윈 등으로 다양하다. 레스토랑 중에는 솔루나 뷔페 레스토랑이 눈에 들어온다.

교통 : 타이중 역에서 택시 22분

주소 : 台中市 西屯區 市政路 77號

전화 : 04-3705-6000

요금 : 트윈 NT$ 4,200, 디럭스 NT$ 4,200, 클럽 트윈 NT$ 4,900

홈페이지 : www.millenniumhotels.com/en/taichung/millennium-hotel-taichung

02 비즈니스(중급) 호텔

저스트 슬립 捷絲旅高雄站前館

가오슝 역 남쪽에 있는 중급 호텔로 역과 시외버스 정류장이 가까이 있어 여행하기 편리하다. 호텔 내 더블 베기(蔬食百匯) 레스토랑에서 조식을 즐기기도 좋다.

교통 : 가오슝 역에서 남쪽 방향, 도보 5분

주소 : 高雄市 新興區 中山一路 280號

전화 : 07-973-3588

요금 : 디럭스 NT$ 3,100, 트윈 NT$ 3,100, 이그제큐티브 NT$ 3,500
홈페이지 : www.justsleephotels.com

한쉬안 인터내셔널 호텔 寒軒國際大飯店

가오슝 시내 싼뒤샹취안 역 부근에 있는 오성 호텔인데 중급 요금인 곳이다. 42층 건물을 이용해 전망이 좋은 것도 장점!

교통 : MRT 싼둬샹취안(三多商圈) 역에서 북쪽으로 올라간 뒤, 우회전. 도보 13분
주소 : 高雄市 苓雅區 四維 三路 33號
전화 : 07-332-2000
요금 : 슈페리어 킹 NT$ 2,200, 스탠더스 비즈니스 NT$ 2,700, 뷰 더블 NT$ 2,700
홈페이지 : www.han-hsien.com.tw

더 하워드 플라자 호텔 高雄福華大飯店

MRT 메이리다오역 부근에 있는 오성 호텔이나 중급 요금인 곳이다. 호텔 내 야외 수영장에서 물놀이하며 시간을 보내기 좋다.

교통 : MRT 메이리다오(美麗島) 역에서 동쪽으로 간 뒤, 좌회전. 도보 11분
주소 : 高雄市 新興區 七賢一路 311號
전화 : 07-236-2323
요금 : 트윈 NT$ 2,500, 패밀리 NT$ 3,300
홈페이지 : www.howard-hotels.com.tw

골든 튤립 알에스 부티크 호텔 台南榮興金鬱金香酒店 Golden Tulip RS Boutique Hotel

타이난 역에서 가까운 거리에 있는 부티크 호텔이다. 부티크 호텔답게 클래

식하게 꾸며진 호텔 내부가 어디서나 사진을 찍어도 좋은 포토 스팟이다.

교통 : 타이난 역에서 택시 6분

주소 : 台南市 中西區 民族路 二段 128號

전화 : 06-220-8366

요금 : 더블 NT$ 2,000, 디럭스 러블 NT$ 2,500, 디럭스 트윈 NT$ 2,500

홈페이지 : www.goldentulip-tainan.com

홀리데이 인 익스프레스 타이중 파크 Holiday Inn Express Taichung Park

중급 호텔의 교과서라 할 수 있는 홀리데이 인 체인호텔이다. 깔끔한 호텔 로비, 객실, 레스토랑 등 뭐하나 나무랄게 없다.

교통 : 타이중 역에서 타이중 공원 방향, 도보 10분

주소 : 台中市 中區 94

전화 : 04-3505-9898

요금 : 더블 NT$ 2,100, 스탠더드 NT$ 2,100, 퀸 NT$ 2,100

홈페이지 : www.ihg.com/holidayinnexpress/hotels/us/en/taichung

03 저가 호텔&호스텔

로열 그룹 호텔 창지엔 1호점 御宿商旅-站前館

중저가 호텔부터는 역에서 가까운 호텔이 제일 좋은데 역에서 도보 5분 거리의 저가 호텔이다.

교통 : 가오슝 역에서 남쪽, 도보 5분

주소 : 高雄市 三民區 建國 二路 283號

전화 : 07-237-8888

요금 : 스탠더드 더블 NT$ 900, 슈페리어 더블 NT$ 970, 퀸 스위트 NT$

790

홈페이지 : www.royal-group.com.tw

진바오 호텔 金堡旅店 Jin Bao Hotel

가오슝 역과 가깝고 호텔 근처에 궈광 처윈 정류장도 있어 헝춘이나 컨딩으로 가기도 편리하다.

교통 : 가오슝 역에서 남쪽, 도보 5분

주소 : 高雄市 三民區 南華路 224號

전화 : 07-235-6677

요금 : 더블 NT$ 810, 트윈 NT$ 810, 패밀리 NT$ 1,300

나이스 호텔 國眾大飯店 Nice Hotel

저가 호텔 중에도 조식 나오는 곳이 있으므로 호텔 예약 시 참고하자. 이곳은 조식 제공!

교통 : 가오슝 역에서 남동쪽, 도보 5분

주소 : 高雄市 三民區 建國 二路 268號

전화 : 07-237-0117

요금 : 더블 NT$ 900, 트윈 NT$ 990, 트리플 NT$ 1,500

티에 다오 호텔 鐵道大飯店

타이난 역 바로 앞에 있고 웬만한 호스텔보다 저렴한 저가 호텔이다. 단, 창문이 없는 경우가 있다.

교통 : 타이난 역앞, 바로

주소 : 台南市 北區 成功路 2號

전화 : 06-221-3200

요금 : 이코노미 더블 NT$ 540, 더블 NT$ 700, 트윈 NT$ 790

챈스 호텔 巧合大飯店 Chance Hotel

타이중 역 바로 앞에 있어 찾기 쉽고 타이중 여행하기도 편리한 저가 호텔이다.

교통 : 타이중 역 서쪽, 바로
주소 : 台中市 中區 建國路 163號
전화 : 04-2229-7161
요금 : 더블 NT$ 620, 트리풀 NT%$ 870

〈호스텔〉

싱글 인-가오슝 린센 Single Inn 單人房 高雄林森

가오슝 역 남쪽에 있는 호스텔로 인근에 **싱글 인-가오슝스테이션점**도 운영한다.
교통 : 가오슝 역에서 남쪽으로 간 뒤, 좌회전. 도보 11분
주소 : 高雄市 新興區 林森一路 267號 地下一樓
전화 : 07-236-3256
요금 : 도미토리 NT$ 374, 싱글 NT$ 762
홈페이지 : www.singleinn.com.tw

드웰 호스텔 旅悅 國際青年旅館 D'well Hostel

MRT 싼둬샹취안 역에서 가까운 곳에 있어 시내 구경하기 편리!
교통 : MRT 싼둬샹취안(三多商圈) 역에서 동쪽, 도보 2분
주소 : 高雄市 前鎮區 三多 三路 211號 3樓
전화 : 0975-928-000
요금 : 도미토리 NT$ 420, 더블 NT$ 1,500
홈페이지 : https://book-directonline.com/properties/dwellhosteldirect

플라이 인 호스텔 飛行家青年旅館 FLY INN HOSTEL

MRT 싼둬샹취안 역에서 가까워 호스텔 찾아기 쉽다. 일행이 있다면 더블룸이 편하고 혼자라면 도미토리도 괜찮다.

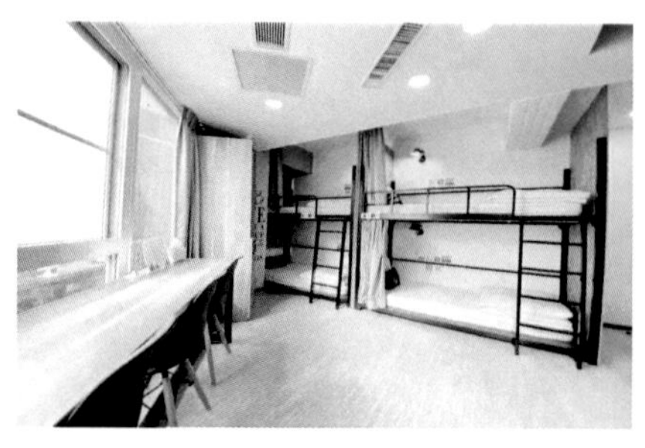

교통 : MRT 싼둬샹취안(三多商圈) 역에서 서쪽, 도보 2분

주소 : 高雄市 苓雅區 仁義街 2-4號 櫃台及大廳 b1號

전화 : 0906-776-511

요금 : 도미토리 NT$ 500, 더블 NT$ 1,100

홈페이지 : https://lin.ee/pvoanG5

우노 호스텔 Uno 青年旅舍

MRT 중양궁위안 역에서 가까운 호스텔로 시내 둘러보기 편리!

교통 : MRT 중양궁위안(中央公園) 역에서 남쪽, 도보 3분

주소 : 高雄市 新興區 中山 二路 548號

전화 : 07-201-8686

요금 : 도미토리 NT$ 555, 더블 NT$ 1,333

올드맨 캡틴 호스텔 老曼船長鐵道 HOSTEL Old Man Captain HOSTEL

타이난 역 바로 앞에 있는 호스텔로 타이난 여행하기 편리!

교통 : 타이난 역 서쪽 출구, 바로

주소 : 台南市 東區 北門路 二段 2號

전화 : 0982-697-940

요금 : 도미토리 NT$ 475, 더블 NT$ 1,055

홈페이지 : http://oldmancaptain.weebly.com

무핀주 호스텔 沐品居太空旅棧 Mu Pin Ju Hostel

캡슐 형태 숙소와 도미토리를 함께 운영하는 호스텔이다.

교통 : 타이중 역에서 바로

주소 : 台中市 中區 成功路 10號 12樓

요금 : 캡슐 NT$ 490, 도미토리 NT$ 690

6. 여행 정보

01 여권

해외여행은 해외에서 신분증 역할을 하는 여권(Passport) 만들기부터 시작한다.
여권은 신청서, 신분증, 여권 사진 2장, 여권 발급 비용 등을 준비해 서울시 25개 구청 또는 지방 시청과 도청 여권과에 신청하면 발급받을 수 있다. 여권의 종류는 10년 복수 여권, 5년 복수 여권, 1년 단수 여권(1회 사용) 등으로 나뉜다. 여권은 보통 전자 칩이 내장된 전자 여권으로 발급된다. 예전 여권 표지 색은 녹색, 새로운 여권 표지 색은 청색으로 발급! ***대한민국 국민은 타이완 무사증(무비자) 입국, 90일 체류가능**
외교부 여권_www.passport.go.kr

· 준비물_신청서(여권과 비치), 신분증(주민등록증, 운전면허증 등), 여권 사진 1매(6개월 이내 촬영), 발급 수수료

(10년 복수 여권 5만 3천 원/5년 복수 여권 4만 5천 원/1년 단수 여권 2만 원) *병역미필자(18세~37세)_여권 발급 가능. 단, 출국 시 국외여행 허가서(병무청) 필요!

· 주의 사항_여권과 신용카드, 항공권 구매 등에 사용하는 영문 이름이 같아야 함/여권 유효 기간이 6개월 이내일 경우 외국 출입국 시 문제생길 수 있으므로 연장 신청.

☆여행 팁_타이완 기후와 여행 시기

타이완은 한국보다 위도가 아래에 있어 사계절이 뚜렷하지 않고 사철 더운 편이다. 평균 온도는 7~8월이 가장 덥고 1~2월이 가장 추우며 평균 강수량은 8~9월에 가장 많고 12월~2월은 가장 적다. **여행 가기 좋은 시기는 봄과 가을이나 겨울도 옷차림만 든든하게 하면 여행 다니기 괜찮다.** 여행 시기는 여행 성수기(여름방학, 연말연시)와 비수기로 따지면 여행 비수기에 여유롭게 다닐 수 있고 여행 성수기에 비해 항공료나 숙박료도 조금 저렴하다.

봄(3~4월)_봄은 기온이 온화하여 여행하기 좋은 계절이다. 평균 온도는 19.6℃, 평균 강수량은 158.3mm/15일. 3월에서 4월까지는 점진적으로 온도가 오르고 겨울에 비해 비오는 날이 많아지나 여행 다니는데 불편할 정도는 아니다. 3월 긴팔 옷 준비!

여름(5~9월)_여름은 매우 덥고 습해 여행 다니기 불편한 시기이다. 평균 온도는 27.2℃, 평균 강수량은 251.1mm/15일. 5~6월과 9월보다 7월과 8월이 더 덥고, 5~7월보다 8~9월에 비가 더 많이 내린다. 6~9월은 간간히 태풍 발생함으로 주의. 5~9월 가벼운 옷차림, 8~9월 우산 필수!

가을(10~11월)_가을은 맑고 온화한 편이어서 여행 다니기 좋은 시기이다. 평균 온도는 22.3℃, 평균 강수량은 95.2mm/12일. 10월에서 11월까지 점진적으로 온도가 내려가고 10~11월 비는 가끔 온다. 10~11월 가벼운 옷차림, 우산 준비!

겨울(12~2월)_겨울은 쌀쌀하고 종종 바람이 부는 편이어서 옷차림만 든든히 하면 여행하기 나쁘지 않은 시기다. 평균 온도는 16℃, 평균 강수량은 104.3mm/14일. 12월에서 1~2월 온도가 내려가고 12~1월에서 2월 비 오는 날이 늘어나나 많지는 않다. 1~2월 얇은 파커(점퍼) 필수, 12월 긴팔 옷, 12월~2월 우산 준비!

02 항공권

인천에서 타이베이(타오위안)까지 대한항공, 아시아나, 에바항공, 케세이퍼시픽, 중화항공, 타이항공, 제주항공 등, 인천에서 타이베이(쑹산)까지 티웨이항공, 이스타항공, 중화항공 등, 부산에서 타이베이(타오위안)까지 대한항공, 제주항공, 중화항공 등, 부산에서 가오슝까지 에어부산, 케세이퍼시픽 등이 운항한다. 대한항공, 아시아나, 제주항공 같은 항공사는 직항, 케세이퍼시픽, 중화항공의 일부 항공편은 홍콩 같은 도시를 들리는 경유이다.

항공 티켓은 제주항공 같은 저가 항공사가 대한항공, 아시아나 같은 일반 항공사에 비해 저렴한 편이다. 좀 더 싼 항공권을 원한다면 단체 항공권 중 일부가 나온 땡처리 항공권을 찾거나 여행일자 보다 이른 일자에 예매하는 얼리버드 요금을 알아본다. 여행 기간이 길다면 귀국 일자를 변경할 수 있는 일반 항공사의 티켓을 구입한다.

항공 티켓 구입은 인터파크 투어, 네이버 항공 같은 여행전문 인터넷 홈페이지에서 할 수 있고 대한항공, 제주항공 같은 항공사과 하나투어, 모두투어 같은 여행사 홈페이지에서도 구입 가능하다. *저가 항공권, 땡처리 항공권의 경우 취소 시 큰 손해를 볼 수 있으므로 주의.

03 숙소 예약

숙소는 가격에 따라 특급 호텔, 비즈니스(중가)호텔, 저가 호텔 또는 게스트하우스(호스텔) 등으로 나눌 수 있다. 신혼여행이나 가족 여행이라면 특급 호텔이나 비즈니스호텔, 개인 여행이나 배낭여행이라면 저가 호텔이나 게스트하우스를 이용한다.

숙소 예약은 특급·중가·저가 호텔은 여행사, 아고다와 호텔닷컴 같은 호텔 예약 사이트를 통하는 것이 할인되고 게스트하우스는 호스텔월드 같은 호스텔 예약 사이트를 통해 예약한다. 호텔 가격은 여름방학과 연말 같은 여행 성수기에 비싸고, 봄과 가을 같은 비수기에는 조금 싸다.

04 여행 예산

여행 경비는 크게 항공비와 숙박비, 식비, 교통비, 입장료 등으로 나눌 수 있다. 항공비는 여행 성수기보다 비수기에 조금 싸고 일반 항공사에 비해 저가 항공사가 조금 저렴하다. 저가 항공 기준으로 30만원 내외.
숙박비는 시설이 좋은 호텔의 경우 20~40만원 내외, 중가 호텔의 경우 15만원 내외, 저가 호텔의 경우 6~7만원 내외이고 배낭여행객들이 많이 찾는 게스트하우스의 경우 더블룸 8만원 내외, 도미토리 2만원 내외이다.
식비는 1일 3끼에 3만원(1끼x1만원), 교통비는 1만원(1일x1만원), 입장료+기타는 2만원(1일x2만원) 등 1일 6만원으로 잡는다. *여행인원이 2명 이상이면 게스트하우스 도미토리보다는 게스트하우스의 더블룸이나 저가 호텔의 더블룸을 이용하는 것이 더 편리!

2박3일 예상경비 : 항공비 300,000원 +숙박비(게스트하우스 도미토리) 40,000원+식비 90,000원+교통비 30,000원+입장료+기타 60,000원. 총합_520,000원

3박4일 예상경비 : 항공비 300,000원 +숙박비(게스트 하우스 도미토리) 80,000원+식비 120,000원+교통비 40,000원+입장료+기타 80,000원. 총합_610,000원

☆여행 팁_해외여행자 보험

해외여행 시 상해나 기타 사고를 당했을 때 보상받을 수 있도록 미리 해외여행자 보험에 가입해 두자. 해외여행자 보험은 보험사 사이트에서 가입할 수 있으므로 가입이 편리하다. 출국 날까지 가입을 하지 못했다면 인천 국제공항 내 보험사 데스크에서 가입해도 된다. 보험 비용(기본형)은 타이베이 3박 4일 1만 원 내외. 분실·도난 시 일부 보상을 위해 보험 가입할 때 카메라나 노트북 등은 모델명까지 구체적으로 적는다. *여행 중 패러세일링, 스쿠터 운전 등으로 인한 사고는 보상하지 않으니 약관을 잘 읽어보자.
삼성화재 https://direct.samsungfire.com
현대해상 https://direct.hi.co.kr

05 여행 준비물 체크

타이완은 한국보다 조금 더운 정도임으로 한국의 여름 복장과 준비물을 마련하면 된다. 타이베이의 겨울(1~2월)은 바람이 불어 꽤 쌀쌀하므로 얇은 패딩(점퍼)를 반듯이 준비한다. 여행 가방은 가볍게 싸는 것이 제일 좋다. 우선 갈아입을 여분의 상의와 하의, 속옷, 세면도구, 노트북 또는 태블릿PC, 카메라, 간단한 화장품, 모자, 우산, 각종 충전기, **11자형 2구 콘센트 어댑터(110V/60Hz)**, 백팩 같은 여분의 가방, 여행 가이드북 등이다. 그 밖의 필요한 것은 현지에서 구입해도 충분하다.

내용물	확인
여권 복사본과 여분의 여권 사진	
비상금(여행 경비의 10~15%)	
여분의 상·하의	
반바지, 수영복	
재킷	
속옷	
모자, 팔 토시	
양말	
손수건	
노트북 또는 태블릿	
카메라	
각종 충전기	
멀티콘센트	
세면도구(샴푸, 비누, 칫솔, 치약)	
자외선차단제(선크림)	
수건	
생리용품	
들고 다닐 백팩이나 가방	
우산, 휴대용 선풍기	
스마트폰 방수 비닐케이스	
여행 가이드북	
일기장, 메모장, 필기구	
비상 약품(소화제, 지사제 등)	

06 출국과 입국

- 한국 출국

1) 인천 국제공항 도착

공항철도, 공항 리무진을 이용해 인천 국제공항에 도착한다. 2018년 1월 18일부터 **제1 여객터미널**과 **제2 여객터미널(대한항공, 에어프랑스, 델타항공, 네덜란드 KLM)로 분리, 운영**되므로 사전에 탑승 항공사 확인이 필요하다. 여객터미널의 출국장에 들어서면 먼저 항공사 체크인 카운터 게시판을 보고 해당 항공사 체크인 카운터로 향한다.

*체크인 수속과 출국 심사 시간을 고려하여 2~3시간 전 공항에 도착.

교통 : ① 공항철도 서울역, 지하철 2호선/공항철도 홍대입구역, 지하철 5·9호선/공항철도 김포공항역 등에서 공항철도 이용, 인천 국제공항 하차(김포에서 인천까지 약 30분 소요)

② 서울 시내에서 공항 리무진 버스 이용(1~2시간 소요)

③ 서울 시내에서 승용차 이용(1~2시간 소요)

홈페이지_www.airport.kr

• 김포 국제공항

김포 국제공항은 국내선과 국제선 청사로 나눠져 있고 두 청사 간 무료 셔틀버스가 운행된다. 공항의 1층은 입국장, 3층은 출국장, 4층 식당가로 이용된다. 타이완 내 취항지는 타이베이 쑹산공항(松山機場).

교통 : 서울역, 공덕, 홍대, 디지털미디어시티 등에서 공항철도, 5호선, 9호선 지하철 이용, 김포 공항 하차 또는 김포공항행 시내버스, 시외버스 이용

국제선 청사 : 티웨이항공(쑹산), 에바항공(쑹산)

홈페이지_www.airport.co.kr/gimpo

• 김해 국제공항

김해 국제공항은 국내선과 국제선 터미널로 나뉘고 두 터미널 사이에는 무료 셔틀버스가 운행된다. 국제선 청사는 1층 입국장, 2층 출국장, 3층 식당가로 구성된다.

교통 : 부산에서 307번 시내버스, 1009번 좌석버스, 리무진버스 이용, 국제선 터미널 하차 또는 지하철 2호선 사상역, 3호선 대저역에서 공항행 경전철 이용, 공항역 하차, 마산, 창원, 양산, 울산 등에서 시외버스 이용

국제선 청사 : 에어부산(타이베이 타오위안, 가오슝), 제주항공(타이베이 타오위안), 중화항공(타이베이 타오위안), V에어(타이베이)

홈페이지_www.airport.co.kr/gimhae

2) 체크인 Check In

항공사 체크인 카운터에 전자 항공권(프린트)을 제시하고 좌석 표시가 된 탑승권을 받는 것을 체크인이라고 한다. 체크인하기 전, 기내반입 수하물(손가방, 작은 배낭 등)을 확인하여 액체류, 칼 같은 기내반입 금지 물품이 있는지 확인하고 기내반입 금지 물품이 있다면 안전하게 포장해 탁송 수하물 속에 넣는다.

***스마트폰 보조배터리. 기타 배터리는 기내반입 수하물 속에 넣어야 함.**

기내반입 수하물과 탁송 화물 확인을 마치면 탑승 체크인 카운터로 가서 전자 항공권(프린트)과 여권을 제시한다. 이때 원하는 좌석이 통로 쪽 좌석(Aisle Seat), 창쪽 좌석(Window Seat)인지, 항공기의 앞쪽(Front), 뒤쪽(Back), 중간(Middle)인지 요청할 수 있다. 좌석이 배정되었으면 탁송 수하물을 저울에 올리고 수하물 태그(Claim Tag)를 받는다(대개 탑승권 뒤쪽에 붙여 주는데 이는 수하물 분실 시 찾는 데 도움이 되니 분실하지 않도록 한다).

기타 할 일 :

· 만 25세 이상 병역 의무자는 병무청 방문 또는 홈페이지에서 국외여행허가서 신청, 발급. 1~2일 소요!
병무청_www.mma.go.kr

· 출국장 내 은행에서 환전, 출국 심사장 안에 은행 없음.

· 해외여행자 보험 미가입 시, 보험사 데스크에서 가입

· 스마트폰 로밍하려면 통신사 로밍 데스크에서 로밍 신청

3) 출국 심사 Immigration

출국 심사장 입구에서 탑승권과 여권을 제시하고 안으로 들어가면 세관 신고소가 나온다. 골프채, 노트북, 카메라 등 고가품이 있다면 세관 신고하고 출국해야 귀국 시 불이익을 받지 않는다. 세관 신고할 것이 없으면 보안 검사대로 향한다. 수하물을 X-Ray 검사대에 통과시키고 보안 검사를 받는다(기내반입 금지 물품이 나오면 쓰레기통에 버림). 보안 검사 후 출국 심사장으로 향하는데 한국 사람은 내국인 심사대로 간다.
*자동출입국심사 등록 센터(제1 여객터미널 경우, F 체크인 카운터 뒤. 07:00~19:00)에서 자동출입국심사 등록을 해두면 간편한 자동출입국심사대 이용 가능!

4) 항공기 탑승 Boarding

출국 심사를 마친 후, 탑승권에 표시된 탑승 시간과 게이트 번호 등을 확인한다. 인천 국제공항 제1 여객터미널의 경우 1~50번 탑승 게이트는 본관, 101~132번 탑승 게이트는 별관에서 탑승한다. 본관과 별관 간 이동은 무인 전차 이용! 제2 여객터미널의 경우 해당 탑승 게이트를 사용한다. 탑승 시간 여유가 있다면 면세점을 둘러보거나 휴게실에서 휴식을 취한다.

항공기 탑승 대략 30분 전에 시작하므로 미리 탑승 게이트로 가서 대기한다. 탑승은 대개 비즈니스석, 노약자부터 시작하고 이코노미는 그 뒤에 시작한다. 탑승하면 항공기 입구에 놓인 신문이나 잡지를 챙기고 승무원의 안내에 따라 본인의 좌석을 찾아 앉는다. 기내 반입 수하물은 캐빈에 잘 넣어둔다.

기내에서 입국신고서(Landing Card)를 받아 미리 작성해 둔다. 입국신고서는 빈칸 없이 작성하고 특히 직업(회사원 Office worker, 주부 Housewife 등)과 호텔 주소(숙소 예약하지 않았다면 가이드북의 호텔 주소 적음) 등은 꼭 적는다.

- 타이완 입국

한국에서 타이완 도착은 가오숑의 **가오숑 국제공항**, 타이베이의 타오위안 국제공항과 타이베이 쑹산 공항 등으로 나뉘는데 각 공항의 규모나 시설만 다를 뿐 공항 도착에서 검역, 입국심사, 세관 통과 등의 절차가 같으니 아래 내용을 참고한다.

1) 가오숑 국제공항 도착

공항에 도착하기 전, 기내에서 나눠주는 타이완 입국신고서를 작성했지 확인한다. 작성하지 않았다면 입국신고서를 작성한다.

*한국과 타이완은 -1의 시차가 있으므로 시계를 1시간 뒤로 맞추고 스마트폰은 시간대를 타이완으로 변경!

2) 입국 심사 Immigration

입국 심사장에서 외국인(Foreigners)

또는 방문자(Visitors) 심사대에 줄을 서고 여권을 준비한다. 간혹 입국 심사관이 여행 목적, 여행 일수, 직업 등을 물을 수 있으나 간단히 영어로 대답하면 된다. 입국 허가가 떨어지면 여권에 90일 체류 스탬프를 찍어준다.

3) 수하물&세관 Baggage Reclaim &Custom

입국 심사가 끝나면 수하물 게시판에서 항공편에 맞는 수하물 수취대 번호(대개 1·2·3 같은 숫자)를 확인하고 수하물 수취대(Baggage Reclaim)로 이동한다. 수하물 수취대에서 대기하다가 자신의 수하물을 찾는다. 비슷한 가방이 있을 수 있으므로 헷갈리지 않도록 한다(미리 가방에 리본이나 손수건을 매어 놓으면 찾기 편함).

수하물 분실 시 분실물센터(Baggage Enquiry Desk)로 가서, 수하물 태그(Claim Tag)와 탑승권을 제시하고 분실신고서에 수하물의 모양과 내용물, 숙소 주소, 전화번호를 적는다. 짐을 찾으면 숙소로 무료로 전달해주거나 연락해 주고 찾지 못하면 분실신고서 사본을 보관했다가 귀국 후 해외여행자보험 처리가 되는지 문의.

수하물 수취대에서 수하물을 찾은 뒤 세관을 통과하는데 고가 물건, 세관 신고 물품이 있으면 신고한다. 대개 그냥 통과되지만, 간혹 불시에 세관원이 가방이 배낭을 열고 검사하기도 한다.

*위험물, 식물, 육류 등 반입 금지 물품이 있으면 폐기되고, 면세 범위 이상의 물품이 있을 때는 세금을 물어야 한다.

타이완 면세한도는 주류 1병(1리터), 담배 200개비 *술과 담배 20세 이상, 타이완 달러 현금 NT$ 100,000 이상, 미화 US$ 10,000 일 때 세관 신고!

4) 입국장 Arriving Hall

입국 홀은 입국하는 사람과 마중 나온 사람들로 항상 붐비니 차분히 행동한다. 입국장에서 다음과 같은 용무가 있으면 하나씩 처리한다.

· 여행자센터(旅客服務中心 Tourist S-ervice Center)에서 관광지도 입수
· 유심 카드, 교통카드 구입

이상 용무를 마친 뒤, 안내 표지판을 보고 공항버스(客運巴士) 또는 택시(計程車) 정류장으로 이동한다.

5) 공항 버스 또는 택시 탑승

공항에서 공항 버스, 택시 등을 이용해 시내로 간다. 일행이 여럿일 때 호텔에서 공항 픽업 서비스가 있으면 택시과 요금이 비슷하므로 이용해 볼 만하다. 호텔까지 바로 도착!

- 타이완 출국

타이완 출국 역시 가오슝의 가오슝 국제공항, 타이베이의 타오위안 국제공항과 타이베이 쑹산 공항 등 공항 규모나 시설만 다를 뿐 출국 절차는 같으므로 아래 절차에 따른다.

1) 가오슝 국제공항 도착

가오슝 시내 남쪽 약 8km 지점에 위치한 국제공항으로 가오슝 시내에서 지하철이 연결되어 있어 편리하게 다다를 수 있다. 시내버스나 택시를 이용할 수도 있다. 공항은 국제선과 국내선 터미널로 나뉘므로 국제선 터미널로 향한다.

보통 출발 2시간 전에 공항에 도착하고 여행객이 많은 여름 성수기에는 조금 더 일찍 도착해도 좋다. 또한 공항에서 텍스 리펀드를 받을 사람은 기다리는 시간이 있을 수 있으니 감안하자.

전화_805-7631(국제선)

홈페이지_www.kia.gov.tw

타오위안 국제공항 桃園國際機場

타이베이 시내에서 서쪽 약 29km 지점에 위치한 국제공항이다. 시내에서 지하철, 시내 버스, 택시 등을 이용해 공항에 다다를 수 있으나 거리가 있으므로 일찍 출발하는 것이 좋다.

전화_03-398-3274

홈페이지_

https://web.taoyuan-airport.com

타이베이 쑹산 공항 臺北松山機場

타이베이 시내에 있어 접근성이 좋은 공항으로 지하철, 시내 버스, 택시 등을 이용해 다다를 수 있다.

전화_02-8770-3460

홈페이지_www.tsa.gov.tw

2) 체크인 Check In

체크인하기 전, 기내반입 수하물을 확인하여 액체류, 칼 같은 기내반입 금지 물품이 없는지 확인하고 있다면 안전하게 포장해 탁송 수하물 속에 넣는다.

***보조 배터리, 기타 배터리는 기내반입 수하물에 넣어야 함.**

수하물 확인을 끝났으면 체크인 카운터로 가서 전자 항공권과 여권을 제시한다. 이때 원하는 좌석이 있다면 통로쪽 좌석(Aisle Seat), 창쪽 좌석(Window Seat)인지, 항공기의 앞쪽(Front), 뒤쪽(Back), 중간(Middle)인지 요청한다. *항공사에 따라 인터넷을 미리 좌석을 정할 수도 있음.
좌석이 표시된 탑승권과 탁송 수하물의 화물 태그(Claim Tag)을 받는다.

*셀프 체크인 기기 이용 시 단말기 안내에 따라 이용하면 되고 이용법을 모르면 항공사 직원의 도움을 받는다. 순서_체크인 등록→탑승권 발행→탁송 수하물 계량, 발송

3) 출국 심사 Immigration

출국 심사 전, 기내반입 수하물을 X-Ray 검사대에 통과시키고 보안 검사를 받는다. 보안검사 후 출국 심사장으로 향하는데 외국인(Foreigners) 또는 방문자(Visitors) 심사대로 간다. 출국 심사대에 여권을 제시하고 출국 심사를 받는다. 대개 출국 스탬프 찍어주고 통과!

4) 면세점 Duty Free

우선, 탑승 게이트 게시판에서 탑승 게이트 번호와 탑승 시간을 확인한다(대략 30분 전부터 탑승). 면세점을 둘러보고 필요한 물품을 쇼핑한다.

한국의 면세 한도는 US$ 800, 주류 1리터(2병), 담배 200개비(10갑), 향수 60ml(주류와 담배, 향수 가격은 포함되지 않음). 위험물, 육류, 식물 등은 가져올 수 없음.

5) 항공기 탑승 Boarding

면세점 쇼핑을 마치고 탑승 게이트로 이동한다. 항공기 탑승은 대략 출발 시간 30분 전에 시작하므로 미리 탑승 게이트로 가서 대기한다. 탑승은 비즈니스석, 노약자부터 시작하고 이코노미는 그 뒤에 시작한다. 탑승 시 승무원의 안내에 따라 본인의 좌석을 찾아 앉는다. 기내반입 수하물은 캐빈에 잘 넣어둔다.

☆여행 팁_여권 분실 시 대처 방법

타이완 여행 시 여권을 분실하면 한국으로 귀국할 때 문제가 된다. 이럴 때 침착하게 행동하는 것이 중요하다. 우선, 경찰서에 신고하고 분실·도난 증명서(盜難證明書 Police Report)를 발급받는다. 다음으로 싱정푸 이민슈(行政府移民署)로 가서 신고하고 주 타이베이 한국대표부로 가서 단수여권을 신청한다. 여권 발급 기간은 1주일 남짓이고 1회 사용할 수 있는 단수 여권이 발급된다.

행정부 이민서 行政府 移民署 싱정푸 이민슈

교통 : MRT 샤오난먼(小南門) 역 2번 출구에서 도보 5분

주소 : 台北市 廣州街 15號

전화 : 02-2389-9983, 2388-9393

준비물 : 사진 2매, 신분증(주민등록증, 국제운전면허증, 학생증 등)

작성 : 신청서(外僑護照遺失/尋獲報案記錄表 Report on Passport Lost/Recovered)

주타이베이 한국대표부 駐台北 韓國代表部 p.14 참고

준비물 : 여권 사진 2매, 여권 사본(있는 경우), 신분증(주민등록증, 국제운전 면허증, 학생증 등), 여권분실신고증명서, 귀국 항공권

비용 : NT$ 450

가오슝 영사협력원 高雄 領事協力院

소속 : 가오슝시 한인회

전화 : 07-521-1933

홈페이지 : http://homepy.korean.net/~kaohsiung/www/

작가의 말

〈온리 가오슝 타이난 타이중 아리산〉은 타이완 남부 가오슝, 헝춘, 컨딩, 타이난, 타이완 중부 타이중, 장화, 루강, 르웨탄, 아리산과 펀치후, 관쯔링 온천을 소개하고 있습니다.

가오슝은 타이완 남부의 중심도시로 남쪽에 성곽 도시 **헝춘**과 타이완의 최남단 **컨딩**이 있고 가오슝 주요 관광지는 가오슝 85 스카이타워, 삼봉궁, 연지담, 루이펑 야시장, MRT 메이리다오역(미디어아트), 보얼 예술특구, 다거우 영국 영사관, 치허우 등대와 해수욕장, 불광산 불타 기념관 등,

타이난은 타이완에서 가장 오래된 도시이자 가장 먼저 개발된 도시로 주요 관광지는 **타이난 시내**의 타이난 공자묘, 적감루, 사전 무묘, **안핑** 지역의 타이난 대천후궁, 덕기양행, 안핑 수옥, 안핑 고보, 안핑 개태천후궁 등,

타이중은 타이완에서 타이베이에 이어 두 번째로 큰 도시로 남쪽에 부채꼴 차고와 바과산 대불이 있는 **장화**, 좁은 골목에 크고 작은 사원의 도시 **루강**, 구족 문화촌과 르웨탄 호수가 있는 **르웨탄**, 산악열차 타고 떠나는 타이완 고산 여행지 **아리산과 펀치후**, 여행 피로 풀기 좋은 진흙 온천 **관쯔링 온천**이 자리한다. 타이중의 주요 관광지는 무지개 마을, 타이완 미술관, 자연과학 박물관, 펑지아 야시장 등 볼거리가 많습니다.

타이완 남부에서 중부는 고속철도, 타이완철도, 시외버스 등으로 이동할 수 있고 도시 내에서는 시내버스나 택시를 이용하면 편리하며 가까운 거리는 도보로 다니기 좋습니다. 이들 지역은 번잡한(?) 타이베이에 비해 한결 한산하므로 여유를 가지고 둘러보기 바랍니다.

끝으로 원고를 저술하며 취재를 기반을 두었으나 가오슝·타이난·타이중 관련 서적, 인터넷 자료, 관광 홈페이지 등도 참고하였음을 밝힙니다.

재미리